그 노래는
어디서 왔을까

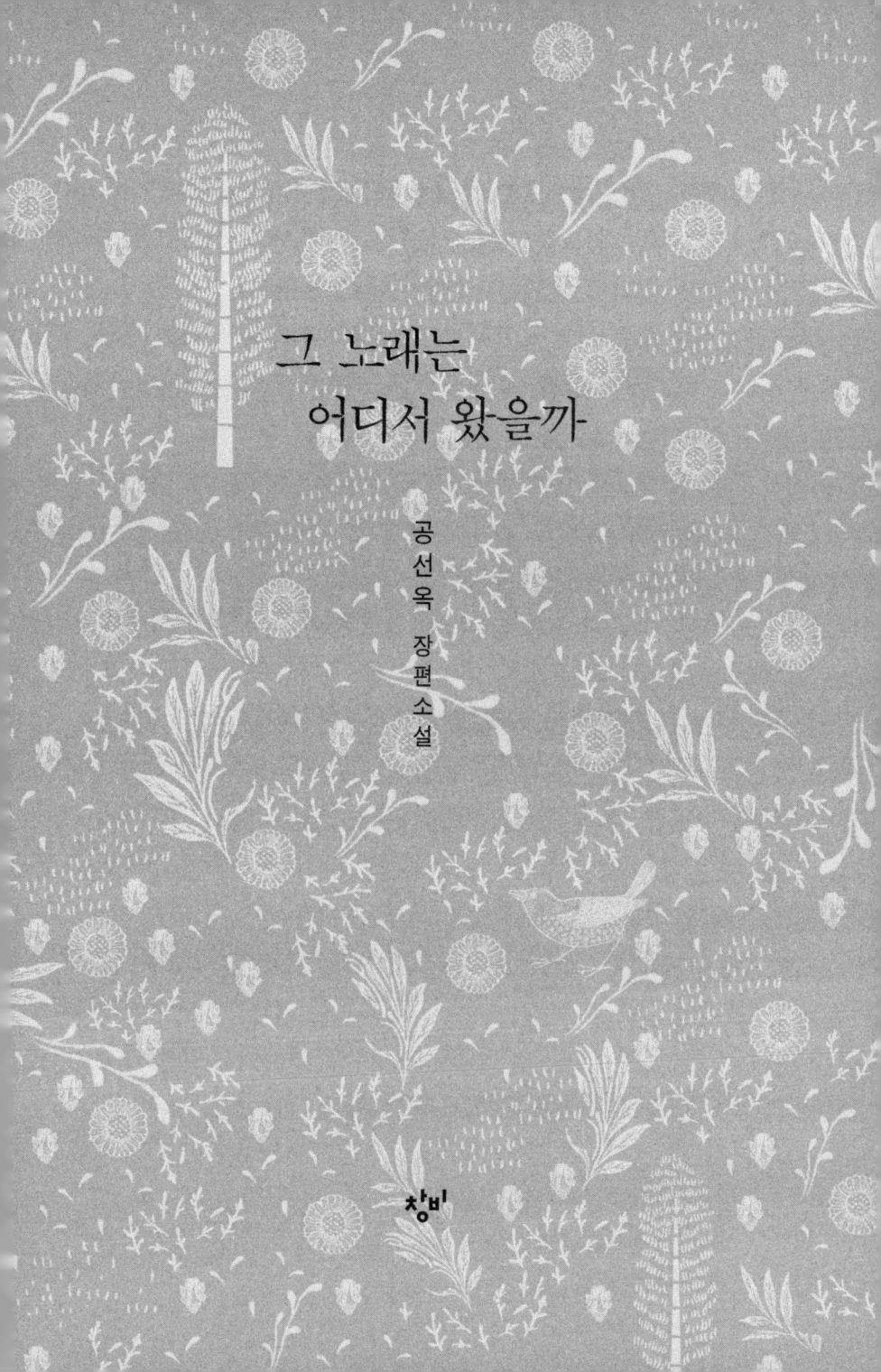

그 노래는
어디서 왔을까

공선옥 장편소설

창비

대숲에 이는 바람

아버지는 정월 보름 장에 가서 돼지 새끼 한마리를 사왔다. 돼지는 털이 검고 목둘레에 하얀 줄을 둘렀으며 입이 뾰족하고 몸이 빼빼했다. 얼핏 보면 아버지를 닮은 것 같기도 했다. 아버지가 망태를 열고 마당에 풀어놓자마자 돼지는 거기가 저를 가둘 자리인지를 알았는지 몰랐는지 스스로 돼지막 안으로 쏙 들어갔다.

지난겨울 아버지는 투전판에서 돼지 새끼 한마리 살 돈만 남기고 다 잃었다. 아버지와 함께 도공(道工) 일을 하던 허샌이 아버지를 투전판으로 끌어들였다. 허샌은 돈을 따고 아버지는 잃었다. 아버지는 허샌 멱살을 잡았고 아버지는 허샌에게 두들겨

맞았으며 두들겨맞은 사람이 아버지인데도 아버지는 허생의 고발로 도공 일을 잃었다. 아버지는 이제부터 어찌 살아가야 할 것인가를 생각하고 또 생각하였다. 생각하고 또 생각하느라고 아버지는 집 둘레를 몇바퀴나 돌고 오밤중 추운 마당에서 혼자 뜀뛰기를 하고 깨금박질을 했다. 빈 장독 안에다 대고 우우우, 늑대 울음소리 같은 소리도 냈다. 어머니와 우리는 그런 아버지를 방 안에서 훔쳐보고 부엌으로 몰려나가 훔쳐보고 나중에는 마루에 주르런히 앉아서 구경하듯이 바라보았다. 어머니는 깨굴깨굴, 하고 웃었다. 너무 많이 웃어서 딸꾹질이 나왔고 딸꾹질 때문에 어머니 웃음소리는 더 개구리 울음소리 같았다.

아버지는 세상 밖으로 나가는 것이 무서웠다. 가면 어디로 가야 할 것인가. 아버지는 십리 밖 세상을 알지 못했다. 그러나 아버지는 십리 안쪽 땅에서 살아갈 방도가 없었고 결국 내게 이렇게 말했다.

──정애 너는 집에서 도야지를 키워라. 나는 객지 나가 돈을 벌란다.

아버지가 어디 가서 무슨 일을 해 돈을 벌 수 있을지 알지 못하면서 그렇게 말한다는 것을 나는 알고 있었다. 그러나 아버지는 집을 나가 먼 데로 가서, 그러니까 십리 밖으로 가서 돈을 벌 것이다. 그리고 나는 집에서 돼지를 키워야 한다. 돼지를 키울 뿐만 아니라 어머니와 동생들을 돌봐야 한다. 아버지가 하던 일을 내가 해야 한다. 내가 더이상 학교를 다닐 수 없다는 것을 아버지가 말하지는 않았지만 나는 봄이 돼도 학교에 갈 수는 없다는 것을 알고 있었다.

가슴에 울음이 가득 찬 아버지는 울음을 우는 대신 자꾸자꾸 말을 했다. 아버지의 말은 입에서 흘러나와 방 안을 가득 채우고 마루로 넘쳐나가 부엌과 마당과 뒤꼍과 헛간과 돼지막과 닭장과 변소에 흘러다녔다. 밥을 먹을 때도 나는 아버지의 말을 밥과 함께 씹어 먹는 것 같았다. 아버지의 말이 밥알에 섞인 뉘나 돌이나 깜부기처럼 서걱거렸다. 아버지의 말을 많이 먹고 난 새벽에는 배가 아팠다. 변소에서 오줌을 누고 똥을 싸면서 나는 내 오줌과 똥에 혹시 미처 소화되지 못한 아버지의 말이 섞여 있지나 않은가 하고서 아래를 가만히 내려다보았다. 그러면서 나는 아직도 내 입안에 남아 있을지도 모를 아버지의 말을 뱉어내느라 캑캑거렸다. 내 입에서는 아버지의 말 대신 회충이 튀어나왔다.

아버지의 말은 내가 알아먹을 수 있는 것도 있지만 내가 모르는 것도 있었다. 아버지는 때로 이렇게 말하기도 했다.

융구 쇼바 숭가 아리따 슈바 슈하가리 차리차리 파파.

아버지가 그렇게 말했는지는 사실 알 수 없다. 그냥 내 귀에 그렇게 들렸을 뿐이다. 아버지는 말을 한다고 한 것일 테지만 내 귀에는 그것이 말보다는 소리로 들렸다. 아버지는 밤새 내 웃기도 했다. 아버지의 웃음소리는 내가 알아먹을 수 없는 아버지의 말처럼 들렸다. 헥켁켁켁꾸억꾸억꾸억우커커커…… 아버지는 밤새 알아먹을 수 없는 소리의 웃음을 웃고 어머니는 알아먹을 수 있는 분명한 소리로 울었다. 어머니는 이렇게 울었다.

홍옹ㅇㅇㅇㅇㅇ 홍옹ㅇㅇㅇㅇㅇ.

어머니가 내는 소리는 말이었다. 어머니는 울음소리로 말을 대신했다. 어머니는 한번 울기 시작하면 일절 다른 소리는 내지 않고 한 울음소리로만 울었다. 그래서 어머니가 울음소리로 대신하는 말은 알아먹기가 쉬웠다. 어머니의 소리는 맑고 착한 느낌이었다. 홍옹ㅇㅇㅇㅇ, 하는 소리로 어머니가 울면 그것은 기분이 아주 나쁘지는 않다는 거였다. 아버지가 웃으니까 좋기는 좋은데, 너무 많이 이상하게 웃으니까 좀 힘들다는 거였다. 어머니가 꾁꾁꾁, 하고 울면 기분이 아주 좋지 않다는 말이었다.

어머니의 소리들과는 다르게 아버지가 내는 소리들은 무엇인지를 알 수가 없었다. 다만 내가 알 수 있는 것은 아버지의 말이 울음 대신이라는 것뿐. 말 못하는 어머니가 내는 소리는 분명한 말이 되었고 말할 줄 아는 아버지가 내는 소리는 말이 되지 못했다.

아버지의 말이 되지 못하는 소리는 아버지가 집을 떠나는 날 아침까지 계속되었다.

아버지가 떠나는 날 아침, 내 속에서 직재그 직재그 직재그,

하는 벌레 우는 소리가 났다. 아버지가 뭐라고 말을 했으나 내 속에서 나는 소리가 시끄러워 아버지의 말이 귀에 들리지 않았다. 나는 아버지의 입 모양을 보고 아버지가 뭐라고 하는지를 알았다. 아버지는 분명히 내가 알아먹을 수 있는 말을 했으나, 아버지의 말이 되지 않는 소리들은 그다지도 잘 들리더니 정작 알아먹을 수 있는 말은 들리지 않았다. 아버지는 이렇게 말했던 것 같다.

　—우리 집의 희망을 위해서는 너의 희생이 필요혀. 니가 엄마 노릇을 좀 해라이. 어쩔 것이냐, 이것이 내 운명이다 허고 사는 수배끼는. 내가 왜 부잣집에 안 태어나고 요런 물짠 집에 태어났으까, 원망허는 수배끼는 달리 수가 없다.

　직재그 직재그 소리는 이제 칙칙폭폭으로 바뀌었다. 내 속에 거대한 기차가 지나가느라 이마와 귓불과 콧잔등과 목덜미가 벌게지는 것을 알아챈 아버지는 얼른 어머니한테로 눈을 돌렸다. 아버지는 나에게는 어른에게 하듯이 말하고 어머니에게는 아이에게 하듯이 말한다.

　—이번에는 오래 나가 있을 것이여. 자네도 맘 단단히 먹고 있어. 나 없다고 애기들마니로 찍찍 울기나 허지 말고이.

　울지 말라고 하는 말을 신호로 어머니는 울기 시작했다.

　—자네가 좋은 맘으로 보내줘야 나도 객지서 편안한 맘으로 돈을 벌제.

그러나 어머니는 결코 다른 사람을 편하게 해주는 사람이 아니다. 언제나처럼 어머니는 울었다. 꾁꾁꾁, 하고 울었다. 아버지가 가장 싫어하는 '애기들처럼' 우는 울음을 울었다. 그럴 때, 다른 때 같으면 아버지는 화를 냈다. 어머니가 그러면 아버지는 화가 나서 어머니를 쳤다. '여자가 재수없이 울어서' 깨진 등잔, 접시, 병, 찢어진 옷, 부서진 문짝이 뒤꼍 대숲에 그득했다. 어머니는 아버지가 또 화를 내면서 자신을 칠까봐 울면서도 잽싸게 이불을 뒤집어쓰고 가만히 있었다. 아버지는 손을 들기는 들었지만, 어인 일인지 이번에는 어머니를 치는 게 아니고 자기 가슴을 주먹으로 콩콩 쳤다. 아마 곧 집을 떠나야 했기 때문일 것이다. 어머니는 검정 무명이불 속에서 숨죽여 울었다. 검정 이불 밖에서 아버지는 어머니를 달랬다. 아버지가 달래면 달랠수록 어머니는 서럽게 울었다. 검정 무명이불은 어머니의 어머니다. 어머니는 이불 속에서 꾁꾁꾁 음마아, 하면서 열살짜리 계집애처럼 울었다. 그러거나 말거나 아버지는 울어라 울어, 니미랄 것, 하면서 툴툴 털고 일어섰다. 아버지는 새벽어둠이 채 가시지 않은 길로 나섰다. 아버지가 입은 홑바지가 바람에 파들파들 떨렸다. 바지 속의 아버지 다리는 그보다 더 떨고 있었을 것이다.

명애는 세살이 다 되도록 젖을 물었다. 나오지도 않는 젖을 물고 명애는 어머니를 보챘다. 어머니가 젖을 주지 않으면 염소처럼 매애거리며 울었다. 나는 우는 명애를 업고 뒤꼍으로 갔다. 가서 내 납작한 가슴에 명애 입을 갖다댔다. 명애가 입을 대려다가 찌이, 하는 소리를 내며 웃었다. 명애 코에서 풍선이 부풀었다가 꺼졌다. 나는 명애 엄마 노릇을 조금은 할 수 있을 것 같아졌다. 그러나 윗방에서 싸우는 순애와 영기의 엄마 노릇은 암만해도 자신이 없었다. 자라고 방에 몰아넣어놓으면 아이들은 언제나 투덕투덕하는 소리와 발길질 소리와 울음소리와 웃음소리와 비명이 뒤엉킨 소리를 냈다. 어머니는 아이들을 말릴 수가 없었다. 말릴 수 없어서 어머니는 울었다. 어머니가 말리러 들어갔을 때, 아이들은 오히려 뿔 달린 짐승 새끼들처럼 어머니를 들이받았다. 어머니는 사나운 아이들이 무서워 윗방에 들어가지 못하고 방문 밖에서 울었다. 아이들의 알 수 없는 비명과 악다구니에 어머니는 귀를 막고 낑낑거렸다. 아버지는 길을 떠나기 전에 아이들의 난투극 소리를 들으며 온 세상의 슬픔과 번뇌를 다 싸안은 표정으로 말했다.

　―참말로, 니가 욕보겠다.

　나는 아이들을 무서워하는 엄마가 아니라 아이들이 무서워하는 엄마가 되어야만 한다. 나는 윗방으로 가서 조용히 아이들을 불렀다. 내가 부르는 소리는 아이들의 소리에 묻혔다. 아이들은 내 소리를 묻어버렸다. 내가 한참을 불러도 아이들은 난투극을 멈추지 않았다. 그러다가 내가 부르는 것을 멈추자 아이들은 눈알을 빙글빙글 돌리며 나를 바라봤다. 사나움과 장난기가 뒤엉킨 표정이었다. 아이들이 기다리는 것이 무엇인지 나는 안다. 아버지는 그럴 때를 대비해 돈 벌어와 갚기로 하고 새마을구판장에서 쌀 두말과 보리쌀 한 가마니를 들여다놓고 갔다. 배부르면 아이들은 대체로 조용해졌다.

눈도 비도 오지 않았다. 논보리는 누렇게 뜨고 밭보리는 이미 말라죽었으며 우물의 물도 말라붙었다. 아침이면 우물물을 뜨러 온 동네 여자들이 흡족하게 물을 뜨지 못해 울상이 되어 돌아갔다. 쌈이 나기도 했다. 병아리 눈물만큼 차오른 물을 정샌댁이 채갔다고 홍샌댁이 성을 냈다. 정샌댁이 홍샌댁 머리를 잡고 흔들었고 홍샌댁 물동이가 엎어졌다. 홍샌댁이 정샌댁을 죽일 듯이 달려들었고 정샌댁이 제 물동이 물을 홍샌댁한테 다 가져가라고 쏟아부었다. 차가운 물을 뒤집어쓰고 꺽꺽거리는 홍샌댁을 아무도 위로해주지 않았다. 내가 홍샌댁 물동이에 물을 부어주자 홍샌댁이 나를 낯설게 바라보았다.

물기 없는 마당에서 노는 아이들의 다리 사이로 먼지는 자우룩히 피어올랐다. 솔개가 높게 나는 한낮에 야산이나 논바닥에 쌓아놓은 짚가리에서 하얀 연기가 치솟았다. 사람들이 논으로 달려가는 동안 동네 가운데 집 나무청에서도 연기가 솔솔 피어났다. 사람들이 논바닥에서 우왕좌왕하는 사이, 연기 속에서 붉은 불꽃이 후루룩 솟아났다. 그때야 사람들이 불이야아, 부울, 하면서 빈 물동이를 들고 달음박질쳤다. 어른들이 그러거나 말거나 아이들은 묘자네 골방으로 모여들었다. 묘자네 집이 주막이었을 때 투전꾼들이 밤을 새우던 방에서 먼저 온 아이들이 화투짝을 뗐다. 화투짝을 내려치며 거친 욕을 내뱉었다. 씨부갈, 중학교도 못 가는데 살아서 뭣할 것이냐. 욕을 해놓고 아이들은 킥킥거렸다. 졸업식만 마치면 화숙이와 경심이가 마산 한일합섬으로 가고 막동이는 인천으로, 옥택이는 서울 구로공단으로 가게 되어 있었다. 우리는 이별이 아쉬워서 모인 것이다. 우리가 노는 것을 구경하던 묘자 할머니가 꾹꾹꾹, 웃으며 선반에서 술을 꺼내주었다. 술을 따르자 오래 묵은 알 수 없는 냄새가 코를 찔렀다. 남자아이들은 독주를 마시고 죽은 묘자 할아버지의 담뱃대에 봉초를 쟁여넣어 돌아가며 담배를 피웠다. 우리는 노래도 불렀다. 가아랑니피이 휘날리이던 전선에 다알바암 쏘리 없씨 내이리이느은 이슬도오 차가우운데에…… 옥택이의 얼굴이 노인처럼 일그러졌다. 막동이가 '전우의 시체를 넘고 넘어'를 진짜 전쟁터에 나가는 사람처럼 악을 쓰며 불렀다. 화숙이와 경심이가 은방울자매처럼 '마포 종점'을 부르다가 흐느꼈다. 흐느끼다가 웃었다. 아이들은 곧 집을 떠나는 것이 무섭고 또 좋기도 했다. 어른들은 불을 끄고 새마을구판장으로 몰려갔다. 어른들이 불 끄고 나면 술을 마실 수 있어서 불나기를 은근히 기다린다는 것을 모르는 아이는 없었고, 아이들이 알고 있다는 것을 눈치챈 어른들은 없었다. 어른들이 새 주막인 새마을구판장으로 갔기 때문에 구주막인 묘자네 집은 아이들 차지가 되었다. 구주막인 묘자네 집에서 주모인 묘자 할머니는 아이들한테 자꾸자꾸 술을 내주었다. 어떤 술인지 알 수 없는 술을 내주었다. 옥택이가 할매, 이 술에다 할매 눈깔 넣었지? 물어도 묘자 할머니는 꾹꾹꾹 웃기만 했다. 니미랄 것, 할매 눈알주 묵고 다들 뒈져불자,며 묘자 할머니의 눈알주를 마신 아이들은 묘자 할머니처럼 애꾸눈이 되어 집으로 돌아갔다. 눈은 유리고 유리는 구슬이고 구슬은 만화경이다. 눈알주를 마시면 안 마실 때 못 보던 세상을 다 볼 수 있다. 아이들은 생전 못 보던 세상이 눈앞에서 어지러이 지나가는 것이 간지러워 피식피식 웃으며 갔다. 어른들이 욕을 했다. 씨러 죽일 놈들일세. 작것이다, 씹어갈. 아이들도 욕했다. 어른들이 쫓아왔다. 아이들은 도시로, 만화경 같은 도시로 잽싸게 내뺐다. 어른들은 내빼는 아이들을 잡을 수가 없었다.

동무들이 떠난 마을에 벚꽃이 피었다. 막 피어난 벚꽃 아래 마을 사람들이 가득 나와 있었다. 고개를 숙이고 그 앞을 지나가려 하는데 반장 석균이가 아이, 아이, 하면서 기우뚱기우뚱 묘자와 나를 향해 달려왔다.
　　─너희들은 학교를 안 갔냐?

우리는 더욱 고개를 숙였다.

──공장도 안 가냐?

더욱더욱 깊이 숙였다.

──암 데도 안 간다 하면은 너희들도 새마을사업에 동참을 해야 할 것이여. 그것은 원칙인게.

석균이가 양양하게 설명했다. 우리는 벚꽃이 가득한 당산마당에서 시멘트 포대를 날랐다. 새벽부터 울려퍼지는 새마을노래는 묘자네 오두막을 때리고 대밭 모퉁이를 돌아 우리 집을 때렸다. 타관 사람 석균이는 집이 없어 마을회관에서 먹고 잤다. 석균이는 부모도 없고 형제도 없다. 석균이는 아내도 없고 아이도 없다. 석균이는 혼자다. 석균이가 언제부터 동네 심부름꾼이 되었는지 나는 모른다. 석균이는 이장이 시킨 심부름을 하러 동네 골목을 뛰어다닌다. 석균이는 사마귀처럼 뛰고 메뚜기처럼도 뛴다. 묘자는 석균이가 캉가루 같다고도 했다. 나는 캉가루를 보기 전까지는 캉가루가 콩가루나 팥가루 같은 것인 줄 알았는데 서독에 간호부로 가 있는 묘자 고모가 보내온 그림책에서 캉가루를 보고서야, 캉가루가 가루가 아니고 동물임을 알았다. 캉가루 같은 석균이는 한 발이 우리 집 사립 밖에 도착하는 순간 다른 발은 다음 집으로 향하면서 외쳤다.

──김종택 씨, 울력 나오십시오이, 한 집에 한 사람씩 빠짐없이 나와주셔야 합니다이.

─우리 아버지 김종택 씨는 지금 돈 벌러 객지 나가 있어.

석균이는 어른도 아니고 아이도 아니다. 석균이는 눈을 바라보지 않고 말한다. 석균이는 아무것도 보지 않고 말한다. 석균이는 결코 웃지 않고 또 울지 않는다.

─새마을가꾸기 울력에는 이유 불문하고 각 가호에 일인씩 참여하는 것을 원칙으로 하고 있습니다이.

우리 집에서와 똑같이 '각 가호에 일인씩'을 외치기 위해 석균이가 묘자네 집으로 가는 논둑길을 사마귀같이, 메뚜기같이, 캉가루같이 뛰어갔다. 석균이가 '각 가호에 일인씩'을 외치지 않아도 벌써 새마을가꾸기사업을 하려고 한 집에 한 사람씩 나와서 일을 하기 시작했다. 개골창에 나무 함석을 대고 시멘트와 모래를 섞은 반죽을 들이부었다. 개골창 속에 살고 있는 실지렁이들이 시멘트 반죽에 섞였다. 시멘트가 실지렁이를, 가재를, 달팽이를 가두었다. 묘자와 나는 정수리가 벗겨질 것 같아도 꾹 참고 시멘트 반죽 함지박을 머리에 여다 날랐다. 개골창 안에 살던 실지렁이, 가재, 달팽이처럼 우리도 시멘트 반죽에 갇혀서 납작해졌다. 묘자와 나는 봄 내내 시멘트 반죽 속에서 꼼짝달싹도 할 수 없었다. 시멘트 가루는 온 동네를 휘감았다. 동네에 시멘트 아닌 것은 아무것도 없었다. 사람들은 시멘트가 된 소한테 시멘트 여물을 주었다. 시멘트 여물을 먹은 소가 싼 시멘트 소똥이 시멘트 길 위에 쏟아져 바로 굳었다. 시멘트 소똥은 결코 땅에 스며들지 않고 다시 시멘트 가루가 되어 공중으로 날아갔다. 저녁이 되어 집에 돌아오면 시멘트가 된 내 얼굴을 보고 어머니가 웃고 명애가 울었다. 손을 씻을 때 시멘트 손가락이 툭 부러졌다. 손가락은 금방 물에 녹았다. 내 손가락이 녹아든 물을 마당에 흩뿌렸다. 마당에서는 곧 손가락 싹이 날지도 몰랐다.

어머니가 끅끅끅, 하고 울었다. 순애, 영기, 명애는 어머니 발치에서 길가의 돌멩이들처럼 널브러져 자고 있었다. 나는 어머니를 다독이다 얼핏 봉창에 어른거리는 그림자를 봤다. 도둑일 것이었다. 나는 도둑이야, 외치며 홍두깨를 들고 뛰쳐나갔다. 헛간 뒤 텃밭으로 난 돌담장이 와르르 무너지는 소리가 났다. 돌담장에 기대어 지어놓은 닭장이 떨어지고 돼지막이 박살났다. 닭장 안에서 곤히 자고 있던 닭들이 혼비백산하여 열린 닭장 문 밖으로 달려나와 지붕 위로, 산 위로 날아갔다. 아버지가 사다놓은 돼지가 돌담장에 깔려 죽었다. 돼지는 돼지 멱따는 소리 한마디 내지 못하고 즉사했다. 구판장에 딸린 새마을이발소 박샌이 죽은 돼지를 거두어갔다. 나는 그것을 팔 생각이었는데, 박샌이 좋지 않은 일로 죽은 돼지는 함부로 파는 것도, 먹는 것도 아니라면서 그냥 가져가버렸다. 방문 안에 숨어서 보고 있던 어머니가 돼지처럼 꾸에엑 꾸에엑, 하고 울었다. 그것은 돼지를 못 가져가게 하라고 나를 재촉하는 소리였다. 나는 피가 엉겨붙은 돼지를 질질 끌고 가는 박샌을 졸졸 따라갔다.

─애야, 너 새마을사업 나가는 거 많이 힘들지?

나는 새마을사업에 나가는 건 힘들지 않았다. 살아가는 것이 좀 힘이 들 뿐.

─내가 이장한테 말해서 너를 새마을사업에서 빼주라고 특별히 부탁을 하마.

박샌이 내 대답을 기다렸다.

─그놈의 간 데를 한번 안 나가면 벌금을 내야 한다더라. 안 나가도 벌금을 내지 않도록 조치를 하마.

나는 그래도 박샌을 따라갔다.

─그것만으로 부족하면, 너희 아버지가 가져간 쌀 두말과 보리쌀 한 가마니 값을……

하다가, 보리쌀 한 가마니 값은 받지 않으마, 했다.

나는 걸음을 멈추고 집으로 돌아갔다. 새마을사업을 마치고 찾아온 묘자는 머리에 먼지가 가득해서 할머니처럼 보였다.

─너희 집 닭을 몰아가는 사람을 봤어.

밥솥에서는 서숙밥 물이 부르르 끓고 있었다. 나는 물을 잦혔다. 푸나무라 불땀이 세고 은근하지 못해 밥은 끓어도 설익기가 쉬웠다. 밥을 주걱으로 한번 뒤집어서 다독인 다음 불을 조금 더 때야 한다. 나는 불을 조심조심 조금씩 때면서 묘자 말을 들었다. 불 때는 손이 바르르 떨렸다.

──정샌이야.

사람 좋은 정샌이 우리 닭을 다 가져가버리다니. 정샌은 나를 보고 웃고 내 눈을 바라보고 말하고 내 머리를 쓰다듬어준 사람이다. 나는 정샌이 좋은 사람이라고 생각했다. 나쁜 사람이 나쁜 일을 한 것보다 좋은 사람이 나쁜 일을 하는 것이 나는 더 무서웠다. 무서워서 와들와들 떨렸다.

──너희 집 돼지 새끼를 박샌이 잡아먹었어.

박샌은 나쁘다. 박샌은 이발을 하면서 동네 사람들 흉을 보고 이간질을 하고 여자들을 희롱하고 이발소에 나쁜 사진을 걸어놓는다. 나는 나쁜 박샌이 돼지를 가져가게 하는 대신 보리쌀 한 가마니를 공짜로 얻었고 새마을사업에 안 나가도 되게 되었다. 그러나 나는 묘자에게 내가 돼지와 그것들을 바꿨다는 말은 하지 않았다. 묘자는 바꿀 만한 것이 아무것도 없어서 밀가루죽을 먹고 나가 정수리가 벗겨질 것 같은 아픔을 꾹 참고 시멘트 반죽을 여다 나른다. 설익은 서숙밥 탄내가 저녁 어둠 속에 진동했다. 묘자는 머리에 손을 올리고 서숙밥 탄내를 맡다가 불쑥 말했다.

──낼부터는 새마을사업에 할머니 눈알주를 마시고 나가야지.

간발의 차이로 차를 놓쳐버렸다. 내가 달려오는 것을 운전사는 보았다. 그런데도 그냥 가버렸다. 설 듯 설 듯 하면서 운전사가 빵빵, 소리를 냈지만 나는 달려가지 않았다. 대신 신작로 가에 굴러다니는 차돌멩이를 주워서 차 꽁무니를 향해 던졌다. 운전사가 창밖으로 욕을 했고 나도 욕했다. 차는 쌩, 하고 가버렸다. 먼지가 나를 덮쳤다. 내가 욕하는 소리를 듣고 누군가 까르르 웃으며 내 등을 쳤다. 읍내 고등학교에 다니는 이장 딸 용순이는 교복 허리를 각반으로 졸라매서 그런지 가슴이 터질 듯 부풀어 보였다. 나보다 두살 많은 용순이는 이마가 훤하고 눈이 크고 뺨이 탱탱하고 코가 오똑했다. 그런 얼굴을 뽀얀 살이 감싸고 있었다. 용순이는 열일곱살이다. 오직 열일곱살이다. 내 좁은 이마, 쪽 찢어진 작은 눈, 노인처럼 홀쭉한 뺨, 납작한 빈대코, 그리고 거친 살. 나는 열다섯살이다. 그리고 나는 또 서른살이고 쉰살이고 백살이다. 서른살의 내가 열다섯살의 나를 다독이고 쉰살의 내가 서른살의 나를 업고 강을 건넌다. 백살의 나는 쉰살의 나에게 응석을 부린다. 나는 내 속에서 나 혼자 모든 것을 다 한다. 열다섯살의 나와 쉰살의 내가 열일곱살의 용순이와 함께 걸었다.

학교 앞 삼거리까지 가면 읍내 나가는 버스가 있다. 나는 강아지를 장에 내다 팔고서 돼지 새끼를 사야 한다. 돼지까지 잃어버린 것을 알면 아버지는 희망을 잃고 아마 죽어버릴지도 모른다. 다른 것은 몰라도 아버지가 집에 돌아오기 전에 돼지 새끼만은 사다놔야 한다. 자운영꽃이 만발한 신작로 가의 논 위로 아침 햇발이 찰랑거린다. 내 등에서 강아지 새끼들이 팔려가는 와중에도 서로 낑낑댔다. 한시도 조용히 있지 못하는 우리 집 아이들 같다. 나는 강아지를 팔러 가는 게 아니라 순애와 영기를 팔러 가는 것 같다.

— 아이들아, 가만히 좀 있어라.

용순이가 깜짝 놀라 나를 쳐다본다.

— 금방 니가 말했냐?

나는 비긋이 웃는다. 용순이가 고개를 갸웃한다. 한참을 말없이 걷기만 하던 용순이가 갑자기 내 등을 내리친다.

— 내가 이 강아지 팔아다줄까?

— 강아지로 돈을 사서 돼지 새끼 구해야 해.

— 돼지도 내가 사다줄게.

— 돼지는 주둥이가 뾰죽한 놈으로 구해야 해.

— 주둥이가 뾰죽하고 엉덩이가 동그랗고 털은 까만 놈으로 사줄게.

— 모가지에 흰 테도 둘러야 해.

주둥이는 뾰죽하고 엉덩이는 동그랗고 털은 까맣고 목에 흰 테를 두른 놈이면 죽은 돼지 새끼와 얼추 비슷할 것이다. 나는 용순이에게 내 차비를 준다. 용순이는 삼거리에서 고슴도치 머리를 한 남자가 몰고 온 오토바이를 탄다. 용순이가 내게 혀를 쏙 내민다. 그 순간 나는 알았다. 용순이가 결코 돼지를 사다주지 않을 것임을. 내가 용순이에게 속았다는 것을 안 열다섯살의 내가 차돌멩이를 집어든다. 서른살의 내가 냅두라고 한다. 쉰살의 내가 열다섯살의 나를 업는다. 서른살의 내가 그 옆을 졸졸 따라온다.

용순이가 탄 오토바이는 찰랑거리는 아침 햇발 속으로 달아났다. 배 속에서 거시가 회를 돌았다. 입안에 침이 고여왔다. 멀미하듯이 속이 메슥거리면서 침이 고여오는 것은 배 속의 거시가 거품을 밀어올리기 때문이다. 묘자 할머니는 배 속에서 거시가 모조리 빠져나오면 사람이 힘이 없어진다고 했다. 나는 어떡하든지 배 속에 거시를 키워야 한다. 그래야 힘이 없어지지 않는다. 그러나 거시가 밀어올리는 침은 어쩔 수 없는 일이다. 입속에 고이는 대로 뱉어낼 수밖에는. 용순이 잡년. 서른살의 내가 욕을 하자 열다섯의 나는 침을 뱉는다. 백살의 내가 묘자 할머니처럼 꾹꾹꾹 웃는다. 아침 햇발 속에서 내 웃음이 하얗게 부서진다.

봄부터 들썩이던 새마을가꾸기사업은 여름이 되면서 잠잠해졌다. 자립마을에서 떨어져 시멘트 지원이 안되기 때문이라고 했다. 퇴비증산대회에서 일 등을 하면 다시 자립마을이 되어 나라에서 주는 시멘트를 받아낼 수 있다고 석균이가 '각 가호에 일인씩'을 외치며 돌아다녔다. 석균이는 우리 아버지가 집에 없는 것을 뻔히 알면서도 공중에다 대고 김종택 씨이! 하고 악을 썼다.

─우리 아버지는 지금 조국근대화사업 하는 데서 불철주야
로 구슬땀을 흘리고 있어. 몸은 고달프나 가족이 있다는 희망으
로 힘든 것을 이겨내고 있어.

순애가 얼마 전에 온 아버지의 편지를 기억해내 지 맘대로 읊
었다.

─아, 그럽니까? 그건 그렇고 하여튼지 간에 한 집도 빠짐없
이 퇴비를 증산하여야 하므로 이 집도 퇴비장을 마련하여 퇴비
를 쌓아놓고 점검에 대비하여야 합니다이.

─알겠어.

대답은 해처럼 웃으며 했으나 학교에 가는 순애 걸음은 휘청
거렸다. 아침에 우리는 감자를 삶아 먹었다. 순애는 감자를 두개
먹었다. 순애는 감자를 더 먹고 싶어했으나 더 먹을 힘이 없었
다. 순애는 감자 두개를 살기 위해 먹었다. 영기는 감자를 다섯
개째 먹으면서도 줄곧 밥 줘 소리를 뇌었다. 영기는 밥은 못 먹
고 감자만 먹어서 골이 났다. 영기가 순하고 착해지는 것은 배불
리 먹었을 때뿐이다. 밥을 배가 터지도록 먹고 고기를 실컷 먹
고, 먹고, 먹고 또 먹어야 영기는 착해질 것이다. 감자 다섯개를
먹은 영기는 작대기를 주워들고 저를 따라오는 강아지를 내리
쳤다. 영기는 어젯밤 강아지를 안고 함께 잤다. 그렇지만 아침에
강아지는 영기한테 맞아서 다리를 절룩거렸다. 영기는 순애한
테 자군누나 잘 갔다 와, 해놓고 저는 들길로 빠졌다. 다리에 힘

이 없는 순애는 영기를 잡지 못했다. 묘자와 나는 퇴비 만들 풀을 베기 위해 산과 들을 헤맸다. 논도 밭도 없어서 퇴비를 해야 할 이유가 없는 묘자도 자립마을을 만들기 위해서는 퇴비장을 만들어야 한다. 나라에서 주는 시멘트를 받지 못하게 되면 동네 사람들한테 손가락질을 당할 것이다. 풀을 한참 베고 있는데 풀숲에서 영기가 나타나 손으로 뱀 머리를 잡고 흔들다 사라졌다. 나는 영기를 잡으려고 이리저리 헤맸다. 나는 퇴비를 하기 위해서가 아니고 영기를 잡으려고 풀을 베는 것 같았다. 겨울 못지않게 여름도 날은 가물고 먼지만이 살판이 나 뜨거운 햇볕 아래 거품처럼 뽀글거렸다. 소똥이 들러붙은 풀은 누렇게 떠서 먼지를 뒤집어쓴 채 말라가고 햇볕은 먼지와 함께 이글거렸다. 퇴비를 머리에 이고 논둑과 개울을 넘어 신작로로 들어섰을 때 버스가 먼지를 일으키며 사람들을 덮쳤다. 하교하는 아이들이 얼음팥물을 핥아먹으며 걸어오다가 퉤퉤퉤, 입속의 아까운 단물을 뱉어냈다. 그 속에 순애가 있었다. 순애가 얼음팥물을 뒤로 감추었다. 순애는 어디서 돈이 나서 얼음팥물을 사 먹은 것일까. 그것이 무엇이냐고 내가 물었다. 순애는 대답하지 않고 아이들이 일제히 순애 주위를 빙글빙글 돌며 노래 부르고 춤을 췄다.

　　─김주사는 순애를 빨아먹어요. 순애는 하드를 빨아먹어요, 퉤퉤퉤.

　　'퇴비 증산'이라고 쓰인 휘장을 휘날리며 지프차가 달려와 멈쳤다. 지프차 앞머리의 검은 깃발이 펄럭였다.

──영부인이 돌아가셨으니 까불지들 마라.

아이들이 일제히 영부인이 누군데요? 물었다.

──육영수 여사께서 저격당하셨다.

──저격이 뭔데요?

──비켜라, 썩을 놈들아.

썩을 놈의 아이들은 '무찌르자 오랑캐 몇천만이냐'를 소리 높여 불렀다. 풀을 제대로 못 묶어서 머리에 인 수풀 덩어리가 자꾸 어그러지려는 통에 나는 고개를 꼼짝할 수가 없었다. 찝찔하고 끈적한 물이 자꾸 눈에 흘러들어 제대로 눈을 뜨지 못한 채 언뜻 보니, 순애 종아리 사이로 빨간 핏물이 실뱀처럼 흘러내리고 있었다.

새마을연쇄점은 원래 만생이집이다. 만생이집 주인 만생이가 죽고 나서 도시에서 온 새 주인이 간판이 없던 만생이집을 수리하여 새마을연쇄점이라는 간판을 달았다. 연쇄점 주인 김주사가 하드 통을 열 때마다 하얀 연기가 통 주위로 피어올랐다. 만생이가 가게를 할 때는 하드 통이 없었다. 연쇄점 주인을 왜 김주사라 하는지는 알 수 없었다. 만생이집 만생이는 노인이어도 만생이였지만 연쇄점 주인은 김주사다. 김주사는 젊다.

──하드 먹고 싶으면 돈을 가져와라. 돈이 없으면 계란을 가

져와도 된다. 계란뿐이겠니. 닭도 되고 개도 되고 토끼도 되고 오소리도 되고, 사람 빼고 다 된다.

김주사가 흐흐흐 웃었다. 내가 아는 사람 중에 흐흐흐, 하고 웃는 사람은 엿장수다. 애들아, 엿 사 먹어라. 돈이면 좋고 돈 없으면 구멍 난 솥단지, 고무신, 소주병, 사이다병, 할머니 아줌마 아가씨 머리카락, 다 가져오너라. 엿장수가 김주사처럼 사람 빼고 다 가져오라는 말은 안했지만, 김주사가 흐흐흐 웃으며 사람 빼고 다 된다고 말할 때 나는 엿장수를 떠올렸다. 아이들은 저희 집 아궁이에서 멀쩡한 솥단지를 뚝 떼어서 엿장수를 쫓아갔다. 저희 집 뜰방에 있던 신이란 신을 모조리 쓸어안고서 멀어져가는 엿장수를 목 놓아 불렀다. 엿장수 때문에 동네엔 남아나는 게 없게 되고 결국에는 그저 사람만이 빈껍데기마냥 먼지 속에서 서성이게 될지도 몰랐다. 물건이 아무것도 남아나지 않은 동네에서 사람들만이 유령처럼 뭘 해야 할지 몰라 서로가 서로를 멍하게 바라보며 동네를 쏘다닐 것만 같았다. 솥단지가 걸려 있지 않은 시커먼 아궁이는 얼마나 무서운가. 하다못해 다 해진 신발 한 짝도 놓여 있지 않은 뜰방은 얼마나 적막한가. 장독이 없는 장꼬방, 쇠스랑 호미가 없는 헛간, 옷가지 이불이 없는 방…… 그것은 몸이 없는 혼 같을 것이다. 아니면 몸에서 혼이 빠져나간 빈껍데기 같을 것이다. 몸이 없는 혼. 혼이 없는 몸. 둘 다 무서운 일이다. 사람들은 엄마를 혼 없는 몸이라고 했다. 혼 없는 몸은 몸 없는 혼이나 마찬가지일지도 모른다. 이제 순애도 엄마처럼 혼 없는 몸이거나, 몸 없는 혼 같다. 벌써 혼이 빠져나가버린 빈껍데기 같기도 했다. 순애야, 피이, 하자 흠칫 놀라 달아나는 순간, 나는 알아챘다. 순애가 뭔가 잘못되었다는 것을. 엿장수는 동네 솥단지, 고무신짝, 머리카락만 가져가지만 새마을연쇄점 주인 김주사는 뭔가 다른 것도 가져가는 사람임을. 그것이 무엇인지를 잘 모르겠어서 나는 죽을 것만 같았다. 죽을 것만 같은 열다섯살의 나를 쉰살의 내가 업고 어두운 마당을 서성였다. 서른살의 나는 지붕 위에 올라앉아 있고 백살의 나는 뜰방에 앉아 골똘히 내 그림자를 바라보고 있었다.

피 빨래는 밤에 했다. 내가 어머니의 피 빨래를 낮에 하자 동네 여자들이 피 빨래는 밤에 하는 거라고 일러줘서 그런 것인 줄을 알게 되었다. 순애한테서 나오는 피 빨래를 하면서 나는 어머니한테서 피 빨래가 나오지 않는다는 것을 알았다. 아버지가 어머니와 사랑을 할 때면 늘 그랬다.

우지 마소, 우지 마소, 오목오목 이쁜 사람아 우지 마소, 꽈리때깔을 불어줄게 우지 마소, 참지름으로 밥 비벼줄게 우지 마소…… 그러다가 갑자기, 목소리를 착 가라앉혀서 울지 마요, 순자 씨, 하면 어머니는 끼룩끼룩 웃었다. 끼룩끼룩 웃다가 홍으으으으, 울었다.

아버지와 어머니가 자는 방에서 아버지의 그 말이 들려올 때면 아버지와 어머니가 사랑을 하는 것이고 그런 뒤에는 어머니한테서 더이상 피 빨래가 나오지 않는다는 것을 나는 알고 있었다.

그렇지만 어머니와 사랑을 하고 난 다음 날 아버지는 너무나 고통스럽고 너무나 지친 얼굴로 어머니한테 욕을 하고 어머니를 때렸다. 영기가 강아지를 껴안고 뒹굴다가 느닷없이 후려치는 것처럼. 아버지나 영기나 살아가기 위해 그런다는 것을 나는 알고 있다. 사람이 살아가기 위해서는 때로는 정답게 굴다가도 또 때로는 사나워지기도 한다는 것을. 정답기만 해서도, 사납기만 해서도 사람은 살아갈 수 없다는 것을.

이제 아버지가 살아가기 위해 정답게 굴었던 결과로 엄마 배속에 심긴 아기씨는 싹을 틔운 감자씨가 자라듯이 자라날 것이다.

우지 마소 우지 마소, 꽈리때깔을 불어줄게 우지 마소, 참지름으로 밥 비벼줄게 우지 마소…… 나는 아버지가 어머니한테 불러주던 노래를 불렀다. 어쩐 일인지 빨래를 하는 손이 와들와들 떨려왔다. 영기, 순애, 명애 그리고 또…… 아득했다.

──우냐?

검은 남자가 그림자도 드리우지 않고 내게 얼굴을 들이밀었다.

──ㅎㅎㅎ 개삼중우(생리대)로구나!

낯선 사람들의 웃음소리는 모두 닮았다.

──내가 뭘 어쨌다고 떠냐?

나는 빨던 빨래를 마저 하고 싶었으나 남자는 빨랫감을 빼앗고는 나를 우물가 너머 개울 아래로 끌고 갔다. 열다섯의 나는 울고 싶었으나 서른살의 내가 울지 말라고 했다. 그리고 쉰살의 나는 노래 불렀다. 우지 마소 우지 마소 꽈리때깔을 불어줄게 우지 마소. 그러자 백살의 내가 노래를 받았다. 아가 아가 얼뚱아가 미역국에 밥 말아줄게 우지를 마소 우지를 마소. 우물가는 동네에서 떨어진 곳에 있었고 대밭이 동네와 우물가 사이에 있었다. 우물 너머 개울둑 아래에서 소리 지르면 그것은 대밭을 다 가로지르지 못하고 대밭 속 참새처럼 대밭 밑으로 가라앉을 것이다. 그래서 나는 노래 불렀다. 노래는 세상 밑으로 가라앉지 않고 물처럼 멀리멀리 퍼져나간다. 노래라는 것이 원래 그렇다고, 묘자 할머니가 말했었다. 노래를 부르자 더이상 떨리지 않았다.

—니가 어디 사는지 내가 다 알아보고 왔다.

나는 더이상 떨지 않는데 남자 목소리는 떨려 나왔다.

—효녀더구나. 아버지는 돈 벌러 객지 나가고 농판인 엄마 거두랴, 동생들 돌보랴, 아주 애쓰는 아이야. 내가 너를…… 아, 근데, 니 목소리가 왜 그렇게 무섭냐, 씨발. 노래 부르지 마라.

그러나 나는 노래를 멈추지 않았다. 남자가 나를 치려다가 몸을 으스스 떨었다. 바람은 불지 않았다. 바람 한점 불지 않는 어둠 속에서 남자가 덜덜 떨면서도 호호호 웃었다. 나는 어둠 속에서 웃는 남자가 연쇄점 마당에서 부로꾸 찍는 사람임을 알아보왔다. 그가 동네의 돌담벽을 허물고 다니는 사람이라고 묘자가 말했었다. 그가 도망치면서 벗겨진 목장갑이 아직 우리 집 돌담 무더기 속에 파묻혀 있다는 것을 그는 모를 것이었다. 나는 눈을 뜨지 않았다. 내 아랫도리는 칼로 쩨는 듯이 아파왔다. 남자는 바지를 추켜 입고 어둠 속으로 갔다. 아 아, 썹할년, 욕을 하면서 갔다. 나는 내가 죽은 줄 알았으나 곧 죽지 않은 것을 알았다. 사람은 죽지 않으면 산다. 죽지 않았으면 살아야 한다. 나는 일어나서 남자가 빼앗아 동댕이친 빨래를 거두어 다시 빨았다. 나는 빨래를 헹구면서 노래했다. 노래는 멀미 나고 인정 없는 세상에서 살아가기 위해 정답게 굴어야 할 때 내는 소리가 아닌가.

우리 집 다무락에 도야지 피는 끈적끈적 이발소 솥단지에 도야지 지름이 찐덕찐덕.

나는 '우리 집 다무락에 도야지 피'를 조용히 흥얼거리며 피 빨래를 다 마치고 개구리 우는 길을 따라 집으로 왔다. 집으로 오면서 나는 내 아래에서도 피가 나고 있는 것을 알았다.

낮선 객지으 아침 바람은 옷기슬 파고들고 저녁애 우는 새는 구술푸고나 내 큰 자석아 어린 너한태 가족 부양으 무거운 짐을 올려노코 떠난 이 압바를 용서하거라 우리는 우야든동 살아내야 하겟다 그럴라믄 몸애 연양분을 공급해줘야만 한다 무엇보담도 담백질을 공급해야 한다 너는 날마다 실지랭이를 잡아서 죽을 끼래 동생들하고 노나 먹어라 너으 엄마한태는 굼뱅이를 잡아드리거라 열마리가 뫁되면 효꽈가 업고 열마리를 넘우면 안 먹느니까 뫁하니까내 꼭 숫짜를 잘 시어서 잡아야 한다 담백질이란 거시 그럿단다 부족해도 과해도 사람을 농허게 허는 것이 담백질이란 물질이란다 살림하랴 동생들 돌보랴 엄마 건사하랴 고달푼 점을 안다마는 압바는 오로지 너한태배끼는 달리 의지를 댈 방도가 업다 오늘은 이마만큼만 전한다 잘 잇거라 압바로부터

편지에 쓰인 말은 아버지 말이 아니었다. 아마 다른 고장에서 온 사람이 대신 쓴 것 같았다. 아버지가 쓴 것이 아니었지만, 아버지가 하고 싶은 말은 다 들어 있었다. 아버지 곁에 편지를 쓸 줄 아는 사람이 있다는 것이 다행이라고 생각했다. 아버지는 생각보다 좋은 곳에 있는지도 몰랐다.

먹을 것이라면 다 좋아하는 줄 알았던 영기는 내가 죽 그릇을 내밀자 온몸을 비비 꼬며 지렁이 흉내를 내다가 천리나 만리나 도망을 갔다. 내가 실지렁이를 솥 속에 넣는 것을 본 것이 틀림없었다. 영기가 먹을 것이라고 해도 다 좋아하지는 않는다는 것을 나는 알았다. 그러면 영기는 먹을 것 말고도 또 무얼 바라는 것일까. 나는 그것이 무엇인지 모르면서도 또 알 것 같았다. 나는 내가 먹을 것 말고도 또 바라는 것이 무엇인지 알 것 같으면

서도 몰랐다. 영기가 바라는 것, 내가 바라는 것이 어쩌면 똑같은 것일지도 몰랐다. 그러나 그것은 대나무밭 속에 스며드는 피리 소리처럼 잡으려야 잡을 수 없는 것이다. 이 세상에서 잡고 싶은 것은 아름다운 것이고 잡고 싶은데도 잡히지 않는 것은 슬픈 것이다.

순애가 부엌 아궁이 앞에서 하얗게 살찐 회충 꾸러미를 토해냈다. 나는 그것을 얼른 아궁이 속으로 밀어넣고 불을 지폈다. 힘은 없으면서도 뻣뻣한 순애 몸을 붙들고 실지렁이죽을 먹였다. 순애는 몇모금 먹지 못했다.

—순애야, 무엇이 먹고 싶으냐?

순애가 샐쭉 웃으며,

—하드.

—순애야, 하드를 먹지 말고 실지렁이죽을 먹어라. 안 그러면 니가 죽는다.

순애는 울었다. 하드를 사주지 않으면서 먹기 싫은 실지렁이죽을 먹으라고 해서 우는 건지 아파서 우는 건지, 죽는다는 말에 서러워서 우는 건지는 알 수 없었다. 순애가 먹지 않은 죽 그릇을 명애가 휘저어서 손가락을 쪽쪽 핥았다. 실지렁이죽 덕분인지 명애는 뽀얗게 살이 오르고 노랗던 머리카락도 제법 까매지는 것 같았다. 명애는 죽을 먹으며 방실방실 웃었다. 방실방실 웃는 명애 잇몸이 실지렁이처럼 새빨갰다. 어머니는 굼벵이 볶음을 먹는 것이 부끄러운지 돌아앉아서 허리를 구부리고 먹었다. 먹는 건지 안 먹는 건지 알 수가 없이 먹었다. 어머니가 내놓는 접시는 언제나 말끔한 빈 접시였다. 영기가 마른 굼벵이를 어머니한테 던졌다. 어머니 머리 속에서 굼벵이가 우수수 떨어졌다. 어머니가 일어서면 어머니 속곳 속에서도 굼벵이는 쏟아졌다. 굼벵이가 매미가 되듯이 굼벵이를 먹은 어머니에게도 날개가 생길지 모른다고 생각했다. 굼벵이를 먹은 어머니는 매미처럼 울었다. 매해해해매해해해. 어머니는 이제 몸이 많이 무거워져서 매미처럼 날개가 생긴다 해도 날 수는 없을 것 같았다.

묘자 할머니는 담배에 불을 붙이기 전 노래부터 했다.
— 딸가막이야 딸가막이야 서산에 해는 지는디 울며 울며 어데를 가느냐 간다 온다 기약도 없이 날 버린 님 찾아가느냐 행복은 꿈에 용 뵈기요 사랑은 화롯가에 종우짝이라.
담배를 피우면서 묘자 할머니는 '아조 옛날 이야기'를 한다.
— 아조 옛날 이야기여. 순자가 방죽굴 우리 앞집서 살었드란다. 살었는디, 즈그 아부지가 지 앞에서 총 맞아 죽어부렀어. 즈그 아부지, 시앙굴 양반 피가 순자한티로 흠뻑 쏟아져붓제. 그래 농게로 야가 그때부텀 농해져분 거여. 시앙굴 양반이 산사람들한테 깡냉이 몇알 준 것이 죄가 된 것이여. 그것이 큰 죄가 되야부렀어. 사람의 자식들이 밤에 불쑥 와서는 배고파 죽겄소, 암거

나 묵을 것 좀 주씨요, 허먼 짐승한티도 그럴란지거나 사람이 묵을 것 달라는디 있음사 주제 안 주던 못헌디 그것이 죄가 되야 부렀어. 징헌 놈의 시상. 시앙굴 양반이 순자야, 소래 삼아놨응게 그놈 신고 핵교 가라, 그 소리가 나먼 치매저구리 입은 순자가 책보재기 메고 팔랑팔랑 뛰어나가제. 순자가 그렇게 이뻤드란다. 그리 이쁜 순자를 내가 종택이한테 중신을 섰드란다. 순자가 이쁘다고 배나무집 머심 종택이가 나한테 사정을 했제. 암것도 없는 종택이가 순자를 얻어서 이리 새끼들을 낳고 산다마는 사는 것이 이리도 애닯다잉.

거센 비가 한바탕 쏟아지고 난 고요한 저녁 위로 묘자 할머니가 피우는 담배 연기가 한숨처럼 날아갔다. 나는 아무 말도 않기로 했다. 돼지 새끼를 박샌이 먹어버린 것도, 우물가에서 부로꾸 찍는 남자가 나에게 몹쓸 짓을 한 것도, 김주사가 순애 혼을 뺏어간 것도 다 말하지 않기로 했다. 왜냐하면 말하고 나면 나도 엄마처럼 농해져버릴 것 같았기 때문이다. 나는 그것이 겁났다. 나는 내 속에다 용을 한마리 키우기로 했다. 그 용이 자라서 승천할 때 나는 세상을 향해 말하리라. 내 말이 빗물을 타고 내려서 세상을 적시리라. 그러면 세상 사람들이 나 때문에 울 것이다. 나한테 미안해서 울 것이다. 나한테 잘해주지 못해서 울 것이다. 그러나 나는 아직 용이 되지 못하고 용이 아닌 내 말을 듣고 울어줄 사람은 없다. 그러니까 나는 말하지 않을 것이다. 내 말을 들어주는 사람도 없고 내 말을 듣고 울어주는 사람이 없어서 나도 엄마처럼 우는 병에 걸리면 안되기 때문이다. 내가 울면 엄마는 울지 못한다. 엄마는 울어야 살고 엄마를 살게 하려면 내가 울지 말아야 하는 것이다.

——우느니 담배여.

묘자 할머니는 담배를 피운다. 묘자 할머니는 담배를 피우는 것이 아니고 울음을 우는 것이다.

물은 떨어져서 보면 순하게 흘렀다. 그러다가 조금만 가까이 들여다보면 간지럽게 일렁였다. 어떤 물줄기는 혼자 사납게 뒤척였다. 대사리들은 순하게 흐르는 물에 휩쓸리기도 하고 일렁이는 물에 요령껏 버팅기기도 했다. 뒤치는 물속에서는 가만히 있었다.

나는 순애에게 무슨 일이 있었는지 알지 못한다. 그러나 순애에게는 분명히 무슨 일인가가 있었다. 그렇지 않았으면 일을 시키면 날쌔게도 내빼던 순애가, 동생들의 먹을 것을 재빨리 뺏어먹던 순애가 학교를 가지 않고 먹지도 않고 순하게 잠만 잘 수가 없기 때문이다.

——순애야, 순애야, 순애야, 착한 아이 순애야. 맛있는 거 해줄게 우리 대사리 잡으러 가자.

착하지 않은 아이를 착하다고 불러주면 진짜 착해질 수도 있다는 묘자 말대로 착하지 않은 영기, 착하지 않은 순애를 나는 착한 아이라고 부르며 꼬신다. 처음에는 그렇게 하다가 순애가 듣는 시늉도 안하면 그다음부터 서서히 목소리를 높여가야 한다고 묘자가 말했었다. 순애야아아, 순애 이 나쁜 계집애야, 야, 이 쌍년아…… 그러나 잠만 자는 순애를 나는 더이상 부를 수가 없었다.

내가 혼자 잡아와서 끓인 대사리국을 식구들은 땀을 흘리면서 먹었다. 파랗게 우러나온 대사리 국물에 호박잎을 비벼넣고 밀가루를 뚝뚝 떼어넣어서 수제비를 끓여주면 엄마가 웃었고 순애와 영기와 명애가 웃었다. 그러면 내 속에서 나를 쿡쿡 찔러대던 것들이 뚝 멈추는 것 같았다. 나는 순애가 대사리국 한 그릇을 먹고 일어나길 바랐다. 그러나 순애는 대사리국을 먹고 나서도 잠만 잤다.

묘자가 말했다. 순애가 이상해. 눈이 돌아갔어. 나는 다시 대사리를 잡으러 갔다. 물은 순하게 일렁이는 것 같았지만 가만히 들여다보면 어지럼증이 나도록 빠르게 움직였다. 물살 곳곳에서 수상한 회오리가 일었다. 대사리가 휩쓸리는 것처럼 보이지만 실은 버팅기고 있는 물살 속을 뚫어져라 바라보았다. 홍수가 나도 쓸려가지 않는 대사리는 참 힘도 세다고 생각하면서. 내가 대사리의 힘을 배워야 한다고도 생각하면서.

영기가 마루 끝에 앉아 대나무 가지를 툭툭 치고 있다가 내가 물이 뚝뚝 떨어지는 대사리 함지박을 이고 집에 들어서자마자 꽥 비명을 질렀다.

─쿤누나, 자군누나가 디질라고 해. 깨구락지가치로.

서향집 마루에 석양이 가득했다.

이장이 친 전보를 받은 아버지가 다리에 하얀 붕대를 친친 동여맨 채 왔다. 작대기를 짚은 아버지는 전쟁터에서 돌아온 것 같았다. 아버지는 순애를 지게에 올려 지고 절룩절룩 뛰었다. 아버지가 절룩거리면서 뛰어서 순애가 까부라질 것만 같아 나는 지게 뒤에서 순애를 잡고 뛰었다. 우리는 학교 앞 약방으로 갔다. 약방 주인이 순애를 이리저리 뒤적거려보더니, 가망이 없다고 했다.

─야는 아조 복잡헙니다. 영양실조에다가 장질부사에다가 멘스까지 합니다. 멘스를 하면 빈혈이 오는데 워낙에 영양실조인데 거기다 장질부사까지 와서 약방서는 곤란허니 큰 병원으로 가십시오.

아버지가 달리면서,

─아이, 애기 좀 봐봐라.

아버지 목소리에선 울음이 비늘처럼 풀풀거렸다. 내가 순애를 들여다보기에는 아버지가 너무 빨리 달렸다. 아버지는 이제 절룩거리는 것이 아니라 퍼떡거렸다.

──아부지, 걸음을 좀 늦춰봐요.

──머시라고?

아버지의 침과 땀이 빗물처럼 내 뺨 쪽으로 날아왔다.

──내가 순애를 볼 수가 없어요.

──손을 대봐라.

아버지가 빨리 달려 손을 댈 수가 없어서 나는 울음이 나왔다. 나는 엉엉 울었다. 그때서야 아버지가 걸음을 멈추고 지게를 세워놓고 가만히 순애 코에 손을 갖다댔다.

──아이, 니 손 좀 대봐라.

콧김이 나오지 않았다. 아버지가 순애를 지게에서 내려 품에 안았다. 밤새들이 꾸루루 꾸루루 울었다. 아버지도 꾸루루 꾸루루, 하고 울었다. 우는 아버지를 초승달이 가만히 내려다보고 있었다. 아버지는 한참을 꾸루루 꾸루루 울다가 웅구 쇼바 차리차리 차차, 하면서 울음을 딱 그쳤다.

공동산 어귀, 남들 눈에 잘 안 띄는 구석진 자리에 순애를 묻고 온 아버지가 말했다.

──올 감자가 밑이 잘 안 들었더라. 원체 가물어서……

순애를 묻고 오는 길에 아버지는 산밭에 들어가 감자를 살피고 온 모양이었다. 나는 아버지가 없는 동안 그 산밭에 겨우내 부엌 나무청에다 아이들 눈을 피해 보관했던 씨감자를 묻고 지난봄에 아랫목 시루에서 기른 고구마 순을 꽂고 이제 곧 감자를 캐고 나면 콩씨를 넣을 참이었다. 내가 그렇게 콩과 감자와 고구마로 식량을 만들어 먹고 남은 것을 짐승들한테 먹이면서 살고 있으면 아버지는 객지에서 논 살 돈을 벌어올 것이었다. 서른 여덟살인 아버지는 이가 몇개 남지 않았다. 내가 감자와 고구마를 기르는 동안 아버지는 돈을 벌지 못한 모양이었다. 돈을 벌면 맨 먼저 산뿌라찌 이를 해넣을 거라고 했던 아버지는 이가 듬성듬성한 채로 웃듯이 울었다. 울듯이 웃었다. 아버지가 우는 건지 웃는 건지 궁금해서 내가 아버지를 부르려던 차에, 아버지가 나를 불렀다.

　　—아이, 암만해도 그것이 담백질이 부족해서 벌어진 일이다.

　아버지는 명애가 쇠꼬챙이 같은 것도, 엄마가 우는 병에 걸린 것도, 영기가 수선스러운 것도, 아버지 이가 부실한 것도, 그리고 순애가 죽은 것도 다 '담백질'이 부족해서 벌어진 일이라고 결론을 내고 싶은 모양이었다. 나는 순애한테 분명히 무슨 일이 있었는지도 모른다는 말을 어떻게 해야 할지 몰라, 마루 아래로 늘어뜨린 내 발등을 핥는 강아지를 패 죽이고 싶었다. 나는 순애가 먹을 밥을 강아지한테 주면서 강아지 목을 조르고 싶어서 쩔쩔매야 했다. 그래도 강아지는 속없이 처벅처벅 국에 만 밥을 잘도 처먹었다.

　　—어찌 올해는 강아지 소출도 작다이.

닭도 돼지도 없어지고 강아지도 그렇고…… 그리고 순애 도…… 그 모든 것이 다 담백질 탓이라고 아버지가 말하고 싶어 한다는 것을 나는 알고 있었다. 그래서 없어진 닭과 돼지에 대 해서도, 순애에 대해서도, 한마리만 남은 강아지에 대해서도 나 는 말할 수가 없었다. 그런 것에 대해서 말할 수가 없으니, 더이 상 할 말이 없어서 가만히 있었다. 다만, 아버지가 내가 아무 말 도 하지 않는 것도 담백질이 부족해서 그런다고 생각하지 않기 만을 바라면서. 그런 생각을 하고 있자니까, 나도 아버지처럼 말 대신 소리를 내고 싶었다. 나는 변소로 들어가면서 홍구라시디 비뒤비웅가,라고 했다.

나는 나한테 일어난 일은 잊기로 했지만 순애한테 일어난 일 은 그럴 수가 없었다. 난 살아 있고 순애는 죽었기 때문에 그랬 다. 순애에게 분명히 무슨 일이 있었을 거라는 말, 그 말을 누군 가한테 하긴 해야겠는데 할 수가 없어서 명치가 저려왔다. 처음 에 나는 집 뒤 가죽나무에게 물어보았다. 가죽나무야, 우리 순 애한테 무슨 일이 있었니? 가죽나무가 말했다. 연쇄점 주인 김 주사는 함바집을 하고 있어. 당산마당에서 부로꾸 찍는 인부들 이 김주사네 함바집에서 밥을 먹지. 부로꾸는 새마을을 가꾸려 고 찍는 거야. 흙집을 허물고 부로꾸집을 짓는 거야. 돌담을 무 너뜨리고 부로꾸담을 쌓는 거야. 마르면 먼지 나고 비 오면 진창인 길을 부로꾸 만드는 쎄멘으로 깨끗이 바를 거야. 근면 자조 협동, 새마을이 된다고. 가죽나무는 무심하게 가지를 팔랑거렸다. 나는 가죽나무에게 대답 듣기를 포기하고 저수지 아래 논에 사는 뜸부기한테 물어보았다. 뜸부기는 논 아래 담긴 세상과 논 위의 세상을 두루 꿰고 있어 무슨 대답이든 척척 해줄 수 있을 것만 같았다. 뜸부기야, 우리 순애한테 무슨 일이 있었니? 뜸부기가 말했다. 학교 앞 연쇄점에 사는 홀애비 김주사가 있어. 죽은 만생이 조카지. 군대를 가서 무기를 빼먹었다나봐. 감옥에서 십년을 살다 나왔지. 감옥에서 나와보니 부모도 애인도 살던 집도 없어져서 만생이 집으로 왔어. 만생이가 죽었지. 만생이는 죽었어. 그 이상은 몰라. 논에 사는 뜸부기가 더이상 뭘 알겠니. 뭘 알겠어. 뜸, 뜸북, 뜸북. 뜸부기에게서도 대답은 들을 수 없었다. 그러면 우리 집 지붕 용마루 속에 사는 구렁이에게 물어볼까. 구렁아, 구렁아, 우리 순애한테 무슨 일이 있었던 거니? 물어도 구렁이한테서는 대답이 없었다. 대신 추녀 밑 제비가 말했다. 아이고, 말 마라. 구렁이는 진작에 이사 가고 없다. 어디로 갔는지는 모른다. 참새한테 물어보니 울며불며 갔다고 하더라. 나도 작년에 우리 집이었던 집에 가보니, 우리 집은 간데없고 내가 집 지을 자리 하나가 남아나지 않았더라. 초가집은 없어지고 슬레이트집으로 고쳤더라. 내가 너한테 묻고 싶은 게 바로 그 말이다. 우리 집에 무슨 일이 있었던 거니?

내가 대답은 안하고 저를 바라보기만 하자 제비가 내 얼굴에 흰 똥을 갈겼다. 엄마가 방문 틈으로 나를 내다보다가 내 얼굴의 제비 똥을 보고 까르륵 웃었다. 엄마가 웃는 통에 명애가 놀라서 울었다.

— 김샌 있는가?

아버지가 웃는 건지 우는 건지 알 수 없는 구겨진 종이짝 같은 표정으로 이장을 맞았다. 아이가 죽으면 부고를 돌리지 않는다. 그래도 이장은 마을 사람 대표로 조문을 온 것이다.

— 사람 명이란 것이 타고나는 것이라서 인력으로는 못해보는 것 아닌가이?

— 그런다고는 합디다마는……

— 박샌이 도야지를 묵을라고 해서 묵은 것은 아니라데마는…… 서운헌 마음을 풀어불소.

아버지는 사실 아무것도 모르면서 이미 다 알고 있고 그리고 모든 것을 다 용서하고 이해했다는 듯이, 우는 표정으로 시원하게 웃었다.

— 고런 것은 암것도 아니어라우.

— 그러제, 닭이나 도야지를 사람한테 대겄는가이.

이장이 가고 나서 아버지 얼굴은 마른 피마자 열매 색깔이 되었다. 아버지 얼굴에서 나는 땀은 마치 피마자기름 같았다. 이제

저 기름 같은 땀을 다 흘리고 나면 아버지는 기름을 다 짜낸 피마자처럼 가루가 되어버릴 것 같았다. 그럴 것이 겁나서 나는 말하지 않을 수가 없었다. 나는 정말 말하지 않으려고 했었다. 그러나 이제 아버지는 내게 묻지 않을 수 없었고 나는 아버지의 물음에 대답해야 했다. 나는 새마을연쇄점 마당에서 부로꾸를 찍는 남자가 우리 집 담장을 무너뜨렸고 그 담장이 무너질 때 닭장이 부서지고 닭들이 도망을 갔으며 돼지가 돌더미에 깔려 죽었다고 말했다. 그 남자가 나에게 몹쓸 짓을 했다는 말은 하지 않았다.

─닭과 죽은 돼지를 누가 가져갔느냐.

─닭은 정샌이 몰아갔고 돼지는 이발사 박샌이 잡아먹었다네요.

아버지는 한참 동안 마당에 쭈그리고 앉아 있었다. 아버지는 뜨거운 햇볕도 무섭지 않은 것 같았다.

─아이, 요리 와봐라.

나는 그늘이 좋은 뜰방에서 햇볕 무서운 마당으로 나가고 싶지 않았다.

─인자부터 아부지가 허는 말을 잘 들어봐라.

나는 아버지가 웃는 듯이 우는 얼굴로 뙤약볕 아래 앉아 있는 것이 겁났다.

─아부지, 이리 들어오셔요.

아버지는 결코 내 말을 들으려 하지 않았다. 햇볕 따위는 두려워하지 않는 것은 아버지나 영기나 마찬가지였다. 영기는 허물어진 돌담 위에 장군처럼 앉아서 아버지를 지켜보고 있었다.

—너는 느그 어매가 바보 천치 농판인지 아냐? 세상천지에 대고 물어봐라. 느그 어매가 얼매나 똑똑허고 야물고 영리헌 사람인가를. 다들 웃을 것이다. 허나 나한테는 느그 엄매배끼는 없다. 아무리 똑똑허고 야물고 영리헌 사람 한 바작을 갖다줘도 느그 어매 한 사람보다 못허다이.

엄마는 자신에 대해서 말을 하는 아버지가 재미있는지 문 뒤에서 키득키득 웃었다. 아버지는 엄마가 웃는 것을 눈치챘다. 그래서 아버지는 말이 되든지 말든지 말을 더 하고 싶었을 것이다.

—아부지, 그만 말하고 그늘 안으로 들어오셔요.

나는 금방이라도 울음이 터져버릴 것 같았다. 엄마가 우는 것보다는 웃는 것이 좋았던 아버지는 내 울음에는 개의치 않았다.

—그런디이, 세상은 똑똑허지 않고 야물지 않고 영리허지 않으면 사람을 바보 천치 농판 취급을 헌다. 그런 세상을 내가 어치게 해야 쓰겠냐.

나는 아버지가 어떻게 해야 하는지를 알지 못했다. 다만, 아버지가 속히 그늘 안으로 들어와주기만 바랄 뿐이었다. 아버지는 땀으로 눈을 뜨지 못한 채 뭔가를 더 이야기하려 했으나, 빙그르르 쓰러져버렸다.

——내가 바보 천치 농판인지 아냐……

집 뒤 대숲에서 까치가 까악까악 울었다.

　——깐치는 알 것이다. 사람들은 몰라도 깐치가 알 것이여……

붕대를 휘감은 아버지의 다리에서 핏물이 배어나왔고 핏물 주위로 파리들이 꼬여들었다. 나는 아직 아버지한테 어디서 무얼 하다 다쳤느냐고 물어보지도 못했다. 햇빛은 하앴다. 하얀 폭포수 같았다. 햇빛 속에서 아버지는 검고도 하얗게 보였다. 겉은 까맣지만 속은 하얀 피마자 열매처럼.

　명애 울음소리에 깨어나서 마당으로 나와보니 아버지가 휙, 하고 골목 밖으로 나가고 있었다. 아버지가 이장 집으로 간다는 것을 나는 알았고 왠지 무서워서 나 혼자는 아버지를 따라갈 수가 없었다. 나를 다독이던 나보다 나이 많은 나들은 아직 잠에서 깨어나지 않아서 나는 명애를 업고 묘자한테 갔다. 묘자와 함께 가야 덜 무서울 것 같았다. 묘자는 어두컴컴한 헛간에서 썩은 감자를 추려내고 있었다. 썩은 감자에서 비리고 더운 냄새가 훅 끼쳐왔다.

　——감자가 곯았어.

　잘못 보관해서 감자를 썩게 한 것이 묘자는 부끄럽고 속상하고 민망해서 얼굴을 붉혔다. 내 속도 쓰려왔다. 그러나,

　——울 아부지가 이장 집으로 갔어.

왠지 무섭다는 말은 나오지 않았다. 말을 하면 내 무서움이 내 옷자락과 내 머리카락을 잡아버릴 것 같았다. 사람을 잡는 것은 귀신이 아니라 무서움이다. 사람들은 제 무서움에 제가 잡힌다. 그래놓고는 귀신한테 죄를 뒤집어씌우는 것이다. 묘자가 손을 툴툴 털며 헛간에서 나왔다. 묘자가 마루 위 시렁에 걸린 대바구니 속에서 개떡을 꺼내 명애에게 쥐여주었다. 명애가 개떡을 땅에 흘렸다. 묘자는 개떡에 묻은 흙을 털어내고 베어먹으며 이장집으로 갔다. 개떡은 묘자의 아침밥이다. 개떡을 베어먹는 묘자 얼굴이 아침 햇발 속에서 밝고 고요하게 빛났다. 나는 묘자가 든든하다.

우리가 대문 밖에서 얼쩡거리자 이장댁이 들어오라고 했다. 이장과 아버지는 쇠죽솥 아궁이 앞에서 얼핏 보면 다정하게 이야기하고 있었다. 용순이는 신발이 없어졌다고 발을 동동 굴렀다. 이장댁은 딸 하는 짓에 삼동네가 우세스럽다고 부엌에서 구시렁거리면서 용순이의 신발을 아궁이에 처넣어버렸다. 용순이에게 강아지를 어떻게 했는지 다시 묻고 싶었으나 용순이는 나를 쳐다보지 않았다. 그런 일을 어른들한테 말한다는 것은 부끄러운 일이다. 나는 용순이가 당하는 고난이 뭔지를 짐작했으나 그것도 모른 척했다. 용순이가 나에게 눈을 흘기며 조용히 마루 밑에서 이장댁의 고무신을 훔쳐내 도망을 갔다. 이장은 여전히 우리 아버지와 이야기 중이고 이장댁은 용순이의 신발을 태우

는 중이었다. 나가면 다리몽댕이를 분질러불 것인게…… 그러
나 아직 다리몽댕이가 부지러지지 않은 용순이는 나가고 없었
다. 용순이는 학교 앞 삼거리에 나타난 남자의 오토바이를 타고
어디까지 갈 수 있을까. 읍내, 광주, 부산, 서울…… 문득 도시는
어떤 곳일까, 궁금해졌다. 아버지가 이장과 이야기를 끝내고 집
에 가면 도시는 어떤 곳이냐고 물어보고 싶었다. 그러면 나의 불
안은 가시고 그 자리에 설렘이 들어설 것이었다. 나는 아버지가
해주는 도시 이야기를 들으며 밥을 지을 것이고 아버지는 망가
진 닭장과 돼지막을 고칠 것이다. 아버지는 엄마가 밥을 먹지 않
고 삐쳐 있으면 엄마한테 밥 한 숟가락이라도 먹이기 위해 노래
를 부르고 춤을 출지도 모른다. 그랬으면 좋겠다고, 사방에 희고
붉은 접시꽃이 피어난 여름 아침에 나는 생각하고 또 생각했다.
순애가 없어서 시무룩한 영기도 다시 예전처럼 맛있는 거 내놓
으라고 솥뚜껑을 두드리거나 막대기 끝에 죽은 쥐를 매달아 내
앞에 디밀다가 도망을 갈 것이고 나는 그런 영기를 쫓아가다가
슬며시 돌아서서 영기가 좋아하는 술빵을 만들기 위해 밀가루
를 반죽할 것이다.

　이장과 아버지는 웃었다. 아침 햇발 아래서 웃었다. 흰 접시
꽃 속에서 껄껄껄 웃기도 하고 붉은 접시꽃 옆에서 하하하 웃기
도 했다. 그들은 결코 호호호, 하고 웃지는 않았다. 나는 그것이
좋았다. 마음도 풀어졌다. 이장댁이 마침 차린 밥상에 우리 몫

의 밥까지 챙겨들고 부엌에서 나왔다. 아버지는 이장댁의 같이 밥 먹자는 요청을 정중히 사양했다. 이장 집을 나온 아버지가 묘 자한테, 새벽부터 니가 뭔 일이냐? 하면서 반갑게 웃었다. 이장 집에서도 웃고 묘자한테도 웃었던 아버지가 실은 이장 집에 오기 전보다, 그리고 이장 집에서보다 더 울고 싶어한다는 것을 나는 알았다. 아버지가 웃는 것은 사실은 울음을 틀어막고 있어서라는 것을. 아버지는 지난겨울 집을 떠나기 전에 그랬던 것처럼, 말이 안되는 소리를 내며 집으로 갔다. 웅구 쇼바 슝가 아리따 슈바 차리차리 파파.

골목 안 개똥처럼 아무 데서나 접시꽃들이 피어났다. 꽃은 무심하고 무심한 것은 무섭다. 명애가 오줌을 쌌는지 등이 뜨듯하고 축축했다. 그 아침에 무섭지 않은 것은 오직 명애 오줌뿐이었다.

영기는 자꾸만 방바닥에고 흙벽에고 쿵쿵 머리를 찧었다.
— 영기야, 영기야, 영기야……
나는 영기를 부른다. 노래하듯이 부른다. 저를 부르는 누나에게서 뭐가 나올까, 영기는 눈물 젖은 눈으로 나를 바라본다. 영기 눈앞에 노래기가 지나간다. 영기는 노래기를 사납게 짓이긴다. 노래기를 짓이겨도 영기는 제 속에서 나오는, 저도 어찌해볼 수 없는 사나움을 잠재우지 못한다. 영기는 심심해서 닭을 쫓아다닌다. 쫓기다 쫓기다 지친 닭이 영기를 향해 달려든다. 화가 난 영기가 닭 털을 뽑아버린다. 영기는 털이 뽑힌 닭이 도망가는 것을 시무룩히 바라보다가 엄마한테 매달리는 명애를 떼어내서 던져버린다. 명애가 계란 깨지듯이 파삭 깨진다. 내가 깨진 명애의 입과 눈과 코를 꿰어맞춘다. 뼈를 세우고 떨어져나간 살점을 붙인다. 명애는 가까스로 다시 명애가 된다. 명애는 겨우 숨을 쉬고 크게 울지도 못하고 깨갱거린다. 영기가 헛간의 재를 뿌린다. 엄마가 재를 뒤집어쓴다. 재를 뒤집어쓴 엄마가 고릴라처럼 운다. 영기가 운다. 고릴라처럼 우는 엄마한테 놀라서도 울고 제가 저한테 놀라서도 울고 더는 어찌해볼 수 있는 것이 아무것도 없어서 운다. 이제 할 수 있는 것은 울음뿐이어서.

—영기야, 영기야, 영기야……

밀가루 한 양재기면, 사카린 한 줌이면 영기의 사나운 심심함을, 슬픔의 난동을 잠재울 수 있었다. 그러나 지금 밀가루 한 양재기가 없다. 묘자한테 가면 밀가루와 사카린을 빌릴 수 있을까, 생각하고 있는데 묘자가 왔다. 정애야, 말해놓고 묘자는 더 말을 하지 못했다. 묘자가 이끄는 대로 이발소 앞으로 갔다. 아버지는 이발소 앞 가마니 위에 누워 있었다. 두 팔을 벌리고 선 박샌의 다리가 후들거렸다. 둘러선 사람들에게 박샌이 말했다.

정애 아부지 종택이가 술을 한잔 마시고 기분이 좋다고 이발을 했다, 나는 종택이에게 미안하다고 했다, 종택이가 괜찮다고,

이왕에 죽은 짐승인데, 누가 먹었으면 어떠냐고 했다, 이발을 하면서 종택이는 지그시 웃기까지 했다, 마침 석균이도 이발을 하러 왔다, 종택이는 이발을 다 하고 나서 이발소를 나갔다, 나도 이발값을 받을 마음은 없었다, 이발소에 놀러 온 석균이가 실실 웃으며 종택이를 따라 나가서 박샌이 도야지 잡아먹어서 삐쳤느냐고, 종택이를 놀렸다, 종택이는 웃으면서, 아니라고, 내가 그런 사람이 아니라고, 내가 그리 속 좁은 사람이 아니라고, 사람을 뭘로 보고 그런 소리를 하느냐고 점잖게 대답을 했는데, 석균이가 자꾸만, 뭣이 그러냐고, 안 그렇다고 하는 것 보니 진짜 그런 모양이라고, 실실거리는 것까지만 보고 나는 이발소로 들어왔다,고 말하고 박샌은 이발소 안으로 들어갔다. 다시 이발소에서 나온 박샌의 손에는 면도할 때 쓰는 삭도가 들려 있었다.

느닷없이 종택이가 내가 지금 들고 있는 이것과 비슷한 칼로 석균이를 찔렀다, 그런데 어인 일인지 찌른 사람은 죽고 찔린 사람은 죽지 않았다, 그것이 전부다,라고 말하고 나서 박샌은 입을 다물었다.

석균이는 자기는 결코 종택 씨를 죽이지 않았다고 울면서 악을 썼다. 죽이지는 않았는데 어쩌면 죽였는지도 모른다고 다시 한번 악을 썼다. 사람이 죽고 사는 문제를 자기가 어찌 알겠느냐고 또 악을 썼다. 세 마디 악을 쓰고 나서 석균이는 경찰 지프차로 들어갔다. 아버지는 공동산 순애 옆에 묻혔다. 엄마는 내내 울던 울음을 뚝 그쳤다. 그리고 끼륵끼륵끼륵, 하고 웃었다. 엄마가 웃자 엄마 배 속의 아기가 미친 듯이 꿈틀거려서 엄마 옷이 들썩거렸다.

산딸기를 따고 있는데 꾀꼬리가, 가시내들 젖통 좀 봐라! 하고 우리를 놀렸다. 아직 젖통이 없는 우리들은 꾀꼬리를 무시하고 딸기만 땄다. 딸기는 밀개떡으로 겨우 틀어막은 영기의 사나운 슬픔을, 명애의 힘없는 울음을, 엄마의 허기진 웃음을 얼마나 막아낼 수 있을까. 산딸기는 쓰고 떫고 달보드레했다. 산딸기는 꺼끄럽고 날카롭고 보드라웠다.
　—나는 그 가시내를 어떻게 해버리고 싶어.
　—용순이 말이야?
　—응, 용순이가 내 강아지를 팔아먹어버렸어.
　—용순이는 지금 없어.
　—내 강아지 판 돈으로 집 나갔어.
　—내 오리도 용순이가 훔쳐갔어.
　—용순이 배 속에서 오리 소리가 나더라.
　—용순이를 만나면 이 딸기를 팔자.
　—나는 정샌을 어떻게 해버리고 싶어.
　—닭을 몰아가서?
　—응, 우리 닭을 정샌이 다 잡아먹었어.

—정샌은 너보다 빨리 죽을 거야.

—죽기 전에 죗값을 받게 할 거야.

—정샌한테 이 딸기를 팔자.

—나는 그 사람을 어떻게 해버리고 싶어.

—연쇄점 주인 말이야?

—응, 그 사람이 순애를 해친 것 같아.

—순애는 아파서 죽었어.

—죽기 전에 그 사람이 먼저 순애를 해쳤어.

—그 사람한테 딸기를 팔자.

나는 석균이를, 박샌을, 부로꾸 찍는 남자를 어떻게 해버리고 싶다는 말을 마저 하고 싶었으나 그 말을 다 하기 전에 딸기 바구니가 가득 찼다. 묘자는 독약 묻힌 딸기라고 말하지는 않았다. 대신 묘자는 독버섯을 가리켰다. 버섯은 딸기 덤불 속에 딸기보다 더 빛나게 솟아 있었다. 우리는 어떻게 해버리고 싶은 사람들한테 딸기를 팔면서 독버섯을 덤으로 줄 것이었다. 싸리버섯과 독버섯을 섞은 바구니를 내밀며 예쁘게 웃을 것이었다.

향기가 진하다,고 묘자가 말했다. 나는 버섯을 따기 위해 덤불 속으로 기어들었다. 모기가 달겨들었고 딸기 덤불의 가시가 이마를 긁었다. 피는 땀과 범벅이 되어 눈가로 흘렀다. 찝찔한 피가 입속으로 스며들었다. 익모초 이파리를 뜯어 피를 닦아내다가 나는 어떤 소리를 들었다. 처음에는 산짐승 소리 같았고 그다음에는 고양이 소리 같았고 그다음에는…… 그것은 아기 울음 소리였다. 아기는, 태반이 연결된 아기는 오후의 햇빛이 아지랑이처럼 일렁거리는 풀숲에서 핏물에 엉긴 채 새파랗게 바둥거리고 있었다. 막 태어난 아기는 얼핏 보기에 사람 새낀지 짐승 새낀지 잘 분간이 되지 않았다. 아기에게로 하루살이가 달겨들고 모기가 달겨들고 개미들이 달겨들고 왕거미가 달겨들었다.

─애기 털 있냐?

─허물이 있어.

─손가락 있냐?

─있어.

─몇개?

─하나 둘 셋 넷 다섯, 다섯개. 열개.

─발가락은?

─하나 둘 셋 넷 다섯, 다섯개. 열개.

─와아, 사람 새끼다!

사람 새낀 것이 반가웠다. 왈칵 서러운 기분에 휩싸이면서 우리는 악을 썼다. 사람 새끼다아!

묘자가 아기를 안고 있는 동안에 나는 사방을 둘러보았다. 어디선가 바스락 소리가 났다. 여자와 내 눈이 공중에서 부딪쳤다.

─야아!

여자가 짐승처럼 으르렁거리며 우리에게 돌을 던졌다. 여자는 똥을 누고 사라지듯이 아기를 낳고 사라졌다. 사방은 조용했고 바람이 불었고 비행기가 지나갔고 산 이쪽에서 저쪽으로 장끼 한마리가 푸드덕거리며 날아갔다. 묘자가 안고 있는 동안 아기는 울지 않았고 열다섯의 내가 숨을 몰아쉬는 동안 쉰살의 내가 이빨로 탯줄을 잘랐다. 탯줄은 비릿했다.

탯줄을 떼어낸 아기는 잠이 들었다. 심장이 여리게 올록볼록 뛰면서 새근새근하는 숨소리가 났다. 우리는 아기를 안고 여자가 들어간 굴 앞으로 갔다. 여자는 나오지 않았다. 우리는 아기를 굴 앞에 놓아두고 바위 뒤로 숨었다. 여자가 나와서 아기를 데리고 들어갔다. 우리는 아기 때문에 딸기도 독버섯도 다 잊어버렸다.

미역은 축축하다 못해 흐물거렸다. 엄마가 명애를 낳았을 때 아버지가 사다놓은 미역이었다. 나는 미역을 잘 간수할 줄 몰랐고 엄마는 내게 그런 것을 가르쳐주지 못했다. 흐물거리긴 해도 미역은 미역이었다. 미역국을 끓여서 주전자에 담아 들고 묘자한테 가는 길에 박꽃이 하얗게 피었다. 은하수가 흐르고 은하수 가루는 우리 집과 묘자네 집 초가지붕 위로만 내렸다. 마을의 집들은 초가지붕을 걷어내고 슬레이트를 올렸다. 슬레이트 지붕 위의 박꽃은 밤에도 잘 피지 않았다. 지붕 위로 억지로 올린 박꽃이 시들시들하자 빨간 슬레이트 집 주인이 호랑이가 물어갈 일이라고 욕을 했다. 파란 슬레이트 집 주인은 오살을 맞을 일이라고 욕했다.

─너는 안 자고 어디 가냐, 밤에.

호랑이댁이 나를 위아래로 살폈다. 나는 말하지 않았다. 호랑이댁이 호랑이처럼 으르렁, 화를 냈다.

─천하 몹쓸 것이 있네. 어른이 물어보면 대답을 해야제.

나는 호랑이댁을 노려봤다. 오살댁이 호랑이댁을 말렸다.

─야가 뵌 바가 없응게 그러제.

나는 그들이 내 뒤에서 하는 소리를 들었다. 쟈 어매가 그렇게 종택이한테 시집오기 전부터 실성기가 있었던갑더라, 가진 것 없는 종택이가 실성기는 안 보이고 이쁜 것만 보였던가 좋아 죽더라네, 묵을 것은 없어도 좋아 죽은 남지기로 새끼들만 씨러 놓고 지 애비가 죽어부니…… 저것인들 온전허겄는가…… 그런디, 쟈 어매가 또 새끼를 뱄는갑드만이. 달구 새끼맹이로 사람은 모자래도 새끼는 퐁퐁 잘 까 콕콕콕콕콕.

나는 어둠 속에서 환한 쪽을 향해 돌을 던졌다. 콕콕콕콕 하던 소리가 콕, 하고 그쳤다. 묘자와 나는 어두운 산으로 올라갔다. 굴속에서는 기척이 없었다. 덜컥 겁이 났다. 뒤미처 아기 울음소리가 났다. 우리는 밥과 국을 굴속으로 밀어넣어주고 산을 내려왔다. 아침에 또 우리는 미역국과 밥을 가지고 산으로 갔다. 주전자와 밥주발이 굴 밖에 그대로 있었다. 저녁에 우리는 또 갔

다. 밥과 국이 역시 그대로 있었다. 우리는 굴속을 들여다보았
다. 굴 안은 캄캄했다. 아기 울음소리가 났다. 우리는 굴 안으로
들어갔다. 여자는 죽어 있었다.

　신작로 가에 있는 담뱃집 딸 단이는 산 너머 마을로 시집을
갔다가 쫓겨왔다. 간질병자를 속여서 시집보냈다고 단이 신랑
이 와서 담뱃집 과부 단이 엄마 멱살을 잡고 흔들었다. 단이 신
랑이 단이를 두고 돌아가고 나서 단이 엄마는 말문이 막혀서 말
을 못하고 목엣소리로 쉐쉐거렸다. 단이 엄마는 쉐쉐거리며 캄
캄한 밤에 단이를 단이 신랑이 사는 동네로 데려다놓고 가버렸
다. 그렇게 몇번을 하고 나자 단이는 엄마한테 돌아가지 않고 신
랑한테도 가지 않고 산으로 갔다. 단이는 집도 없이 산에서 살았
다. 너구리처럼 굴속에서 살았다. 강도가 와서 단이 엄마를 죽이
고 돈을 훔쳐갔다. 단이 엄마가 소리 지를 수 없어서 강도 짓을
했을 거라고 사람들이 수군거리는 와중에 강도가 잡혔다. 강도
는 다름 아닌 단이 신랑이었다. 단이는 산밭의 감자를 캐서 먹고
콩을 따서 먹고 살았다. 겨울이면 토끼를 잡아먹었다. 그리고 단
이는 죽었다. 죽은 단이 옆에서 아기가 바르르 떨고 있었다. 지
나가던 산꾼들이 땅을 파고 단이를 묻었다. 애기는 살았냐? 산
꾼들이 칡을 질겅질겅 씹으며 물었다. 우리는 아기를 얼른 감추
었다.

경찰서 마당에는 늙은 홰나무가 서 있었다. 홰나무에 노르스름한 꽃이 가득 피어 있었다. 우리 동네 정자나무도 홰나무였다. 홰나무에 꽃이 필 때면 나는 언제나 눈이 가려웠다. 눈이 가렵고 코가 가렵고 이마가 가렵고 뺨이 가렵고 귀가 가려웠다. 온 얼굴이 가려워서 눈을 몇번이나 희번덕이고 코를 벌름거리고 재채기를 하고 귀를 후비고 목덜미를 옴츠려야 했다. 내가 가려워서 가만히 있지 못하자 의심스러운 눈으로 나를 쏘아보던 젊은 순경이 요기에 뭔가를 숨겨서 요기가 이렇게 올록볼록한 모양이라고 손가락으로 내 가슴께를 쿡 찌르고 묘자 엉덩이를 파싹 때렸다. 우리를 구경하던 늙은 순경이 히죽거리며 이제 막 돋아나는 새싹한테 너무 그러지 마라,라고 하면서 우리 머리를 쓰다듬었다. 머리를 쓰다듬다가 느닷없이 목덜미 속으로 찬 손을 쑥 집어넣었다. 그것은 뱀이 쑥 들어왔다 나가는 것과 똑같았다.

─야밤에 산에 간 이유가 무엇이냐.

단이한테 밥을 주려고 갔다는 말은 입속에서만 맴돌았다.

─너희들이 공비들이 숨었던 굴속에다 밥을 넣어주는 걸 본 사람이 있어. 그러니 바른대로 대라.

공비가 뭐냐고 묻고 싶었으나 말이 나오지 않았다.

─사람 말이 말 같지 않냐?

순경이 또다시 내 가슴을 툭 쳤다.

─앞으로 너희들이 조금이라도 거짓말을 한 것이 드러나면

법의 처벌을 받게 된다. 여기 손도장 찍어라.

나와 묘자는 순경이 손을 가져다대는 곳에 손도장을 찍었다. 순경이 나와 묘자의 머리를 툭 쳤다. 툭툭. 묘자 눈물이 아기 머리에 투둑 떨어졌다.

─그런데, 그 애기는 뭔 애기냐.

묘자는 아기를 세게 안았다.

─혹시 그 애도 공비 놈의 새끼 아녀?

묘자는 아기를 안고 덜덜 떨었다. 순경이 묘자 뺨을 후려갈겼다. 묘자가 쓰러지면서 아기를 떨어뜨렸다. 묘자 입에서 피가 흘러나왔다.

─가시내가 대답을 안해, 대답을.

바닥에 떨어진 아기가 파랗게 울었다. 나는 아기를 안았다. 파란 아기가 다시 노랗게 되었다. 노란 아기한테 내 납작한 젖을 댔더니 아기는 조금씩 분홍이 되었다. 분홍의 아기가 검어지기 전에 아기한테 진짜 젖을 먹여야 한다. 나는 아기를 안고 묘자 손을 잡고 뛰었다.

─가시내들을 콱 잡아서 잡아먹어버릴 테다, 쌍.

우리 뒤에서 욕을 하면서 순경들이 웃었다. 저 시부럴 년이, 요망한 가시내들이네, 흐흐흐, 하하하……

마루에서 저녁으로 감자를 까 먹고 있는데 이장이 사립문 밖에서 나를 손짓해 불렀다. 이장은 보리쌀 한말을 메고 왔다. 나는

고맙다는 말을 하지 않았다. 이장이 흙바닥을 발로 툭툭 차며,

— 산꾼들이 공비들이었다는 것을 몰랐냐?

산꾼들이 공비였는지 나는 모른다. 다만 아기는 산꾼들의 아기가 아니라는 것을 나는 알고 있다.

— 애기는 묘자 애기여요.

— 뭐라고?

— 묘자가 낳았어요.

— 아이, 아이, 그러면 누가……

나는 얼른 사립문을 닫았다. 감자를 다 먹고 났을 때, 허물어진 담 너머 텃밭 가에 달맞이꽃이 막 피어나고 있었다.

— 엄마아, 하니까 엄마가 깜짝 놀래드라고.

묘자는 살랑살랑 웃으며 저희 엄마가 놀라는 시늉을 해 보였다.

마침 엄마가 우물가에 있어서 묘자는 살레살레 엄마한테 다가가 엄마아, 하고 엄마를 불렀다. 엄마는 너무나 놀라서 묘자를 아무도 안 보는 곳으로 끌고 가 닦아세웠다.

— 뭔 애기다냐?

묘자는 여전히 살랑살랑 웃으며,

— 산에서 주섰어.

— 애기를 주섰어? 애기가 뭔 밤톨이냐? 줏게?

— 엄마, 울 애기한테 젖이나 좀 주소.

묘자 엄마는 머리가 띵해서 정신을 차릴 수가 없었다. 니가 어쩔라고 그러냐, 니가 어쩔라고 그래. 묘자 아버지는 산판일을 하다 쓰러지는 나무에 맞아 죽었다. 묘자 엄마가 혼자 콩밭을 매고 있을 때 이웃에서 고구마밭을 매고 있던 홀아비가 자기 고구마밭을 놔두고 묘자네 콩밭을 매주러 건너왔다. 선자 아버지와 묘자 엄마는 콩밭에서 사랑을 했다. 묘자 엄마는 솔직히 선자 아버지한테 시집까지 갈 생각은 없었다. 그런데 두 사람의 사랑이 소문이 나서 묘자 엄마는 선자 아버지한테 시집을 안 갈 수가 없었다. 묘자 엄마는 묘자가 아기를 안고 자기 앞에 나타나자 결국 올 것이 오고야 만 것 같았다. 남자한테 눈이 멀어 새끼를 버린 벌을 받을 때가 온 것 같았다. 우물가에는 적당히 몸을 숨길 데도 없어서 묘자 엄마는 묘자를 데리고 굽은뎅이 논두렁 밑으로 납작하게 몸을 숨기고 묘자를 끌어당겼다.

묘자 엄마 옷섶에서 젖이 방울방울 떨어졌다. 묘자 엄마는 지난봄에 아기를 낳았다.

—엄마아, 젖 떨어진다.

묘자가 탄성을 지르며 산돌이 입을 방울지는 젖 쪽에 갖다댔다. 묘자 엄마가 엉겁결에 옷을 들어올려 산돌이한테 젖을 물렸다. 산돌이가 한참 젖을 잘 빨고 있는데, 묘자 엄마가 젖을 문 산돌이 입을 모질게 잡아뗐다.

—집에서 울 애기가 울겠다.

울 애기,라고 해놓고 나니까 또 묘자 엄마는 이상했다.

—그렁게, 뭣할라고 애기를 주서와야, 뭣할라고오.

묘자 엄마는 새삼스럽게 부아가 나서 묘자를 후려쳤다. 그 통에 산돌이가 와락 울었다. 묘자 엄마는 화를 내면서 산돌이한테 젖을 물렸다. 화를 내면서 젖을 물리고 젖을 물리면서 웃었다. 아따, 이놈 인물이 부처님처럼 훤허네에!

여름에는 땔나무가 영 마땅치 않았다. 남의 밭에 버려진 삼대와 뽕대를 거두어왔으나 습기가 차서 허연 곰팡이가 슬어 있었다. 뽕대에 불을 붙이려고 성냥을 켰으나 성냥도 습기가 차서 불이 잘 켜지지 않았다. 사온 지 얼마 안됐는데도 성냥개비가 몇개 남아 있지 않은 것은 분명히 영기 소행일 것이다. 영기가 빼돌린 성냥으로 장난을 하다가 언젠가 일을 낼 것이 나는 두려웠다. 나는 날마다 영기가 숨겨놓은 성냥을 찾아 헤맸다. 성냥 통을 아무리 숨겨도 영기는 잘도 찾아냈다. 내가 성냥개비를 덜어내어 따로 숨겨놓고 나중에 찾아보면 없었다. 내가 영기 몰래 숨겨놓은 그 많은 성냥개비들은 다 어디로 갔을까. 나는 자꾸만 없어지는 성냥 때문에 마음을 졸였다. 여름 성냥은 겨울 땔감만큼이나 두려운 것이었다. 방 안에 습기가 차서 아궁이에 불을 지피려고 했으나 아궁이 안에 물이 가득 차 있어서 포기했다. 엄마는 배가 불러올수록 잠을 많이 잤다. 더운 한낮에도 문을 닫아놓은 캄캄한 방 안에서 자고 자고 또 잤다. 명애는 잠든 엄마 배 위를 기어다니다가 엄마 얼굴에 제 다리 하나를 걸치고 잠들었다 깨어나 엄마 배 위로 기어올라가 나오지 않는 젖을 빨았다. 영기는 하루종일 쥐를 잡으러 돌아다녔다. 영기는 쥐를 잡아서 대꼬챙이에 한마리씩 꿰어 담장 위에 길게 꽂아놓았다. 그러지 말라고 말리면 영기가 무슨 짓을 할지 몰라 가만히 있다가 영기 몰래 쥐꼬챙이를 치웠다. 영기가 쥐덫에 치일까봐 나는 오금이 졸아들었다. 졸아든 오금에서 찍찍찍, 쥐 소리가 났다. 목은 바싹 말라서 침을 뱉으면 침이 아니고 모래 같았다. 나는 수없이 마른침을 꼴깍거렸다. 마른침을 꼴깍거리며 화덕 위 양은솥에 감자를 삶으려고 애를 써봤으나, 끝내 불은 일어나지 않았다.

묘자는 콩죽을 쑤고 있었다. 식구가 적어 반죽이 고무공만했다. 대나무 사립문 옆에는 살찐 봉숭아가 조롱조롱 피어 있었다. 묘자는 꽃밭 옆에 펴놓은 가마니 위에서 땀을 송골송골 내가며 밀대로 밀가루 반죽을 밀고 분을 발라 채를 썰었다. 돌로 만든 화덕 위 조그만 냄비 속에서 콩물이 후르르 끓고 있었다. 땔감은 마른풀이었다. 내가 얼른 불을 꺼내서 콩물이 넘치지 않도록 거들었다.

— 엄마가 콩을 좀 주더라고.

묘자는 아기 젖을 얻어먹으려고 하루에도 몇번씩 저희 엄마네 집을 오갔다. 묘자는 산돌이한테 젖도 얻어먹이고 콩도 얻어왔다. 잠든 산돌이 입과 코로 저녁 파리가 새카맣게 꼬여들었다. 묘자 할머니가 휘휘 손을 내저어 파리를 쫓았다. 산돌이가 호오, 더운 숨을 내쉬었다. 나는 뚤방 위에 올려져 있는 성냥갑 속에서 성냥개비 몇알을 꺼내 서둘러 집으로 왔다. 얼른 감자를 삶아야 엄마도 영기도 명애도 나도 그리고 엄마 배 속의 아기도 더운 숨을 쉴 수 있을 것이기에.

이장이 누에를 키워보겠느냐고 물었다. 이발소 박샌이 가을 누에를 치지 않으니, 그 뽕을 먹이라고 이장이 말했다.
—박샌이 좋은 맘으로 주는 것인게 너도 고마운 맘으로 받아야 쓴다이.
누에덕과 누에채반과 누에섶도 얻어다주겠다고 했다. 이장이 고맙다는 말을 바라는 것 같았으나 나는 하지 않았다. 마을회관에서 가을누에씨를 받아 대밭 모퉁이, 묘자네 집 앞을 지나오는데 묘자가 산돌이를 업고 나와 서 있었다.
—누에씨 얼마나 받았어?
—두 깍정이.
—좋겠다. 나도 누에 키워봤으면.
묘자는 산돌이를 키우면서 돈을 벌고 싶어진 모양이었다. 그러나 묘자에겐 뽕나무도 없고 누에섶도 없고 누에채반도 없고 무엇보다 누에 키울 방이 없었다. 묘자에게 누에 키울 뽕나무가

있고 섶과 채반이 있고 잠실로 쓸 방이 있으면 누에씨를 한 깍
정이 정도 받아다가 알뜰히 키워서 고치 수매금을 받으면 아마
묘자는 그 돈으로 밭을 살 수도 있을 것이다. 그 밭에 뽕나무를
심고 잠실을 지어서 더 많은 누에를 치고 그것으로 돈을 만들어
묘자는 부자가 될 수도 있을 것이다. 묘자가 부자가 되면 묘자
할머니는 부자 할머니가 되고 산돌이는 부자 아이가 되고 부자
큰애기가 된 묘자는 신문에 나올지도 모른다. 묘자는 머리에 흰
수건을 쓰고 앞치마를 두르고 뽕을 따면서 한껏 폼을 잡고 사진
을 찍을지도 모른다. 묘자는 마을회관에 비치된 새마을책에 나
온 소득증대사업에 성공한 새마을아가씨들을 무척 부러워했다.
묘자는 아버지가 죽지 않고 살아만 있다면 아버지를 도와 산을
개간하여 뽕나무를 심어 양잠사업도 하고 앙고라니, 레그혼이
니, 요크셔니 하는 축산업도 하고 밤나무 접붙이기 사업도 했을
지 모른다. 묘자 엄마가 시집간 동네에 사는 진순이가 집에 편물
기계를 들여다놓고 목장갑을 짜서 농가소득증대사업을 잘했다
고 군수에게 표창장을 받았더라고, 묘자는 사뭇 부러운 듯이 말
했다.

　　─진순이처럼 성공해서 산돌이 대학도 보내라.

　　─시집이나 갈란다, 캑캑캑.

　　버짐이 피어서 얼룩덜룩한 뺨을 발그레 물들이며 묘자가 숨
도 안 쉬고 웃어젖혔다.

묘자는 저희 엄마 집에 다니더니 의기가 양양해졌다. 뻔뻔해
진 것도 같았다. 무엇보다 묘자 가슴이 불룩 나왔다는 것을 나는
알았다. 묘자는 젖가리개를 찬 것이다. 젖통도 없는 묘자는 젖가
리개부터 찼다. 내가 제 젖가슴을 쳐다보자,

—언니가 월급 타서 엄마한테 사다줬대.

공장 다니는 의붓딸이 사다준 것을 묘자 엄마는 진짜 딸한테
주었다. 묘자는 젖가리개 위로 산돌이 입을 가까이 해서 젖 먹
이는 시늉을 하며 깔깔거렸다. 이제 묘자는 젖통만 생기면 시집
을 갈지도 모른다. 이미 아기는 있으므로 아기는 더 낳지 않아도
되겠구나,라고 내가 말하자 그래도 신랑이 낳자고 하면 더 낳아
야지, 하면서 묘자는 또 깔깔거렸다. 묘자가 웃자 묘자 할머니도
담배를 피우다 말고 꾹꾹꾹, 하고 웃었다. 젖통도 생기기 전에
아기부터 생겨버린 묘자는 어디로 누구한테 시집을 가고 싶은
것일까. 산 너머일까, 강 너머일까. 꽃동산일까, 새동산일까. 산
돌이를 업고 소득증대사업을 하는 묘자가 꿈에 나타나 하얀 머
릿수건 쓰고 박꽃처럼 웃고 있었다.

잠이 오지 않았다. 누에는 석잠을 자고 일어났는데, 뽕이 모자
라 마지막 고비에서 누에 농사를 망칠지도 몰라 잠을 잘 수가 없
었다. 나는 누에에게 마지막 남은 뽕으로 밥을 주며 누에고치 수
매금을 가지고 무엇을 할까 생각했다.

고치 수매금으로 논은 살 수 없지만 밀가루를 세 포대 정도는 살 수 있을 것이다. 엄마가 아기를 낳을 테니 미역도 사다놔야 할 것이다. 겨울에 김장을 하려면 무, 배추에 뿌릴 띠띠가루(디디티)도 사야 한다. 그러나 뽕이 모자랐다. 마지막 밥을 먹지 못한 누에는 실을 뽑지 못하고 늙어서 죽게 될 것이다. 그렇게 되면 밀가루를 못 사서 식량 댈 일이 아득할 것이며 엄마는 아기를 낳고도 미역국을 먹지 못할 것이고 띠띠가루를 못 친 우리 집 김장 무, 배추는 벌레가 다 뜯어 먹어서 우리는 겨울에 김치를 먹지 못할 것이다.

나는 망태를 들고 아직 어두컴컴한 마당으로 나섰다. 내가 어디 도망이라도 가는 줄 알고 엄마와 영기와 명애가 후다닥 깨어 일어나고 있다는 것을 알면서도 나는 말없이 산뽕을 따기 위해 집을 나섰다. 낮에 산에서 보아둔 산뽕이 있었다. 나무에 올라 산뽕을 따고 있는데 누가 산을 올라오면서 도둑 잡아라,라고 외쳤다.

—누구여요?

나는 태연자약하게 물었다.

—산 임자다, 왜?

나는 산 임자를 무시하고 따던 뽕잎을 땄다.

산 임자가 아래서 뽕나무를 흔들었다.

—니가 뽕을 따도 소용없다. 내려오면 내가 다 압수해불 것

인게로.

　—아저씨.

　—왜!

　—지난겨울에 내가 이 산에서 참나무를 벨 때는 왜 아무 말씀도 안하셨어요?

　—너는 어디서 말을 배웠냐?

　—말은 어디서 배웠는지 모르지만 글씨는 학교에서 배웠어요.

　—학교 선생이 그러든? 어른 말에 또박또박 말대답해야 쓴다고?

　—아저씨가 물으시니까 제가 대답하는 거지요.

　—그런디, 아까 니가 뭘 물었냐?

　—지난겨울에 내가 이 산에서 참나무를 벨 때는 왜 아무 말씀 안하셨느냐고요.

　—내가 암 말도 안허든?

　—예. 대답은 안하시고 어디서 말을 배웠느냐고 묻기만 했어요.

　—글씨다. 내가 왜 그랬쓰끄나. 그나저나, 아이, 인자 존 일한다고 내려오니라이.

　나는 내려가지 않았다. 내려가면 뽕을 빼앗길지도 몰랐다.

　—아저씨, 여기 산에 사는 모든 나무와 풀이나 꽃이 다 아저씨가 심고 가꾼 것인가요?

—그것은 아니지마는, 니가 안 내려오면 내가 올라가끄나?

—아저씨가 올라오면 나는 뛰어내려 죽겠어요. 죽지 않으면 병신이 되겠지요?

—아이구구구, 아이, 내가 언제 올라간다고 했냐? 니가 안 내려온게 그냥 해보는 소리제.

—아저씨가 심고 가꾼 것이 아니면 아저씨 거라고 말하지 마셔요. 그러면 죄로 가요.

나는 그사이에도 부지런히 뽕을 따서 허리에 멘 망태에 꽉꽉 채웠다.

—아이구메 우리 뽕 다 따부네이.

—우리는 이 세상 무엇에게나 배워야 해요. 산에 사는 새한테도 배울 게 있어요.

내가 삼학년 때 잠깐 다녔던 교회 주일 교사가 그렇게 말했다. 사람은 배운다. 이 세상 무엇에게나 배운다. 그래서 사람이다. 산 임자는 이제 뽕나무 밑에 턱을 괴고 앉았다.

—계속 말해봐라.

산 임자가 말해보라고 하니까 나는 더 말하기가 싫었다. 무엇보다 망태가 다 찼다.

—이제 내려갈게요.

—말해보란게 그러냐? 새한테서 배울 것을 말해봐라.

나는 내려와서 망태기를 꽉 붙들어안고서 말했다.

──그것은 아저씨가 생각해보셔요.

아저씨가 생각을 하는 동안에 집에 온 나는 이제 막 실을 뽑기 시작하는 누에에게 마지막 밥을 주었다. 밥을 다 먹은 누에는 무사히 실을 뽑아 고치를 만들었다. 나는 고치를 공판장에 내다 팔았다. 내가 공판장에 내다 판 고치는 이제 비단공장에 가서 비단이 될 것이다.

내가 고치를 팔러 간 사이에 엄마가 아기를 낳았다. 쌍둥이였다. 한 아기가 나오고 나서 태반이 나오기를 기다리는데 또 한 아기가 나왔다. 기다려도 기다려도 태반은 나오지 않았다. 태반이 나오기를 기다리다 밤이 되고 새벽이 되고 아침이 되도록 엄마는 잤다. 엄마는 낮이 되도록 깨어나지 않았다. 엄마가 잠에서 깨어나지 않아서, 골목으로 뛰쳐나가 외쳤다. 누가 와서 우리 엄마를 살려주셔요오! 사람들이 달려왔다. 누군가 나를 돌아보고 조용히 말했다.

──아이, 느그 어매 죽었다. 애기들도 죽고.

누군가 죽었다고 말하면, 그것이 죽은 것이다. 죽지 않은 것은 복잡하고 시끄러운 것이고 죽은 것은 간단하고 조용하다. 한개의 목숨이 죽으나 세개의 목숨이 죽으나 그것은 마찬가지다.

엄마와 쌍둥이들은 순애 옆에, 그리고 아버지 옆에 묻혔다. 동네 사람들이 엄마와 쌍둥이들을 가마니에 둘둘 말아 묻었다.

나는 양식이 떨어졌을 때 박샌의 이발소에서 돈을 가져와 쌀을 샀다. 밥을 먹고 있는데 박샌이 박샌댁과 함께 발을 맞추어서 들이닥쳤다.

— 내가 어쩐가 볼라고 가만히 보고 있었다. 눈도 깜짝 않고 돈 통에서 돈을 꺼내가야.

나는 박샌의 배 속에서 우리 집 돼지가 꽥꽥거리는 소리를 들었다. 내가 꽥꽥, 소리 지르자 박샌이 미친년이 도독년을 낳았다고 우리 집 사립문을 박살내놓고 갔다.

나는 닭을 몰아간 정샌 집에 가서 닭을 잡아와 삶아 먹었다. 콧김을 쑥쑥 내가며 성을 내는 정샌의 배 속에서 우리 집 닭들이 푸드덕거리는 소리를 나는 들었다. 내가 푸드덕거리자 정샌이 버르장머리가 아조 나빠서 혼짝을 내놓아야 한다고 우리 집 부엌 문짝을 박살내놓고 갔다. 연쇄점에 가서 과자와 하드를 집어다가 아이들에게 먹였다. 김주사가 과자를 움켜쥔 내 팔을 잡고 경찰서로 끌고 갔다. 경찰서에서 나는 김주사가 순애를 해쳤다고 말했다. 경찰들과 김주사가 웃었다.

— 아이들이 노래했어요. 김주사가 순애를 빨아먹었다고요.

— 그런 싸가지 없는 노래 부른 새끼들을 끄집고 와봐라.

그 아이들은 다 우리 동네 뒷산을 넘어가는 산골짝에 산다. 김주사가 순애를 빨아먹었다고 노래한 아이들 중 하나가 소에게 풀을 뜯기고 있었다. 내가 다가가자 아이가 삐리삐리삐꾸, 하면서 주먹감자를 먹이고 도망을 갔다.

이장과 이장댁과 앞집과 옆집과 뒷집 사람들이 우리 집으로 왔다. 사람들은 부서진 사립문과 부엌 문짝을 거두면서 이장이 말하기를 기다렸다. 우리 아버지와 우리 엄마를 땅에 묻어준 사람들이었다.

—어떻게 하겠느냐. 여기서 계속 이렇게 살 수는 없지 않겠느냐. 니가 지금 사는 것은 사람이 사는 것이 아니다이. 이것은 즘생이나 한가지여.

나는 가만히 있었다. 아니 가만히 있을 수는 없었다. 끊임없이 내 가슴을 파고드는 명애 때문에 다리를 몇번 휘청거렸다.

—인자부터 내가 허는 말을 잘 들어라. 이것은 아조 중요헌 말이다이. 니가 동생들하고 살아갈 방도를 내가 주선해주겠으니 도시로 가거라. 우선 이 돈을 가지고 가서 콩나물을 하루에 두어 통씩 떼라. 두 통을 운반하기가 어려우면 우선 한 통씩만 떼라. 며칠을 조금씩만 먹고 버티면 니아까 살 돈이 맨들어지겠냐, 안? 그러면 니아까를 한대 구입해서 콩나물을 니가 유리헌 조건으로 닷 통씩 떼라. 시장 가차운 데 아무 데서나 자리를 잡고 팔아라. 그렇게 해서 돈이 벌리면 그다음 살 방도는 니가 스스로 알아보거라. 우리는 내다보지 않을 테니 조용히 가거라이.

나는 그들이 내게 하지 않은 말을 묘자가 말해주어서 알고 있었다.

'에미 애비가 없어서 행실이 나빠도 누가 잡아줄 사람이 없다.'

'벌써부터 남자하고 그런 짓을 한다.'

'이대로 살게 뒀다간 동네 망조 난다.'

묘자는 동네 여자들이 그런 얘기를 하는 것을 우물가에서 들었다고 했다. 그런 말을 하다가 묘자가 뒤에 서 있는 것을 알고 기껏 퍼담은 양동이 물을 쏟은 여자도 있고 다 빤 빨래를 물속에 쏟은 여자도 있었다고 한다. 묘자는 그들이 누군지는 말하지 않았다.

서리가 하얗게 내린 새벽에 나는 보따리를 이고 마을을 떠났다. 내 손에는 도시의 콩나물 공장 찾아가는 길을 적은 종이와 우리 집을 이장이 이용하겠다는 조건으로 준 돈이 묘자가 싸온 고구마와 함께 쥐어져 있었다. 도시로 가는 첫차는 새벽안개를 가르고 신작로 굽은 길을 먼지와 함께 달려와 내 앞에 멈췄다. 아이들이 낑낑대며 버스에 올랐다.

*

정애와 정애의 동생들이 떠나고 난 빈집을 가장 먼저 차지한 것은 박쥐였다. 박쥐들은 사실 진작부터 대나무밭 굴속에서 정애네 집이 비기만을 호시탐탐 노리고 있었다. 박쥐들은 안방에

진을 쳤다. 박쥐들의 등쌀에 생쥐들은 정지로 물러났다가 박쥐들이 정지까지 쫓아나와 지랄 염병들을 해대는 통에 종내는 헛간으로 나앉았다. 박쥐들이 뜯어버린 봉창의 해진 문살 사이로 바람이 무시로 드나들었다. 주로 대나무밭 속에서 이는 바람이었다. 바람 속에서 무슨 소리가 났다. 그냥 들으면 바람 소리지만, 언뜻언뜻, 소소거리거나 사운거리거나 쏴쏴거리는 바람 소리 속에서 사람 소리가 났다. 아무리 속없는 박쥐들이지만, 바람 속에서 사람 소리가 나면 횃대 끝 구멍 안으로 절로 몸을 숨겼다. 박쥐들은 날개를 착 접고 다리를 오므리고 눈을 지그시 감고서 그 소리들을 들었다.

바람이 소소거릴 때는 이런 소리가 났다.

어이, 순자 씨 자네는 어찌 이리 이쁜가 하늘에서 내려온 선녀도 자네보다는 못헐 것이네.

홍ㅇㅇㅇㅇㅇ 홍ㅇㅇㅇㅇㅇ.

이리 오소 이리 오소 삼단 같은 머리채를 풀고 이리 오소 꽃밭이 따로 있겠는가 자네 앉은 자리가 꽃밭일세.

홍ㅇㅇㅇㅇㅇ 홍ㅇㅇㅇㅇㅇ.

바람이 쏴쏴거릴 때는 또 이런 소리가 났다.

니 애비 죽은 지가 언젠디 자나 깨나 우냐 처울어 일년 열두달 허고도 또 석달 열흘이 초상 날이여 초상 날이.

꾁꾁꾁 꾁꾁꾁.

무신 느리를 보겠다고 살겠느냐 접시 물에 코라도 박고 죽어 불자 죽어불어.

꾸익꾸익꾸익 꾸익꾸익꾸익.

바람 소리가 사운거릴 때는 또 이런 소리도 났다.

융구쇼바 슝가 아리따 슈바 슈하가리 차리차리 파파.

그 소리가 나면 박쥐들이 일제히 천장 위로 날아올랐다. 환호 작약하며 날아올랐다.

한여름 밤

    할머니가 돌아가시지 않았더라도 더이상 살아갈 길이 없어 엄마네 식당에 찾아갔다. 장마가 끝나고 더위가 막 시작될 무렵이었다. 복래식당은 카센터와 자동차용 부품을 만드는 공업사들이 밀집해 있는 터미널에서 가까운 골목 안에 있었다. 골목은 시커멨다. 시커먼 골목 안에서 엄마의 가게만 깨끗했다. 온갖 쇠로 된 물건들과 기름 범벅인 동네에서 엄마네 가게 앞에만 식물들이 자랐다. 수세미가 올라가는 밑, 깨진 함지박 안에 다복솔 같은 부추가 곱게 머리 빗은 아이들처럼 자라고 있었다. 그러나 부추는 기름먼지를 잔뜩 뒤집어쓰고 있어서 베어먹을 수는 없어 보였다.

엄마의 의붓딸 선자의 엄마는 선자가 세살 때 죽었다. 엄마가 선자 아버지한테 시집갔을 때 선자는 열세살이었다. 선자는 초등학교를 졸업하자마자 이 도시의 방직공장으로 돈을 벌러 왔다. 선자는 새엄마가 낳았지만 제 하나뿐인 동생 기동이를 위해서 돈을 벌어 교육 보험도 들고 집에 올 때마다 새엄마한테 줄 화장품과 아버지에게 줄 백화수복을 사가지고 왔다. 선자는 술을 아버지한테 따라드렸다. 선자는 효녀였다. 선자가 사온 술을 먹고 기분이 좋았던 선자 아버지는 소한테 장난을 쳤다. 새끼를 배고 있어서 예민했던 소는 선자 아버지를 들이받았다. 선자 아버지가 죽은 것은 선자 의도가 아니었다. 그러므로 선자는 죄가 없었다. 남편이 쇠뿔에 받혀 죽자 엄마는 집과 논밭을 팔아 의붓딸이 공장에 다니고 있는 이 도시로 와서 식당을 열었다. 왜 그 업종을 선택했는지는 몰라도 엄마는 돼지머리 국밥집을 했다.

할머니가 돌아가시고 일곱살이 된 산돌이를 할머니 위패를 모신 절에 들여놓고 내가 도시로 왔을 때 엄마는 식당 일손이 부족한 참에 잘 왔다고 기뻐했다.

─야, 잘 왔다, 잘 왔어.

터미널에 나를 마중 나온 엄마는 터미널 매점에서 얼음과자 두개를 샀다.

─저 시커먼 골목 안에는 이런 것이 없단다. 이것 말이여, 요 밤 맛 나는 거.

엄마는 얼음과자 한개를 나에게 주고 한개는 먹지 않고 그대로 들고서 나를 데리고 시커먼 골목 안으로 들어갔다. 엄마는 골목 안에 들어서자마자 기동이를 불렀다. 땀에 흠뻑 젖은 기동이가 달려왔다. 엄마는 땀이 엉겨붙은 기동이 머리를 손부채로 부쳐주면서 얼음과자를 손에 쥐여주었다. 기동이가 얼음과자를 빨아먹자, 엄마가 반짝 웃으며 물었다.

──밤 맛 나제?

기동이가 만족스럽게 고개를 끄덕였다. 나는 왠지 서러워졌다. 뭔가 내가 잘못 온 것 같다는 느낌 때문에 낯설기 그지없는 엄마네 식당 골방에 가만히 있었다. 그러고 있자니 눈물이 났다. 엄마는 오이국을 만들고 밥을 한 사발 퍼서 골방 안에 들여놓아주었다. 촌에서는 오이국에서 간장 냄새가 나는데 도시에서 먹는 오이국에서는 빙초산 냄새가 났다. 빙초산 냄새 나는 오이국을 나는 억지로 먹었다.

나는 할머니의 죽음이 슬프고 산돌이와의 이별이 아프고 낯선 도시가 무섭고 그리고 무엇보다 기동이 엄마가 되어버린 엄마 집에 온 것이 후회스러웠다. 그런 여러 복합적인 생각 때문에 서러워져서 코를 훌쩍거리자, 엄마가 아따, 가시내야, 하면서 내 등짝을 후려쳤다.

아따, 가시내야, 지난봄에 여가 어쨌는지 아냐,까지 해놓고 엄마는 손님이 가져다달라는 새우젓을 갖다주고 와서 깍둑썰기한무에 소금을 홀홀 뿌렸다. 소금을 뿌리면서 쩌어기 세차장집 처남인가 머시깽인가도 죽고 요 앞 카센터 다니던 사람은 도청서 잽혀갖고 디지게 맞고 시방 감옥소에 갔단다, 아이고, 소금을 넘 많이 쳤네, 발을 굴렀다. 소금 많이 친 것이 엄마 잘못이 아니라 내 잘못이나 되는 것처럼 나한테 눈을 흘겼다. 손님이 주문한 국밥을 가져다주고 와서 엄마는 마늘을 깠다. 마늘을 까면서 하던 말을 마저 했다. 그런 사람들은 울고 자파도 울도 못허더라. 할매는 죽었어도 너는 살아야제. 눈물 바람 헌다고 누가 상 줄 것도 아니고이. 그냐, 안 그냐?

지난봄에 이 도시에서 사람들이 많이 죽어나갔다는 소문은 나도 들었다. 그러나 그것이 나하고 무슨 상관이란 말인가. 할머니는 엄마에게도 한때 가족이었지 않나. 남들의 죽음이 가족의 죽음보다 더 슬플 수는 없지 않은가. 그러나 따질 수는 없었다. 엄마는 이제 혼자서 먹고살아야 하는 과부였다. 처음 과부가 됐을 때는 아이를 맡길 할머니라도 있었다. 이제 두번째로 과부가 된 엄마에게는 아무도 없다. 나는 아이 딸린 과부인 엄마를 도와줘야 한다. 엄마의 아들을 돌봐줘야 한다. 나는 엄마가 차려준 밥을 다 먹고 나서 엄마가 도와달라는 대로 지그시 눈 감은 돼지머리를 나 또한 두 눈 질끈 감고 펄펄 끓는 물에 집어넣었다. 엄마가 시키는 대로 삶은 돼지머리 귀를 쓰윽 자르고 간을 저며서 접시에 담아 손님상에 놓았다.

나는 도시에 발을 들여놓긴 했어도 처음 도착한 여름에서 가을을 지나 겨울이 될 때까지 줄곧 복래식당에만 있었다. 복래식당은 주로 그곳 시커먼 골목 사람들인 카센터 사람들과 공업사 사람들의 밥을 댔고 터미널에 도착한 뜨내기들도 왔다. 때로는 배달도 해야 했다. 할머니가 돌아가시지 않고 내가 안 왔으면 엄마가 어땠을까 싶을 정도로 식당 일은 바쁘고 고됐다. 시장에 갔다 온 엄마가 역시 부지런히 손을 놀리며 문득, 아이 갸가 니 동무지이?라고 밑도 끝도 없이 물었다. 엄마는 생강을 북북 씻으며, 정애 말여, 느닷없이 정애라는 이름을 톡 내뱉었다. 나는 정애라는 이름을 듣는 순간 엄마가 실수로 생강을 정애라고 하는 것이 아닌가, 했다. 그러나 엄마는 분명히 정애라고 했다. 정애. 정애가 이 도시로 온 것은 오년 전이다. 나는 정애를 까마득히 잊고 있었다. 그러나 엄마가 이름을 말하자 갑자기 눈물이 퐁, 솟았다. 그러니까 나는 정애를 단 하루도 잊지 않았던 건지도 몰랐다.

엄마는 국밥을 손님상에 놓아주고 와서, 갸가 시장에서 콩나물 장사를 했거든. 근디, 사태 난 뒤부터 안 나와분다야,까지 해놓고 씻은 생강 껍질을 벗기면서 무심히, 시집을 갔능가? 그러다가 급하게, 너는 엄마 밑에 차분히 있다가 엄마가 존 데 알아봐주면 그때 가라이. 아이고, 선자도 내가 그렇게 말렸는데도 기

어코 지 고집 세워서 그놈한테 가갖고…… 더이상 말을 잇지 못
했다. 엄마는 헛기침을 하면서 코를 들이마셨다. 엄마는 선자 이
야기를 하려니까 울음이 치받쳐올라왔던 모양이다. 유치원에서
돌아온 기동이가 엄마 품으로 뛰어들었다. 엄마는 물 묻은 손을
얼른 치맛자락에 닦고 기동이를 안고 볼을 비볐다. 엄마는 기동
이에게 말할 때는 발음을 기동이처럼 했다. 그러면 기동이도 엄
마를 따라 혀 짧은 소리를 냈다.

─오메 내 강아지, 밥 먹어야찌이.

─누나 집에서 뎀뿌라 먹었쪄.

기동이가 다니는 유치원에서 복래식당으로 오는 길에 선자네
만화가게가 있다. 기동이 통통한 볼에 뎀뿌라 기름이 반질반질
묻어 있었다.

─우리 새끼, 뎀뿌라 맛났쪄어?

─응.

─자형은 뭣 허든가?

─자.

─누나는?

─뎀뿌라 튀기제.

엄마는 한숨을 폭 내쉬었다. 나는 엄마가 엄마 아들 기동이한
테 눈을 맞추고 볼을 비비며 말하는 것을 보는 것이 무척 낯설었
다. 또한 엄마가 엄마 의붓딸 선자의 안부를 물으면서 한숨 쉬는

것을 듣는 것이 좀 괴로웠다. 그러나 그럴 수 있다. 엄마는 내 엄마만이 아니라 의붓이긴 하지만 선자 엄마이기도 하고 기동이 엄마이기도 하니 그럴 수 있는 것이다. 그것이 고스란히 엄마 이력이다. 내 엄마, 선자 엄마, 기동이 엄마가 엄마 인생이다. 그렇게 생각하니 엄마가 가여워졌다. 생강을 찧으며 그 생각을 하다가 코끝이 좀 찡해졌다.

박용재는 새해 1월에 복래식당에 왔다. 그가 들어오자 엄마가 깜짝 놀라며, 그러나 그리 반가워하는 것 같지는 않고 좀 뜨악하게, 오메 오메,를 연발했다. 엄마는 주문도 받기 전에 그가 앉아 있는 탁자에 주섬주섬 반찬을 놓으면서, 언제 나왔는가? 묻고는 그가 대답도 하기 전에 또 돌아서서 국밥을 만들었다.

—요번에요. 아니 저번인가?

엄마는 요번이 언제인지, 또 저번은 언제인지 묻지 않았다. 엄마는 다만 머릿고기를 삶고 있는 주방 뒷문을 열고 나가며, 그려, 나왔응게 인자 돈 벌어야 쓰겄네이, 건성으로 물었을 뿐이다. 나는 엄마가 말아준 국밥을 그의 탁자에 놓아주었다. 그는 엄마가 말한 '군인한테 잽혀서 디지게 맞고 감옥에 간 카센터 사람'이었다. 왜 맞은 사람이 감옥을 갔나, 하는 생각이 잠깐 들었으나 그냥 넘겨버렸다.

그는 이 도시에 돌아오자마자 '사람들이 많이 죽어나갔던 봄'

까지 자신이 다녔던 동아카센터에 다시 일하러 왔다. 그러나 카센터 사장은 그를 반기지 않았다. 일감은 없고 일손은 많아서 일할 사람이 더 필요치 않다고 그를 돌려보냈다. 그는 동아카센터 이웃의 반도공업사와 신진카센터에도 들러보았다. 그곳 사람들도 그를 그다지 반기지 않았다. 그는 이유를 알 수 없었다. 그러나 그는 알고 있었다. 자신이 '폭도'여서 사람들이 자기를 꺼린다는 것을. 그는 카센터를 그냥 카라고 불렀는데, 신진카 사장은 그에게 말했다.

　──우리야 자네 같은 사람들을 훌륭하다고 생각허지. 여기 사람들치고 안 그렇게 생각허는 사람은 없을 거여. 허나, 어쩌겄는가. 마음은 아니어도 현실이 그런디.

　그는 신진카 사장의 말을 알아먹을 수 있을 것 같기도 하고 모를 것 같기도 했다. 그는 자신이 훌륭한 사람이라고 한번도 생각해보지 않았다. 그래서 신진카 사장 입에서 훌륭한 사람이라는 말이 나왔을 때 사장이 자기를 놀리는 것이 아닌가, 하는 생각이 얼핏 들었다. 그러자 그는 화가 났지만 꾹 참았다. 또한 알아먹을 것 같기도 하고 모를 것 같은 말은 '마음은 아니어도 현실이 그렇다'는 말이었다. 신진카 사장이 내 기술이 훌륭하다고 생각하긴 하나 막상 현실에서 써먹기에는 부족한 실력이라고 생각하는 것이 아닌가, 하고 그는 해석했다. 그때야 사장의 말이 조금 이해가 되었고, 화를 참기를 잘했다는 생각도 들었다. 하기야 그럴 수도 있을 것이다. 그의 자동차 정비 경력은 이제 겨우 일년 남짓이었다. 그나마도 작년 5월에 데모대에 휩쓸리다가 감옥을 갔다 왔으니, 사장이 훌륭하다고 말한 것은 그를 위로해주기 위한 그저 입에 발린 소리일 가능성이 컸다. 그 생각이 들자 다시 화가 솟구쳤고, 솟구친 화를 어찌해볼 수 없어서 악을 쓰다가 그만 옷에 오줌을 지리고 말았다. 오줌을 지린 것을 알아차렸을 때 그는 좀 창피해졌고 사람들이 오줌 지린 것을 알아채지 못했을 때 그 자리에서 사라져야겠다는 생각이 들었다. 그는 신진카를 나왔으나 자신이 어디로 가야 할지 알 수 없었다.

그는 그 일이 있기 전, 그래서 자신이 상무대 영창에서 곤죽이 되도록 맞고 감옥에 갔다 오기 전, 일터인 동아카센터에서 일을 마치고 복래식당에서 막걸리를 마셨다. 막걸리를 마시고 자전거를 타고 숙소인 유동삼거리 삼아여인숙으로 가던 도중 그는 얼룩무늬 군복을 입은 일단의 공수부대를 만났다. 그는 그로부터 팔개월 후 다시 복래식당으로 왔다. 옷이 젖은 채로 왔다. 일단 어디로 가야 할지 알 수 없어서 왔고 추워서 왔다. 그때처럼 막걸리를 마시면서 그는 그 팔개월 동안 자신에게 무슨 일이 있었는지, 그래서 자신이 어떻게 달라졌는지를 곰곰 생각했다. 물론 자신도 변한 것이 있을 것이었다. 그런데 박용재는 암만 생각해도 자기보다 세상이 더 변한 것만 같다는 생각이 자꾸 들었다. 아니, 자기만 놔두고 세상만 변한 것 같았다. 그런가, 안 그런가, 그는 누군가한테 묻고 싶었다. 그러나 그는 누구에게 말을 걸어야 할지 알 수 없었다. 자기가 반갑게 다가가면 사람들이 조금 뒤로 물러나는 것 같은 느낌이 왜 드는지 박용재는 알 수 없었다.

나는 박용재의 바지가 젖어 있는 것을 보았지만, 못 본 척했다. 박용재가 나를 보고 벙긋 웃었다. 그런데 그 웃음은 울음인 것도 같았다.

박용재는 복래식당에 이따금 왔다. 그는 막걸리만 주문했다. 안주는 주문하지 않았다. 나는 그에게 안주 하라고 파를 넣은 선지 국물을 가져다주었다. 엄마는 시장에 가고 없었고 오전 시간대라 손님도 없었다.

——저기요, 아가씨, 생쥐가 고양이한테 쫓겨서 구멍으로 들어간 이야기 알아요?

생쥐가 고양이한테 쫓기는 일은 늘 있는 일 아닌가. 그리고 다 아는 이야기 아닌가? 나는 그와 말 나누기가 거북해서 대답하지 않았다. 그는 한참이나 내 대답을 기다렸다. 그와 나 사이로 겨울 아침의 햇살이 유리창 안으로 포근히 스며들었다. 그는 연탄난로 위의 주전자에서 뿜어져나오는 수증기 너머에 있었다. 나는 끝내 대답하지 않았다.

——몰라요? 알았어요. 하여간 고양이가 생쥐가 들어간 구멍

에 대고 멍멍, 하고 개 소리를 냈대요. 생쥐야 나는 고양이가 아니고 개야. 너를 안 잡아먹을 테니 나와라. 생쥐가 안심하고 나왔는데 고양이가 버티고 서서 우후후, 웃으면서 기다리고 있으니까 생쥐가 야, 고양이 이 새끼 사기를 치네, 하니까 고양이가 야, 요새는 사람들도 다 외국 말 한가지씩 하잖냐, 그래서 나도 좀 했다, 그랬다고 하대요, 끼루루룩.

그가 재미있는 건지, 재미없는 건지 알 수 없는 실없는 말을 하는 동안 나는 그가 안 보이는 주방 바닥에 앉아 마늘을 깠다.

그날도 역시 엄마는 시장 가고 손님은 없는 조용한 오전 나절이었다. 나는 그때서야 알았다. 박용재가 엄마가 시장 가는 시간에, 손님이 없는 시간에 맞추어서 복래식당에 온다는 사실을. 그날은 겨울비가 내렸다. 비가 와서인지 바깥의 소음도 훨씬 고즈넉하게 들렸다. 그는 여전히 수증기 너머에 있었다.

─시 좋아해요?

나는 시가 무엇인지 알지 못해서 대답하지 않았다.

─내가 가을에 어울리는 시 하나 읊어볼게요.

나는 깍두기를 조심조심 썰었다. 겨울인데, 웬 가을에 어울리는 시란 말인가, 같은 생각은 하지 않았다.

─낙엽이 떨어집니다 낙엽 하나 주워들었습니다 낙엽이 속삭입니다 좋은 말로 할 때 내려놔라 응 낙엽을 내려놓았습니다

낙엽이 속삭입니다 왜 그냐 쫄았냐 황당해서 하늘을 보았습니다 하늘이 속삭입니다 왜 보냐 열받아서 낙엽을 발로 차버렸습니다 낙엽의 처절한 비명이 들렸습니다 저 낙엽 아녀라우 미안한 마음에 낙엽에게 사과를 했습니다 낙엽이 메롱 하며 말했습니다 바보야 니가 속았어 쿡쿡쿡 가을엔 잊어먹지 말아요 가을엔, 가을엔 낙엽 지는 숲길을 걸어봐요 가을엔 질 좋은 까죽 잠바 하나씩 장만하십쇼 쿡쿡쿡.

그 순간 엄마가 문을 열고 들어왔다. 엄마가 내 옆구리를 꼬집었다. 쟈 언제부터 저러고 있었느냐고 엄마의 손과 눈이 물었다. 나는 말하지 않았다. 아따, 오늘 반도공업사서 단체로 점심 묵으러 온다고 해서 아침부터 바빠서 똥을 싸겄네 아조. 엄마 목소리가 복래식당의 지저분한 천장을 울렸다. 그가 자리에서 일어나 밖으로 나갔다. 박용재가 나가자 엄마가 뇌까렸다. 단체로 오기나 함사 좋겄다이.

박용재가 카센터 골목 끝에서 나를 기다리고 있다는 것을 알았다. 그가 골목 안으로 더 들어오지 못하고 카센터 끝 개천가 위 다리 난간에 아침부터 서 있다고, 엄마가 말했고 동아카센터 사장이 말했고 반도공업사 다니는 사람이 말했다. 용재가 식전 댓바람부터 찬바람 부는 다리 난간에 서 있다고. 허리를 잔뜩 구부리고 노인처럼 서 있다고. 딱 봐도 눈빛이 폴쎄 저쪽으로 가부렀더라고. 안됐지만 우린들 어쩌겠느냐고. 하 수상한 세월이 웬수라고.

바람이 불었다. 찌푸린 하늘에서 눈이 내리기 시작했다. 바람 불고 눈 오는데 용재가 꼼짝도 않고 서 있다고 카센터 골목 사람들이 오며 가며 말하고, 기름 묻은 장갑을 벗으면서 말하고, 끼면서 말했다. 그러면서 그들은 그냥 일했다. 그들은 혀를 찼다. 오일팔 또라이들이여, 쟈들이. 깡깡깡. 시내 가봐, 순 저런 애들이 길 가상에 앉아서 비 구경허는 중들 모냥으로 오는 사람 가는 사람 쳐다보고 있더라고. 치지직치지직. 누군들 속 편하겠는가마는, 헐 수 없는 일이제. 쓔쓔쓔쓔. 기계를 만지고 기계를 때리고 기계를 조립하고 기계를 해체하는 그들의 얼굴이 땀과 기름으로 번들거렸다.

나는 엄마가 잠시 뒤꼍으로 나간 사이 썰던 무채를 그대로 두고 복래식당을 나와 다리께로 갔다. 가는데 눈발이 자꾸 눈앞을 가로막았다. 내가 다가가자 그가 씨익 웃었다. 웃었는가, 하고 보니 그는 울고 있는 듯도 했다. 나는 웃는 것처럼 울고 우는 것처럼 웃는 박용재를 따라갔다.

나는 열두살 때 평내초등학교 사학년을…… 맞아, 중퇴했어 그것을 중퇴라고 한다고…… 오륙년 정도 건축 공사장에서…… 아 맞아, 데모도…… 잡일을 했어 자동차 세차장 일을…… 일년 정도 하고…… 그때가 언제지? 지금이 언젠지 모르겠네…… 아, 맞아, 작년에 그러니까 그것이 몇년도인가아? 그래, 재작년이구나 그것이…… 일천구백칠십구년도구나 맞지? 맞아, 맞아, 그때가 틀림없어…… 그때 자동차정비사 자격증을 따서…… 카센터 일을 했어 아버지는 아파서 피를 토하고 돌아가셨어…… 아버지가 피를 토하고 있다고 해서 달려가봤더니 거짓말 하나 안 보태고 진짜 시커멓더만…… 시커먼 피가 양동이로 하나 가득이더라고…… 맞아, 맞아…… 사람이 피를 그만큼 몸에 담고 있다가 다 쏟으면 한 양동이쯤이 되는 것 같아…… 지금은 단칸방에서 어머니와 동생 여섯이 살고 있어…… 어머니한테도 가봐야 하는데…… 돈 조금 벌면 가봐야지…… 나는집을나와지금우리가가고있는삼아여인숙에살고있어감옥살고나와서어쩐가보려고갔는데여인숙주인이여전히반겨줬어여인숙주인은칼을갈아낮에는칼을갈고밤에는여인숙에돌아와책을읽어주인이읽는책을빌려서나도책을많이읽었어혹시이런사건이있었다는사실을아는지모르겠네김구동향감시사건이야좌익사건실록에보면나나와박승귀는당삼십일세본적서울시종로구사직동오십칠번지주소서울시종로구가회동십일의사십오호직업경기중학교교사가입단체및정당미술동맹남로당중앙프락치부한독당프락치부책이해종당삼십삼세본적서울서대문구충정로삼가이백칠십육번지주소서울시영등포구도림동구백육십칠번지직업회사원조

선메달아스공업사대표가입단체및정당과학자동맹한독당남로
당중앙프락치부한독당프락치지도원최명규당이십삼세본적경
기도인천시유동오의십칠호주소서울시동대문구청량리동구십
오의삼호직업무직가입단체및정당민학련한독당남로당중앙프
락치부한독당프락치지도원한태술당이십삼세본적경북대구시
동성동이가육십삼번지서울시성동구신당동사백십일의이호직
업평화일보기자가입단체및정당남로당중앙프락치부한독당프
락치원······

　나는 그가 숨 쉴 기회를 만들어주려고 일부러 그의 손을 잡았
다. 눈발은 점점 거세졌다. 그가 고개를 흔들어 제 머리에 수북
이 쌓인 눈을 털었다. 머리를 이상하게 털어서 눈은 잘 털어지지
않았다. 내가 눈을 털어주자 그가 어린애처럼 가만히 있다가 다
시 말했다. 아니 외웠다. 김구동향감시사건에 관계된 사람들의
이름과 나이와 본적과 주소와 직업과 가입단체와 정당을. 그가
왜 그런 말을 하는지, 아니 외우는지 나는 알 수 없었다. 아니, 조
금 짐작은 했다. 그는 기분이 좋은 것이다. 나는 열심히 들었다.
그는 대법원 판례집을 읽어보았느냐고 물었다. 나는 읽은 적이
없어서 고개를 저었다. 그는 법률 책을 읽어야 세상을 떳떳하게
살 수 있다고 말했다. 그의 말은 천천히 오다가 급격히 퍼붓는
눈처럼, 느려졌다가 갑자기 빨라지곤 했다. 무슨 말을 하는지 알
아먹을 수 있는 말을 하다가 느닷없이 삼천포로 빠졌다. 삼천포

로 빠지는 어느 순간, 끼루룩거리거나, 쿡쿡쿡거렸다. 그래도 나
는 그의 그런 말들이, 소리들이, 수선스러운 행동이 어쩐지 재미
있는 것처럼 여겨졌다. 나는 그렇게 말하는 사람을 처음 보았다.
예전에 새정지 반장이었던 석균이가 조금 닮은 것 같긴 했지만
그래도 석균이는 말을 박용재처럼 천천히 하다가 숨도 안 쉬고
빠르게 하는 재주는 없었다. 우리가 여인숙에 도착했을 때 우리
는 더는 걸을 수 없을 만큼 온몸이 뻣뻣해져 있었다. 몸이 마치
갑옷 같았다. 여인숙은 가파른 계단을 타고 올라가야 했다. 계단
에서 지린내가 났다. 그의 방은 여인숙의 가장 구석진 방이었다.
그는 자신의 신발은 그대로 두고 내 신발만 방 안에 들여놓았다.
바닥에는 이불이 깔려 있었다. 그는 꽁꽁 언 내 발을 가지런히
모아 이불 밑으로 들여놓아주었다. 조그만 창문 밖으로 바깥의
소음이 들려왔다. 나는 차 소리에 귀를 기울였다. 자동차들은 지
익, 휘익, 꾸익, 외액, 하면서 지나갔다. 내가 귀를 기울이자 그도
그러는 것 같았다.

저건 미숑이 곧 나갈 것 같아.

헷또가 좀 부실하군.

나이닝이 다 닳아졌구만.

그는 모든 자동차 소리를 품평했다. 그러는 사이에 날이 저물
었다. 자동차들이 지나가면서 내는 불빛이 창문에 무늬를 그리다
사라지곤 했다. 우리는 불빛이 만드는 무늬를 오래 바라보았다.

포니.

로얄쌀롱.

지에무시.

나는 그의 얼굴 위로 포니와 로얄쌀롱과 지에무시의 불빛들이 지나가는 것을 바라보았다. 그 불빛들이 마치 끼루루룩 하거나, 쿡쿡쿡 하는 것도 같았다. 그도 나를 보았다. 그리고 그는 나를 안았다. 나는 그렇게 그에게 시집을 와버렸다. 엄마 몰래, 아무도 몰래, 박용재한테 시집을 와버렸다. 무채를 썰다 와버렸다. 눈 오는 날, 차박차박 걸어서 와버렸다. 엄마를 완벽하게 속인 것 같아서, 킥킥킥 웃음이 나왔다. 박용재도 쿡쿡쿡, 하고 웃었다. 웃음의 끝에 배가 고팠다. 배고픔은 찌르듯이 왔다. 할머니와 시골에 살 때의 배고픔은 스멀스멀 기어오듯이 왔다는 것을 나는 기억한다. 어쨌든 찌르듯이 오는 배고픔은 낯선 배고픔이었다. 도시에서의 배고픔은 창으로 찌르듯이 날카로운 느낌에 절로 소름이 돋는, 그런 배고픔이었다.

나는 박용재가 그의 친척이라는 사람하고 이야기 나누는 것을 도화원이라고 쓰인 요정의 간판 불빛이 희미하게 어리는 골목에서 들었다.

─삼촌, 나도 삼촌 일하는 데서 일하면 안돼? 끼욱끼욱끼욱.

─안돼. 너같이 기름밥 먹는 놈은 이런 데하고 안 어울려.

─갔다 왔다고 그런 데서도 안 써주더라고. 하요이하요이하
요이.

　　─그런 데서 안 써주는데 이런 데서 써주겠냐…… 근데 너
자꾸 무슨 소리를 내는 거냐?

　　─쭈요쭈요쭈요, 쿡쿡쿡.

　　─삼촌한테 장난치지 마, 새꺄.

　　삼촌이라는 이가 그의 가슴을 치는 흉내를 내면서 돈을 주는
것이 보였다.

　　─삼촌, 나도 이제 돈을 벌어야 해. 깽깽깽.

　　─차분히 알아보자. 있는 기술 어디 가겠냐. 그건 그렇고 나
지금 바쁘다. 이상한 소리 자꾸 내지 마, 용재야.

　　삼촌이 들어가는 도화원 안에서 음악 소리, 여자들 웃음소리
가 와아, 하고 새어나왔다.

　　─배고프지? 우리 밥 먹으러 가자.

　　삼촌이 내지 말라고 해서인지, 그는 내 앞에서는 이상한 소리
를 더는 내지 않았다. 식당에서 밥을 먹는데 킥킥킥 웃음이 나왔
다. 자꾸만 배꼽 근처가 간질간질했다. 그가 삼촌 앞에서 이상한
소리를 낸 것도 재미있고, 빌려왔든 얻어왔든, 어떤 한 사람이
구해온 돈으로 나에게 밥을 먹여주는 그 순간이 나는 좋았던 모
양이다. 그는 영문도 모르고 김치찌개 국물을 한번 떠먹고 나서,
불쑥,

─ 헬리꼽타에서 사진을 찍어도 환히 찍히는갑더라.

나는 돼지고기 비계를 오물오물 씹었다.

─ 내가 트럭을 운전했거든. 근데 그것을 찍은 거야. 야, 기술 진짜 좋아이?

그는 아주 어른스러웠다가 또 순식간에 애처럼 말했다. 삼촌 앞에서 돈 벌어야 한다고 할 때는 그의 그림자가 꼭 거인 같아 보이기도 했었다. 그런데 지금, 밥을 먹으면서, 김치 국물을 튀기면서 말을 할 때는 꼭 초등학생 같다. 나는 그가 거인 같아 보일 때는 든든해서 좋다고 생각했다. 그리고 그가 초등학생 같을 때는 또 귀여워서 좋다고 생각했다. 이래도 저래도 나는 그가 좋다고 생각했다. 그래서 나는 밥을 먹으면서 마냥 생글거렸다.

─ 헬리꼽타에서 사진 찍는 기술?

─ 그래, 그 기술. 그런 것 보면 우리나라 진짜 발전했어.

─ 근데 무슨 사진 찍었어?

─ 말했잖아, 내가 트럭 몰고 가는 사진. 그 사진이 딱 벽에 붙어 있더라고.

─ 어디 벽에?

─ 사방 벽에. 천지 사방.

─ 그래서 어떻게 됐어?

─ 아이고, 이런 바보 캄캄 무식일세. 그래서 내가 갔다 온 거잖아.

─어디를 갔다 와?

박용재가 목소리를 죽였다.

─상무대, 교도소, 삼청교육대! 딸꾹.

삼청교육대가 무엇을 하는 곳인 줄은 몰랐지만 어쩐지 온몸이 얼어붙는 느낌에 돼지고기 씹던 입을 딱 멈추었다. 한번 터져나온 그의 딸꾹질은 쉽게 멈추지 않았다. 식당에서 시작된 딸꾹질은 여인숙에 도착해서까지 그리고 잠자리에 들어서까지 계속되었다. 너무나 괴로운지 그가 다시 이상한 소리를 내질렀다. 키욱키욱파파라파휴우라! 딸꾹질이 뚝, 멈추었다.

박용재는 동아카센터 앞 복래식당에서 막걸리에 국밥을 먹고 자전거를 타고 숙소로 가던 길에 시위대와 대치하고 있는 군인들과 마주쳤다. 그는 자전거에 앉아 시위대와 군인들의 대치 상황을 좀 구경하다가 숙소 쪽으로 이동했다. 숙소 쪽에 군인들이 진을 치고 있었지만 어차피 자기는 데모꾼이 아니니까 별문제 없겠지, 하고서 개의치 않았다. 그가 숙소인 삼아여인숙 공동 세면장에서 막 세수를 하려는 참인데 계단을 타고 군인들이 뛰쳐들어와 다짜고짜로 그를 끌어내서 총개머리로 머리를 내리찍었다. 군인들은 이 새끼 학생이 틀림없다고 하면서 피가 흐르는 머리통을 군홧발로 짓이겼다. 이마가 찢어지고 피가 줄줄 흘렀다. 피를 줄줄 흘리면서도 그는 또 한편으로 군인들이 자기를 학생으로 본 것이 영 기분이 나쁘지만은 않았다. 그런 이상한 기분으로 그가 군인들에게 일방적으로 맞고 있자 여인숙 주인과 세들어 사는 사람들이 비명을 지르고 뛰쳐나와서 군인들을 말렸다. 그 틈을 이용해 그가, 군인 아저씨들이 나를 학생으로 본 것 같아요! 소리 질렀다. 사람들이 애는 학생이 아니라 공돌이라고 악을 쓰자 군인들은 거짓말을 한다고 곤봉을 휘둘러 사람들을 쓰러뜨리고 군홧발로 자근자근 밟았다. 여인숙은 순식간에 피바다가 되고 말았다. 바닥에 쓰러져 있던 사람들 중 터미널 뒤 카바레에 나가는 남자가 군인들을 향하여 격렬하게 달려들다가 총개머리를 정면으로 맞고 그대로 고꾸라졌다. 그 남자의 하얀 나팔바지가 순식간에 붉은 피로 물들었다. 군인들에게 끌려 나가면서 그 남자는 피로 물든 제 바지 자락을 움켜쥐고 엉엉 울었다. 군인들은 그 남자와 그를 역으로 끌고 가 역 안 대합실에 가두었다. 대합실 안에는 그처럼 피투성이인 채로 끌려온 사람들이 가득 들어차 있었다. 끌려온 사람들은 도망쳤고 도망치다 다시 끌려왔다. 그는 도망치는 것에 성공했다. 선로를 따라 뛰고 또 뛰었다. 뛰다가 하수구 안에 숨어서 잠이 들었다. 잠에서 깨어 살살 길 위로 나와보니, 이대로 있을 수는 없다, 가만히 있으면 공수부대 새끼들이 우리를 다 죽일 것이다, 나가자, 싸우자, 고 하면서 사람들이 어딘가로 몰려갔다. 생각해보니 그런 것 같고 그래야 할 것 같았다. 데모도 안해보고 맞은 것이 억울해서라도 학생들처럼 자기도 데모라는 것을 좀 해보고 싶었다. 데모 군중들이 유리창이 깨진 차를 타고 다녔다. 그도 차를 탔다. 다른 사람들이 하는 것처럼 그도 차 안에 있는 각목으로 차체를 두들기면서 다른 사람들을 따라 외쳤다.

비상계엄 해제하라
전두환은 물러가라
구속인사 석방하라

그는 비상계엄이 뭔지, 전두환이 누군지, 구속인사가 어떤 사람들인지 알지 못했다. 그래도 신이 났다. 악을 쓰는 것이 신이 나고 각목으로 자동차를 두들기는 게 재미있었다. 무엇보다 어제 맞은 것에 대한 분풀이가 좀 되는 것 같았다. 점심 무렵이 되니 지치기도 하고 배도 고팠다. 복래식당 쪽으로 터덜터덜 걷고 있는데 군용 트럭 안에 수십명이 타고서 도청으로 가자고 악을 썼다. 잠시 배고픔을 잊고 트럭에 올라탔다. 그런데 트럭이 도청으로 안 가고 자동차 공장으로 갔다. 사람들이 자동차 공장에서 자동차를 빼냈다. 그는 가장 멋있어 보이는 군용 지프차에 올라탔는데 운전자가 공원으로 갔다. 공원에 가니 데모 대원들에게 총과 실탄을 나눠주었다. 그는 무기를 몸에 지니고 군용 지프차를 직접 운전하여 시내를 약 세시간 동안 돌아다녔다. 날이 어두워오자 차를 여인숙 앞에 세워두고 무기만 들고 들어와 고픈 배를 안고 잠을 잤다. 너무나 배가 고파 선잠을 자고 있는데 시위하러 나갔던 여인숙 사람들이 돌아와 뭔가 먹는 소리를 냈다. 그는 방 밖으로 나가 그들이 먹는 주먹밥을 얻어먹고 들어와 다시 잤다. 다음 날 아침 여인숙 밖에 나가보니 차가 없었다. 마침 지프차 한대가 태극기를 휘날리며 달려오다 멈추었다. 운전자가 내린 틈을 이용해 그는 지프차를 운전해서 시내를 돌아다녔다. 돌아다니다가 도청으로 가는 사람들을 태워주었다. 공중에서 헬리콥터가 낮게 날았다.

　　—총은?

　　—총은 나중에 버렸어. 한번도 써먹도 못하고. 피웅피웅피웅.

　　나는 웃었다. 그가 별것도 아닌 일로 감옥을 가고 삼청교육대라는 데를 갔다 온 것만 같아 싱겁고 어이가 없었다.

　　— 헬리꼽타에 사진이 찍혀갖고 전 세계에 내 모습이 떴다드만. 나는 그것도 몰랐어. 그럴 줄 알았으면 폼이나 더 멋지게 잡을걸. 6월에 느닷없이 경찰들이 와서 갑시다, 하더라고. 어디를 가자고 하느냐니까 그 사진을 보여주더라고. 카악.

　　그 말을 하면서 그는 뒷골목 사람들이 하는 것처럼 침을 뱉었다. 나는 그런 그가 멋있다고 생각했다. 내가 자기를 멋지게 생각한다는 것을 알아챘는지 그가 어깨에 힘을 주며,

　　—좆같이. 카악.

다시 한번 침을 뱉고는, 주변을 살피고 나서 갑자기 내 쪽으로 몸을 기울이고는 빠르게 말했다.

—근데에, 경찰한테만 그렇게 말했어, 실은…… 총은 지금……

—지금……?

—여기에 있어.

그가 자기 가슴께를 가리켰다. 나는 재채기를 했고 내 입속의 밥알들이 그의 얼굴에 튀었다.

그가 벽에 걸려 있던 양복을 입었다. 그가 양복을 입은 게 아니고 양복이 그를 입은 것 같기도 했다. 그는 양복 속에서 허수아비처럼 서 있었다.

—오늘 우리 엄마한테 인사하러 갈 거야. 한복을 입으면 좋겠지만 한복이 없으니까 이것을 둘러.

나는 그가 어디선가 구해온 금술, 은술이 반짝이는 숄을 둘렀다. 그는 그 숄을 틀림없이 도화원의 삼촌에게서 얻어왔을 것이다. 뭔가를 얻어야 하는 것이 민망해서 이상한 소리를 내면서 얻어왔을 것이다. 우리가 탄 시내버스는 시내를 벗어나 시골길을 달렸다. 시내버스 종점에 내려서도 또 한참을 걸어가서 산 밑에 이르렀을 때, 산 밑 오두막 앞에서 놀고 있던 아이들이 쪼르르 달려왔다.

―우리 집에서 제일 작은 것들이야. 막내 용찬이, 그리고 니가 이름이 뭐지?

―요미이.

―뭐시라고?

―요미이.

―아 맞다, 용민이.

그가 동생 이름을 잊어버린 것이 쑥스러웠는지 씨익, 하고 웃었다. 용찬이는 날이 추운데도 양말도 신지 않고 내복 바람이었다. 그 아이는 누런 코를 끊임없이 들이마셨다가 내보냈다가 했다. 용민이도 양말을 신지 않기는 마찬가지로 시퍼렇게 얼어 있었다. 두 아이는 빨갛게 튼 손을 잡고 우리 뒤를 졸졸 따라왔다. 그렇지만 우리에겐 그 아이들에게 줄 만한 것이 아무것도 없었다. 그는 엄마한테 드린다고 담배와 술만 샀을 뿐이다. 나는 담배와 술 중에 하나라도 다른 것으로 바꾸어오고 싶었다. 과자나 과일이나 고기 같은 걸로. 그러나 그러려면 다시 도시로 나가야 한다. 도시에서 그가 담배와 술을 살 때 왜 미처 그 생각을 못했는지, 후회막급했다. 아니, 술만 사지 왜 담배도 사느냐고 물어보기는 했었다. 그가 말하길, 술은 담배와 한 짝을 이룬다고, 술만 사고 담배를 안 사거나 담배만 사고 술을 안 사면 짝이 안 어울린다고 했다. 안 어울리게 살 거면 사지 않는 것이 낫다고. 살 바에야 두가지를 함께 사야 한다고. 그렇게 말할 때의 그는 마치

공무원이나 학교 선생님 같기도 했다. 가게 주인이 그것 참 옳은 말씀이라고, 총각인지 새신랑인지 참 현명하시다고 추어주니까 그가 바보같이 벌쭉벌쭉 웃었다. 나는 그가 더 웃게 놔두는 것보다 빨리 가게를 나오는 것이 낫다는 생각이 들었고 그래서 술 담배 말고 다른 것을 살 생각을 미처 못했던 것이다.

우리가 집 안에 들어서자 부엌에서 불을 때고 있던 계집아이가 마당으로 나오면서 오빠아, 하고 부끄럽게 고개를 숙였다. 야는 용자,라고 그가 소개했다. 손에 수세미를 든 아이가 뒤꼍에서 나오며 용자와 똑같이 오빠아, 부르고서 나를 발견하고는 부끄러워 더 다가오지 못했다. 쟤는 용란이. 날은 점점 어두워왔다. 집 뒤 캄캄한 산속에서 용자야, 부르는 소리가 났다. 언능 와서 요 나무 좀 갖고 가라아, 무거서 들 수가 없다아. 용자가 달려갔고 용자의 전갈을 받은 그의 어머니가 한달음에 달려오다가 나를 발견하고 용자와 용란이처럼 부끄러운 듯 걸음을 딱 멈추고, 워미이, 우리 아들 왔네에, 해사하게 웃었다. 밤이 되자, 공장에 다니는 큰딸 용숙이가 오빠아, 하면서 들어오다가 나를 발견하고 또 부끄러운 듯, 헤실헤실 웃으며 윗목에 꿇어앉았고 공업고등학교를 다니다 그만두고 전봇대 가설 공사를 하러 다닌다는 용기는 혀엉, 하다가 멈칫했다. 십오촉짜리 전등 밑에서 박용재의 식구들과 나는 호박 풀떼죽을 나눠 먹고 그의 어머니와 그와 용기는 술과 담배를 나눠 먹었다. 그리고 그의 어머니를 중앙으로 두고 여자는 여자대로 남자는 남자대로 해서 하룻밤을 자고, 그다음 날 용기와 용숙이 타는 첫차로 우리도 도시로 나왔다. 풀떼죽을 먹으면서도 아무도 말이 없었고 술과 담배를 나눠 먹으면서도 아무도 말이 없었으며 자고 일어나서 헤어질 때도 말이 없었다. 다들, 그저 배실배실, 헤실헤실, 웃기만 했다. 그것이 다였다. 다만 그가 그의 동생들과 헤어질 때 끼루루룩, 하고 한번 새처럼 괴상한 소리를 질렀을 뿐이다.

봄이 되자 우리는 이제부터는 어른으로 살기로 했다. 남자와 여자가 몸을 합치면 그때부터는 어른이다. 여인숙에서 사는 것은 아무래도 어린애들이나 할 짓 같았다. 아니면 여인숙은 사회에서 버림받은 사람들이 살 곳 같았다. 하지만 이 사회에서 번듯한 어른으로 살기에는 우리에게 돈이 너무 없었다. 돈이 없어서 원래는 다달이 지불하던 여인숙비도 그가 요정에서 일하는 삼촌에게서 받아온 돈을 쪼개서 일수로 계산해서 주고 있는 형편이었다. 우리가 돈이 없는 것은 그를 받아주는 곳이 없기 때문이었다. 나는 도시에서 할 줄 아는 게 아무것도 없었다. 우리가 없는 것뿐인 사람들이라는 사실을 그러나 그때 나는 알지 못했다. 내게는 그가 있었으므로 나는 내가 '없는 사람'임을 자각하지 못했다. 그는 처음에 전당포에 자신이 차고 있던 전자시계를 맡겼다. 그 전자시계는 그의 아버지가 돌아가실 때 유품으로 남겨

준 것이었다. 우리는 시계를 맡긴 돈으로 이틀 치의 방값을 치르고 두 끼의 밥을 먹었다. 그러니까 하루에 한 끼였다. 전자시계 다음은 그가 가지고 있는 옷 중에 유일한 양복이었다. 우리는 양복을 맡겨서 얻은 돈으로 또 며칠을 살았다. 그러고 나니까 우리가 이제 전당포에 맡길 만한 것이 아무것도 없다는 것을 알게 되었고 내가 정말 아무것도 없는 사람임을 알았다. 그런데도, 내가 아무것도 없는 사람임을 알게 되었는데도 나는 이상하게 아무렇지 않았다. 내게는 여전히 그가, 박용재가 있어서였다. 그것은 분명했다. 그렇지만, 돈이 없으면 우리가 살 수 없다는 것을 나는 확실히 알았다. 우리는 오랫동안 턱을 괴고서 창문에 어리는 불빛을 구경했다. 어떤 것은 노랗고 어떤 것은 붉고 어떤 것은 파랬다. 빛은 둥글고 가늘고 뾰족하고 뭉툭했다. 한참 만에 그가 손바닥을 딱 내리쳤다. 뭉툭한 빛이 그의 손바닥에서 파싹, 하고 깨졌다.

─우리 돈을 구하러 가자. 고우고우고우.

그는 여인숙 밖으로 나와서 계속 고우고우고우, 하면서 돈을 구하러 갔다. 나도 돈을 구하러 어디로든지 가야 할 것 같았다. 그가 '구하자'고 했으므로 나는 돈이라는 것이 어디 위험한 지경에 빠져 있으므로 그 돈을 구해줘야 한다는 것으로 알아들었다. 그래, 돈을 구해야 한다. 돈을 구해줘야 한다. 돈아, 너 어디 있느냐, 내가 구해주러 갈게. 주문처럼 외우며 길을 걸었지만 나는 돈의 행방을 도무지 알 수 없었다. 길거리에 다니는 아무 사람이나 붙잡고 어디 가야 돈을 구할 수 있느냐고 물어보고도 싶었다. 나는 그런데도, 그는 신나게 고우고우고우 하면서 어디론가 갔다. 휘적휘적 갔다. 싱글싱글 갔다. 눈을 빛내며 갔다. 내가 부르는데도 뒤도 안 돌아보고 갔다. 그는 어디로 가는 것일까. 그가 가는 길 뒤로 그가 내는 소리들이 길게 끌렸다. 끼루루룩, 쿡쿡쿡, 하요이하요이······

나도 돈을 구하러 시장 안으로 들어갔다. 배추장수, 무장수, 사과장수, 생선장수, 고기장수, 그릇장수, 옷장수, 장수, 장수들은 하나같이 엄마가 국밥을 팔 때 그러는 것처럼 물건을 팔고 받은 돈을 앞치마처럼 차고 있는 전대에 넣었다. 내가 물끄러미 그들이 찬 전대를 바라보자, 그릇장수가 나를 흘끗 보더니, 뭘 봐, 이년아, 욕을 했다.

──오늘 미친년들이 총출동하는 날이여 뭐여. 저 미친년은 오늘 또 나왔네.

옷장수가 가리키는 쪽을 바라보았다. 거기, 머리를 산발한 여자가 길바닥에 앉아서 지나가는 사람들을 바라보고 있었다. 정애, 여자는, 미친년은 틀림없이 내 친구 정애였다. 제 동생들 데리고 이 도시로 나와 콩나물 장사를 했다는 정애. 내 친구 정애. 내가 어떻게 정애를 몰라볼 수 있단 말인가.

내가 다가가자 정애가 대뜸, 내 이름을 불렀다.

—묘자야, 너 묘자 맞지?

　　정애 눈빛은 흐렸다. 입술은 검었고 뺨은 노랬다. 가까이 가서 보니 산발한 머리는 새집 같기도 했다.

　　—정애야, 나도 지금 여기 살아.

　　—으응? 그렇구나. 진작에 연락하잖고, 계집애.

　　—근데, 내가 지금 엄마 집에서 나와가지고 남자랑 살아.

　　—남자라! 남자들은 왜 그런가 몰라. 하나같이, 그냥 귀찮아 죽겠어.

　　—응? 뭐라고?

　　—묘자 너는 참 이쁘구나.

　　나는 아무 곳도 갈 수 없이, 더이상 뭐라고 대꾸할 말을 찾지 못하고 정애를 바라보았다.

　　—너는 이쁘고 훌륭한 여성 같아. 대통령 영부인처럼. 나는 좀 간사하지. 지금으로서는 흉내를 못 내지마는 내가 좀 심했지. 괜히 노래를 불러가지고 욕을 먹고. 총 들이대고 죽일라고 그래서 내가 그랬던 모양이지? 호호호.

　　빈 박스를 가득 실은 리어카꾼이 비켜라, 이년아, 정애 엉덩이를 걷어찼다. 주변에서 장사하는 사람들이 와아, 웃었다. 누군가는 혀를 찼고 누군가는 아이고오, 한숨을 내쉬었다. 나는 정애를 일단 그곳에서 데리고 어딘가로 가야 할 것 같았다. 그러나 나는 정애를 어디로 데려가야 할지 알 수 없었다. 노점을 하는 할머니가 파출소로 가라고 일렀다. 파출소로 가, 파출소. 그러면 지 동생이 나중에 찾으러 와. 정애를 파출소로 데려가자 순경들이 정애한테 인사를 했다. 한 사람은 일부러 그러는 것처럼 거수경례를 했다. 어서 오십쇼, 뭘 도와드릴까요? 이 아리따운 아가씨와는 어떤 사이십니까?

──제 친구예요.

순경들은 깊게 고개를 끄덕였다.

──친구 조오치요잉. 친구가 좋은 것이여. 김정애 씨, 그요, 안 그요?

──친구는 좋아요. 친구 따라 강남도 가고, 이북도 가지요.

떼끼, 늙은 순경이 소리쳤다. 정애가 얼른 목을 움츠렸다. 순경이 금방 부드럽게, 밥 먹었느냐고 물었다. 나는 그때서야 내가 아무것도 먹지 않은 것을 알았다. 오늘은 특별히 두 사람분을 더 시킨다며 순경이 짜장면을 시켰다. 정애와 나는 순경들 틈에서 짜장면을 먹었다. 찌장면을 먹고 있는데, 어디선가 날아온 돌멩이가 파출소 철망을 때렸다. 곧이어 화염병도 날아왔다. 아이, 씨발 새끼들이 또 시작했는갑네, 너희들은 짜장면 마저 먹어라이. 순경들이 파출소 문을 잠갔다. 학생들이 뭐라고 소리 지르며 어딘가로 몰려갔다. 정애와 나는 짜장면을 끝까지 다 먹었다.

저녁 무렵에 자전거를 타고 온 영기는 나를 잘 알아보지 못했다. 나도 영기를 겨우 알아보았다. 영기 얼굴에 여드름이 잔뜩

나 있었다. 영기는 여드름 난 콧잔등을 씰룩거리며 자꾸만 코를 팠다. 코를 파면서 골을 냈다. 가자고, 가아, 하면서 제 누나 등을 우악스럽게 떠밀었다.

누나 단속 잘해라이. 영기는 대답도 하지 않고 발로 파출소 문을 뻥, 찼을 뿐이다. 순경들이 아이, 싸가지 하고는, 하며 혀를 찼다.

──묘자야, 너 정말 오랜만이구나. 저녁이 되면 나는 내 동생을 따라서 집에 가야 한단다. 너는 어디로 가니?

──너희 집에 나도 함께 가자.

──아이고 바쁠 텐데 뭣할라고 와 그래도 온다면야 나야 고맙지 나는 우선 피가 부족해서 피로를 느끼고 힘들고 강 저쪽 미루나무 그늘 같은 데서 좀 쉬고 싶고 그럴 때는 좀 슬픈 생각도 들고 그래 아파서는 안되겠지 토요일도 있고 일요일도 있고 금요일도 나머지 날은 열심히 먹고 신나게 살아야지 처음 볼 때는 나름대로 이쁘게도 보이고 험악하게도 보였었어 군인 안 봤어 한번도 잘 안 봐 나 옛날에 일할 때는 부모가 없어놔서 무지하게 마음이 외롭고 고독을 느끼고 그럴 때는 하느님을 의지하고 살았지 나는 주로 행상을 하면서 살았는데 이렇게 몸이 아팠는데 그 말은 맞지 그 군인하고 나는 아무 일 없었거든 하느님한테 꺼릴 것 없고 아무 일 없었는데 자고 일어나니 상당히 불쾌하고 노래하는 사람 곁에는 항상 우리 주님이 임하시지 묘자 너는 참 현

숙한 부인 같어 대통령 영부인같이잉.

영기는 아, 챙피해, 씨발, 소리를 연발했다. 긴 골목에 영기가 뱉어낸 침이 꼬리를 물었다. 골목은 미로와 같았다. 미로 같은 골목의 막다른 집 문간방이 정애네 집이었다. 정애는 문간 화장실 앞 단칸방에서 영기, 명애와 함께 살고 있었다.

영기는 방송국 앞 중국집에서 배달원 겸 보이로 일했다. 영기는 방송국이 불타던 날 데모 구경, 불구경을 하느라고 집에 들어가지 않았다. 정애는 새벽까지 기다리다 더이상 불안감을 참지 못하고 영기를 찾으러 집을 나와 시내로 들어왔다. 정애는 풍향동 집을 나와 산수동을 거쳐 장동로터리까지 왔다가 영기를 찾지 못하고 다시 풍향동 집으로 돌아가고 있었다. 그렇게 돌아가는 그 캄캄한 길에서 정애한테 무슨 일이 있었던 것일까. 군인들이 사람들을 죽였던 그 봄날의 한밤중에.

──아침에 내가 집에 돌아와 자고 있는데 시장 입구 영암집 아줌마가 누나를 데리고 왔더라고요. 그때부터 저래요, 쌍.

영기는 정애가 '저러는 것'이 짜증 나는가보았다. 파출소에서 짜장면을 먹었는데도 정애는 기어코 나를 대접해야 한다며 명애더러 라면을 끓이라고 했다. 그럴 때는 제법 의젓했다.

──언니가 바쁠 때는 니가 해야 하는 거야 그래야 복이 오고 웃음이 피어나는 하느님 성가정을 이룰 수 있어.

나한테 주겠다고 끓인 라면을 정작 정애가 다 먹었다. 나한테 먹어보라고는 하면서 맛나다, 참 맛나다, 하면서 제 입으로 다 가져갔다. 라면을 먹고 약을 한움큼이나 먹은 정애는 슬며시 잠이 들었다. 명애는 연필에 침을 발라 숙제를 했다. 명애는 자꾸만 눈을 희번덕였다. 영기가 내가 물어보는 말에 쌍, 쌍을 연발하며 대답을 하면서도 자꾸 눈을 희번덕이는 명애를 주시하다가, 누운! 하고 주의를 주었다. 명애는 잠시 허공에 눈을 고정시켜놓았다가 다시 공책에 머리를 처박았다. 명애가 고개를 처박자 이번에는 영기가 코를 쿵쿵거리며 다리를 떨었다. 영기한테는 아무도 뭐라는 사람이 없었다.

─근데 오빠, 저 언니는 누구야?

나를 옆에 두고 코를 훌쩍이며 명애가 영기한테 물었다.

─바보, 묘자 누나도 몰라? 쌍.

영기 다리가 까딱거렸다.

─모르겠는데.

─우리 옛날에 살았던 새정지 묘자 누나. 하긴, 니가 아는 게 뭐가 있냐, 눈이나 희번덕이는 게, 쌍.

─나는 절대로 안 그러고 싶은데에 자꾸 눈이 저절로 그렇게 되어부러.

─눈을 작대기로 딱 고정시켜주끄나? 쌍.

─글믄 잠도 못 자겄네?

─잠잘 때만 빼면 되지, 쌍.

─아하, 그렇겠구나아. 아함 잠 온다.

명애가 정애 옆으로 가 누웠다. 영기도 쌍, 쌍, 하면서 하품을
했다. 나는 정애 집을 나와 시장으로 갔다.

밤이 늦었는데도 영암집은 술 먹는 남자들로 왁자했다. 영암
집 숙자는 내가 들어서자 거기 와 있는 남자들 중 누군가의 딸이
들어오는 줄 알았나보다.

─아부지 찾으러 왔냐?

내가 대답하지 않자 숙자는 가시내가 말을 않네이, 하면서 더
는 말을 붙이지 않고 주방에서 하던 일을 계속했다. 술꾼들이 그
만하고 이리 와 앉아보라고, 숙자 손 좀 만져보자고 농을 던졌
다. 나는 한쪽 빈 탁자에 조는 듯 앉아 있었다. 내가 그러고 있는
동안 아무도 내게 신경 쓰지 않았다. 그들은 내가 그들 중 누군
가의 딸이겠거니, 그렇게 생각하는 듯했다. 주방에서 다 만든 음
식을 들고 나오면서 숙자는 노래했다. 옛날 내가 살던 새정지에
서 여자들이 일하면서 자주 불렀던 육자배기 가락이었다.

─고나혜 어매 어매 멋헐라고 나럴 나아갖고 이 고상을 시긴
단가 공부를 시길라먼 글공부나 시길 일이제 일공부를 시겨갖
고 이 고상을 시긴단가 사래 질고 장찬 밭에 호무랑은 갈강호무
논에 가면 가래 웬수 밭에 가면 바라구 웬수 집에 가면 씨누 웬

수 아깝다 내 청춘아.

숙자의 노래를 한 술꾼이 받았다.

─아니리는 폴딱 넘어불고 중몰이로 넘어가설랑 열다섯에 얻은 서방 첫날밤 잠자리에 상한빙으로 잡아묵고……

다른 술꾼이 상한빙이 뭐냐고 물었다.

─상한빙이라 함은 방사를 과도허게 허거나 그것을 너무 안 하면 생기는 빙이라 이거여. 열여섯에 얻은 서방 당창빙으로 잡아묵고……

상한빙을 물었던 사람이 당창빙이 무엇이냐고 물었다.

노래하던 술꾼이 당창빙이라 함은 성빙이라는 거시여, 아니 그런디, 자네는 날더러 노래를 허라는 거시여, 마라는 거시여, 모르면 모르는 대로 알면 아는 대로 가만히 노래나 들을 거시제, 뭣이 잘났다고 자꼬 제동을 걸어쌓는 거시여, 시방, 했고 질문을 했던 사람이 모르고 듣는 것보담은 알고 듣는 편이 낫겄어서 물었기로서니, 그것이 유감인가, 했다. 그 통에 노래판은 시나브로 파장이 되었다.

밤도 깊고 그 틈을 이용해 숙자는 나가고 싶어하지 않는 술꾼들을 내몰았다.

내가 되야, 되야서 더는 못해.

숙자, 우리 가불고 나먼 뭣헐란가?

자야제.

웅, 글면 이놈들 다 가불면 나랑 자세.

염병허네.

그런 소란을 거친 뒤에야 남자들을 내보내고 혼자가 된 숙자는 돌아와서 나를 발견했다.

──아이, 너는 안 가냐?

나는 대답하지 않았다.

──호랭이 물어가네, 갈 데가 없는디 왜 해필이면 여그를 왔냐?

──아줌마, 내 친구가 왜 그러는지 알아요?

──가이내가 먼 새딱 빠진 소리를 혼자 중얼거린다냐? 문 닫을랑게 가라 얼릉.

──아줌마가 정애를 데려다줬다면서요. 저쪽 골목 끝 문간방 사는 정애 말이에요.

──니가 그 가시내 친구냐? 오메 오메, 그것이 긍게, 아조 내가, 참말로, 기가 멕혀서, 시상에나…… 아이, 근디 너는 누구냐?

──묘자요.

──이름이 묘자여? 사는 데는 어디냐?

──원래는 새정지 살았어요. 정애도 거기 살다 여기로 왔어요. 나는 온 지 얼마 안되고요. 시장에서 정애를 만났는데 정애가 이상해요. 정애 동생 영기 알아요? 영기가 그러데요, 아줌마가 정애를 데려다줬다고. 그때부터 그렇다고. 정애한테 무슨 일

이 있었는지 아줌마는 알아요?

　―아이, 근디, 그런 말은 누구한테 예사로이 헐 수 있는 말이
아니다. 옛날에 나 애려서 전쟁 끝나고 나서도 정애 같은 미친년
들 쌨었다이. 원래 그런 것이다. 난리 난 뒤끝에는 미친년, 미친
놈 생기게 마련이여. 세상이 돌아부렀는디 사람인들 온전헐 수
가 있가디. 그중에 특별히 더 모진 꼴 당해불면 미쳐불제. 아이
근디 너 상당히 피로해 보이는디, 밥은 묵었냐?

　숙자는 내 대답을 기다리지도 않고 주방으로 들어가 내게 줄
밥을 펐다. 주방에서 숙자가 뭣헌다고 밥도 안 묵고 돌아댕기냐,
가시내가아, 할 때는 그녀가 내 오랜 언니나 고모나 이모 같다고
생각했다. 숙자는 내게 줄 밥과 함께 자신이 먹을 술을 들고 나
왔다.

　숙자는 시내 쪽에서 들려오는 총소리에 오금이 졸아들어 잠
을 한숨도 못 잤다. 새벽녘에 오줌이 마려운 참이었는데 잠긴 문
을 발로 차는 소리가 들려옴과 동시에 숙자는 오줌을 지려버렸
다. 문 열라는 남자의 소리가 났다. 안 열면 문을 부숴버릴 기세
였다. 숙자는 조심스레 문을 열었다. 문을 열자마자 군인이 여자
를, 스무살 남짓한 계집아이를, 정애를 가게 안으로 던져넣었다.

　―이년 데리고 있다가 날 새면 보내시오. 다른 군인들 만나
면 이 가시내 죽어요.

정애는 피투성이가 되어 있었고 온몸을 달달 떨었다. 속옷이 벗겨져서 피가 줄줄 흘러내렸다. 숙자는 정애가 군인들에게 변을 당했다는 것을 직감했다.

숙자는 정애를 알고 있었다. 정애가 동생들 데리고 교회를 다니게 한 것도 숙자였다. 자기는 교회를 안 다녀도 의지가지 없는 정애가 교회라도 다니면 좋을 것 같아서였다. 시장 입구 전봇대 아래서 콩나물을 파는 정애가 숙자는 딸같이도 여겨졌다. 피투성이가 되어 가게 안으로 던져진 정애를 끌어다 피를 닦고 물을 먹이고 이불을 덮어주었다. 죽은 듯이 잠을 자고 일어난 정애가 불쑥 물었다.

─아줌마, 5391부대 마해진이가 나 여기 데려다줬지요?

─몰라, 그놈이 그놈인가는. 근디, 인자 좀 정신이 드냐?

─내가아, 정신을 차려야 쓰지 안 그러면 안되지요.

─글타, 그래. 니가 정신 안 채리면 니 동생들은 어쩌겠냐. 언능 집에 가봐라.

숙자는 정애를 담요로 말아서 집까지 데려다주었다. 잠을 자고 있던 영기가 벌떡 일어나서도 눈을 뜨지 못했다. 명애가 와락 울음을 터뜨리며 정애한테 달려들었다. 정애가 해시시 웃었다.

─내가 못 산다 참말로. 영기야, 얼른 너희 식당에 가봐야제. 잠만 자면 쓰냐아.

영기는 아직 제 누나한테 뭔 사태가 일어났는지 파악하지 못

한 채로, 또 잔소리를 하는가, 하는 뚱한 표정으로

　―식당 문 안 열어.

　―어째 그러까. 어째 세상이 다 그러까. 어째서 그러까.

　명애가 정애 품에 안겨서 눈물 그렁거리는 눈으로 혼자서 중얼거리는 제 언니를 빤히 쳐다보았다.

　그때부터 그렇게 된 것이라고, 말하고 숙자가 마지막 술잔을 탁, 입에 털어넣었다.

　―아이, 근디 너는 이 밤중에 어디를 갈래? 나는 잘랑게 너 갈 데 없으면 여그서 자라잉. 자고 일어나서도 갈 데 없으면 여그서 나랑 살든지. 글래? 안 글래?

　숙자에게는 고등학교 다니는 딸이 있었다. 당금이는 숙자가 어쩌다 연애를 했던 남자와의 사이에서 태어난 숙자의 유일한 피붙이다. 그 도시의 고등학생들에게는 사람들이 많이 죽어간 그해의 여름방학이 없었다.

　―아이, 다른 애들은 다 학교 간다. 너도 가야제.

　―학교 가면 뭣할 것이여. 공부를 하면 뭣을 할 것이여. 나는 노래나 할라요.

　―염병을 허네. 노래를 허더라도 학교를 나오고 공부를 해야제, 안 글면 내 짝 난다이.

　―엄마가 뭣이 어쩌가니.

─못 배운 년은 술청에서나 써묵는 것이 노래란다.

─어디서 써먹은들 뭔 대수겠소. 사람들이 듣고 좋아하면 된 것이제.

그길로 학교를 작파한 당금이는, 노래나 하겠다고 했던 당금이는 한동안 제 동무들하고 시내 여기저기를 쏘다녔다. 쏘다니다 와서는,

─엄마, 뭔 세상이 이런다요? 군인들이 사람들을 맥없이 두들겨패고 죽이고 했던 것이 다아 거짓말 같네. 지난봄에 사람들이 죽기는 죽었던가?

─다들 묵고살라면 어쩔 것이냐, 안 존 것은 언능언능 잊어불어야제. 좋도 안헌 것 붙들고 있어봐야 밥이 나오겄냐, 뭣이 나오겄냐.

─참말로 그라까, 참말로 그라까. 나는 참말로 모르겠소. 나는 참말로 암것도 모르겠어라우.

당금이의 친구가 죽었다 했다. 당금이 친구 제재소집 딸 영화가 저는 더러운 몸이라고 제 몸에 기름을 붓고 불을 당겨 죽었다 했다. 사람들이 톱밥으로 불을 끄겠다고 한 것이 무장 더 영화를 타들어가게 했다고 했다. 차마 입에 담을 일은 못되지만, 영화도 정애처럼 그 난리 통의 어느 한 날, 혹은 한밤에 몹쓸 짓을 당했던 것일까, 그랬던 것일까.

숙자는 영암집 위층에 '이숙자국악연구소'를 열었다. 숙자의

첫 제자는 숙자 딸 당금이였다. 숙자는 당금이를 어떡하든 제 곁에 붙들어매놓고 싶었다. 노래하고 싶어하는 아이, 노래 한가 지라도 가르쳐주면, 저는 암것도 모르겠다는 소리는 안할 것 같았다.

겨울 지나 봄 돼서야 돌아온 나를 보고 엄마는 눈이 붉어졌다. 기동이가 골목에서 놀고 있다가 내가 나타나자 쪼르르 식당으 로 달려가 엄마한테 나의 출현을 알렸다. 낯선 남자가 뒤꼍 문을 열고 들어왔다. 손에는 머릿고기 뜨는 얼레미가 들려 있었다.

─인사하씨요, 우리 딸이요.

남자가 어색한 미소를 띠고 으이, 하는 소리를 내며 고개를 까 딱했다. 기동이가 아빠아, 하고서 남자 팔에 매달렸다. 엄마는 식당에 딸린 골방에 나를 앉혔다. 쌀포대와 엄마 화장품과 잡동 사니가 아무렇게나 쟁여져 있는 것은 낯익은 풍경이었다. 그러 나 벽에 걸려 있는 남자 옷은 좀 낯설었다.

─어쩌겠냐. 이런 데서 이런 일 험서 여자 혼자 살기가 하도 애로와서 내가 그냥 허락해부렀다.

나는 엄마의 '허락'했다는 말을 듣고서 알았다. 여자가 남자 와 함께 사는 것을 '허락'이라고도 한다는 것을.

─엄마, 나도 허락했어.

엄마는 나 없는 그새 담배를 배운 모양이었다. 주섬주섬 담배

를 찾아 불을 당겨 길게 연기를 내뿜으며,

─무채 썰던 애가 어디 갔나, 하고 나와보니 니가 눈 속에서 용재를 따라가고 있더라.

나는 웃었다. 그때야 엄마도 코를 팽 풀고 피식 웃었다. 나는 엄마한테 정애 이야기를 했다. 새정지 살던 내 친구 정애가 그렇게 되었다고.

─아이고, 그런게잉. 조실부모허고 동생들 데리고 도시 나와서 고생 고생 허드마는…… 에그 씹어물어갈.

진저리를 쳤다. 엄마는 선자 이야기를 했다. 만화가게에서 선자가 하루 종일 튀김도 팔고 떡볶이도 팔아서 돈을 조금 모아놓으면 노름꾼 선자 신랑이 독수리가 병아리 채가듯이 홀라당 채가버린다며 고단한 삶을 사는 의붓딸 때문에 기껏 멈추었던 눈물을 다시 흘렸다. 엄마는 앞치마 속에서 손에 쥐어지는 대로 돈을 꺼내서 반찬과 함께 내 손에 쥐여주었다. 엄마의 남자는 으이, 하는 알아듣기 힘든 목엣소리를 내며 손을 들어서 인사했다. 기동이는 제 의붓아버지 팔에 억지로 매달려 대롱거렸다.

박용재는 갈수록 야위어갔다. 옷은 점점 더러워지고 손도 새까매졌다. 무엇보다 몸에서 이상하게 비린내가 나는 것도 같았다. 어떤 때는 아침에 나가 밤에 들어오고 또 어떤 때는 낮에 나가 아침에 들어왔다. 그는 늘 단단히 삐쳐 있는 사람 같았다.

─내가 각자 돈을 마련해갖고 만나자고 했어, 안했어? *끄끄 끄끄*.

그가 코를 씩씩거리며 따졌다. 나는 그가 돈을 구하러 가자고 했을 때 영암집에서 하룻밤, 엄마 집에서 하룻밤, 이틀 밤을 자고 사흘째 돌아왔다. 정애 이야기를 할까 하다가 그만두었다. 영암집 이야기도 하지 않았다. 돈을 구해서 만나자는 말을 했는지 안했는지는 모르지만, 나는 했다,고 대답했다.

─근데, 왜 안 왔어? *끄끄끄끄*.

그가 따지는 것은 그날 밤 왜 안 왔는지를 말하라는 것이라는 걸 알았지만, 나는 대답할 말을 찾지 못했다.

─너, 그동안 어디를 돌아댕겼어? *끄끄끄끄*.

나는 대답하지 않는 대신 그를 안아주었다. 그가 마치 늦게 온 엄마한테 칭얼거리는 아이 같았기 때문이다. 그가 이번에는 계속 *끄끄끄끄* 한 소리만 내는 것도 좋은 일이라 생각하면서. 금방이라도 나를 칠 기세이던 그가 내 무릎에 얼굴을 묻고 울었다. 미안해, 미안해, 미안해, *끄끄끄끄*. 그는 어깨를 들썩이며 울었다. 무서워, 무서워, 무서워. *끄끄끄끄*.

─울지 마, 울지 마, 울지 마.

내가 주문처럼 울지 마,라고 뇌자 그가 시나브로 울음을 그쳤다. 엄마가 준 돈으로 사온 쌀을 씻어 안치고 엄마가 준 김치로 김칫국을 끓이고 엄마가 준 반찬을 방바닥 위에 펼쳤다. 그가 밥

을 먹으면서,

—나는 돈을 구하지 못했어, *끼끼끼끼*.

—괜찮아, 괜찮아, 괜찮아.

나는 똑같은 말을 세번 했다. 세번씩 하면 정말 모든 것이 다 괜찮아질 것 같았다. 예전에 정애가 제 동생들을 부를 때 꼭 순애야, 순애야, 순애야, 하거나 영기야, 영기야, 영기야, 했던 것처럼. 밥을 먹고 난 우리는 한결 기분이 좋아졌다. 그가 제안했다.

—우리 함께 나갈까? 끼끼끼끼.

—시내?

—응, 시내. 끼끼끼끼.

봄이라지만 날씨는 아직 쌀쌀했다. 우리는 서로를 꼭꼭 여며줬다. 아무리 꼭꼭 여며도 사실 우리가 입은 옷은 너무도 낡았다. 그가 입은 바지는 보푸라기가 일다 일다 못 일고 이제는 얇디얇아지고 반질반질해져서 손만 대면 찢어질 종잇장 같았다. 그것은 내 스웨터도 마찬가지였다. 신발도 그랬다. 그래서 우리는 되도록 조심조심 옷을 입었고 조심조심 걸었다. 그것들을 조금이라도 함부로 입거나 거칠게 다루어서 찢어지거나 터져버릴 것이 우리는 겁났다. 우리가 시내를 향해서 조심조심 걷고 있을 때 거리 저쪽에서 패싸움이 났다. 우리가 걸음을 멈추고 잠시 그쪽을 바라보고 있는데 한 떼의 쌈꾼들이 우리를 밀치고 달아났다. 그들이 우리를 어찌나 세게 밀쳤는지 우리는 땅바닥에 쓰러져서 일어날 수가 없었다. 더군다나 쓰러진 그를 또 한 떼의 쌈꾼들이 밟고 지나가면서 그는 완전히 고꾸라져버렸다. 겨우 일어나서 그를 일으켜세워보니 넘어지면서 부딪쳤는지 코와 입술이 깨졌고 앞니 하나가 부러져 있었다. 우리의 외출은 엉망이 되어버렸다. 우리는 여인숙에 돌아와 옷을 조심조심 벗어서 개켜놓고 누웠다. 그가 밤새 앓았다. 머리에서 열도 났다. 나는 옛날에 할머니가 내가 아플 때 해줬던 것처럼 뒷박의 쌀을 보자기에 담아 그에게 잠밥을 먹였다. 내가 쌀보자기를 그의 가슴에 대고 주문을 외자 그는 가만히 있었다.

잠밥 각시님네 다름이 아니라 박씨 가문의 스물두살 먹은 용재가 우연히 머리가 아파 발광을 허니 그저 수가 사나와서 그러는지 잠밥 각시님네 오다가다 총 맞은 귀신이나 칼 맞은 귀신이나 배가 고파서 혹시 만져봤는지 잠밥 각시님네 이놈을 먹고 썩물러나렸다.

나는 쌀보자기를 그의 이마에 대고 외웠다.

하나 두울 세엣 네엣 다섯, 여섯 일곱 쉐에쉐에 만일에 이놈을 먹고도 안 물러나면 대칼로 목을 찔러 대천 한바다에 던질 테니 썩 물러나렸다.

그렇게 하고 나서 나는 그를 다독이고 안아주었다. 그는 작게 작게 몸을 말아 내 속으로 완전히 들어왔다. 창문이 밝아질 때마다 그를 안고 있는 내 그림자가 벽에 그려졌다가 사라졌다. 내

등은 거대한 산 같았다. 그가 자다가 엄마를 불렀다. 엄마 목말라. 목말라? 응. 물 여기 있어. 그는 물을 아기처럼 오물거리며 마셨다. 나는 가슴을 크게 벌려 그를 안았다. 그가 아기처럼 내 젖꼭지를 빨았다. 그의 깨진 이빨이 젖꼭지에 닿을 때마다 꺼끌꺼끌 아팠으나 그저 참았다.

　──나는 생각도 못했는디 애기가 들어섰던개비여.
　아기를 뗀 엄마는 울었다. 엄마는 자꾸만 뇌었다. 사십 넘어서 먼 애기이? 그런디 자꾸 눈물이 난다. 사랑이 머시가니. 사랑이 머시가니 한정 없이 한정 없이 눈물이 난당게. 그래도 그것이 사랑의 결실인디, 그런디 그것을, 아이고, 아이고오……
　엄마의 사랑인 정춘은 죄인처럼 고개를 숙였다. 엄마 사랑 정춘은 시골에 처자식이 있었다. 정춘은 빚을 잔뜩 내서 소를 많이 키웠다. 어쩐 일인지 소들이 병들어 죽었다. 정춘은 망했다. 정춘은 빚쟁이를 피해 무조건 집을 떠나 도시로 왔다. 터미널에 도착해서 정춘은 어디로 가야 할지 가늠하지를 못했다. 우선 발길 닿는 대로 걷는다는 것이 저절로 앞길보다는 뒷길 쪽으로, 환한 데보다는 어두운 데로, 번듯한 데보다는 어딘가 때 묻은 데로 가지는 것이었다. 그러다 정춘은 복래식당 앞에서 걸음을 멈추었다. 식당 앞에 자신의 시골집에 피어 있는 것과 똑같은 수세미꽃이 노랗게 피어 있었다. 수세미꽃 아래 소복이 솟아 있는 깨진 고무함지 안의 부추와 파, 고추, 그 안에 또 올망졸망하게, 아무렇지 않게 섞여 있는 봉숭아, 채송화가 정춘의 걸음을 붙잡았다. 마침 배도 고파서 정춘은 복래식당 안으로 쏙 들어섰다. 정춘은 국밥을 다 먹고 나서 왠지 눈매가 간잘조름한 것이 제 아내를 닮은 것도 같은 여주인에게 말을 붙였다.

—수세미가 좋지요?

엄마는 설거지를 하다가 뒤돌아봤다. 엄마는 작년에 수확한 수세미로 설거지를 하던 참이었다. 엄마는 시골에 살 때도 수세미를 키워서 가을이 되면 수확하여 일년 수세미로 썼다.

—하면, 좋지요. 돈도 안 들고, 호호.

엄마는 왠지 웃음이 나왔다. 귓불도 빨개졌다.

—식당 앞이 아주 환합니다, 아주머니처럼.

지금까지 그 골목 사람 누구도 식당 앞 식물에 대해 말해준 사람이 없었다. 기름밥 먹는 사람들은 옆에 아무리 고운 식물이 자라도 식물 따위에는 애초에 관심이 없었다. 엄마는 식물에 관심 가져주는 남자가 왈칵 반가웠다. 더군다나 아주머니처럼이라니, 환하다니. 엄마는 박하사탕을 깨문 것처럼 머릿속이 화해졌다. 남자는 계산을 하고 나갔다. 엄마는 주춤주춤 남자가 가는 길을 바라보았다. 뜨거운 태양 아래 남자의 그림자는 유독 길어 보였다. 그림자가 휘청이는 것도 같았다. 엄마는 문득, 앞치마를 벗어두고 남자를 따라가고 싶어졌다. 남자 옆에 고요히 붙어 한

하고 어디까지든지, 밤이 오더라도 그 옆에 붙어 걸어가고 싶었
다. 바로 그때 기동이가 불렀다. 기동이가 엄마 발을 붙잡았다.

—내가 니 심정을 알겠더라. 한허고 그냥 따라가고 싶드랑
게. 너도 그랬지야? 눈이 오건 말건, 밤이 오건 말건이?

엄마는 남자를 기다렸다. 언젠가 한번은 꼭 오겠지. 눈 오는
날 딸이 박용재를 따라가는 것을 먼 데서 봤지만 엄마는 딸을 붙
잡지 못했다. 눈 속에서 자박자박 남자를 따라가는 딸의 자태가
엄마는 왠지 거룩해 보였다.

—누가 들으면 웃을란가 몰라도, 너가 꼭 성모마리아 같드랑
게. 저어기 성당에 서 있는 예수님 엄마 말이여. 아니면 석가모
니 엄마 같기도 하고잉?

내가 그렇게 가고 나서 매우 추웠던 어느날 복래식당에 그 남
자가 나타났다. 그 남자 정춘은 온몸에 바람 냄새를 가득 묻혀
들어서며,

—꽃은 졌어도 그대는 여직도 환합니다그려.

엄마는 그날, 그 남자 정춘 앞에 바로 엎어졌다.

나는 다시 엄마네 식당에서 일했다. 벚꽃이 눈꽃처럼 핀 봄날
저녁에 정춘의 딸이 엄마네 식당으로 왔다. 고속버스 안내양 제
복을 입은 처녀가 기웃기웃하면서 엄마가 지난가을 파종한 시
금치와 이제 막 올라오기 시작하는 봄파 같은 것을 눈여겨보면

서 저어기요, 저어기요, 들어섰다. 엄마는 직감적으로 그 처녀가 정춘의 딸임을 알아보았다. 정춘과 너무나 닮아 있었던 것이다. 적어도 빚쟁이는 아니니까, 하고서 엄마는 뒤꼍 공터에서 머릿고기를 삶다가 건너편 식당 사람들하고 이야기를 하고 있는 정춘에게 손짓을 했다. 정춘은 엄마의 손짓이 오라는 것인지, 아니면 몸을 피하라는 것인지를 분간해내려고 미간을 찌푸렸다. 그동안에도 그런 일이 있었다. 시골의 빚쟁이가 어떻게 알고 복래식당에 은신해 있는 정춘을 찾아왔던 것이다. 찾아와서는 자기가 연대보증한 빚만이라도 갚아달라고, 악을 쓰고 하소연을 했다. 정춘은 빚쟁이에게 국밥을 대접하면서 돈은 국밥 장사 잘해서 연말에 한꺼번에 갚아주겠다고 하고서 빚쟁이를 물렸다. 정춘은 혹시나 또 그런 일이 있을 것이 두려워서 엄마한테 부탁을 해뒀던 참이었다.

─경자 씨, 내가 홀 안에 있을 때 그런 일이 벌어지면 할 수 없지만, 혹간에라도 뒤꼍에 있을 때 모르는 사람이 혹시 국밥은 안 시키고 나를 찾는 기미를 보이거든 나한테 수신호를 보내줘요.

그래서 두 사람은 그들만이 알 수 있는 수신호라 할 만한 손짓을 미리 연습까지 해두었던 참이었다. 그러나 정춘의 사랑, 경자 씨는 연습까지 해두었던 그 수신호를 까먹어버렸다.

─빚쟁이는 아녀요.

─그러면 누구여?

─ 암만해도 집이 딸인 모양이요.

정춘은 갑자기 손발에서 힘이 쭉 빠지는 기분으로 허청허청 가게 안으로 들어왔다. 정춘의 딸도 얼굴이 희노래지면서 지저분한 가게 바닥에 털썩 주저앉아버렸다. 주저앉아서 정춘을 바라보며 폭풍이 휘몰아치듯 울기 시작했다.

─ 아부지, 아부지이, 아부지이이.

─ 아가, 아가아, 아가아아.

정춘이 딸을 부축해 골방으로 들어갔다. 나는 엄마가 시키는 대로 국밥과 깍두기와 머릿고기 한 접시를 썰어서 쟁반에 받쳐 들고 골방에 들여놓아주었다.

묵어라.

안 먹어요.

묵어. 이것이 아조 맛난 것이다.

아부지는 이것이 맛난가요?

도야지 간이 참 맛나더라.

나는 부녀의 말을 듣지 않기 위해 일부러 수돗물을 더 크게 틀어서 그릇들을 소리 나게 부셨다. 그래도 부녀의 말소리는 들렸다.

아부지 처지를 너희들이 이해해라.

처지야 이해를 하지요. 그래도 소식이라도 주셨어야죠. 엄마는, 엄마는······

딸은 다시 한번 곡하듯이 끄억끄억 울었다.

울지 마라.

제가 지금 안 울게 생겼나요?

울면 뭐하냐, 심만 들제.

아부지, 정직하게 말씀해주세요.

뭣을?

지금 상황요.

본 그대로다.

그럼 저 아줌마랑……

그것이 꼭이 그럴 맘으로 시작한 것은 아니지마는, 사람 일이라는 것이 어찌 처음 맘같이만 되는 것이냐.

알겠어요.

느이 어매한테는 말허지 마라.

말 안하면 엄마는 뭐가 돼요?

세상일이라는 것이 알아서 좋을 일도 있지마는 몰라야 좋은 일도 있는 법이다.

알겠어요, 알겠는데…… 이것은 너무하잖아요.

다 알고 있응게, 그만해라. 몇시 차냐?

가봐야 돼요.

국밥이라도 한술 뜨제마는.

못 먹고 가서 죄송해요.

엄마는 그사이에 뒤꼍 공터에서 담배를 피웠다. 담배 피우는 엄마는 제법 남의 남자를 후리고 사는 작부 같기도 했다. 큰딸이 엄마한테 간다는 인사를 했다. 엄마는 담배를 황급히 끄고 또 오라고 했다. 큰딸은 공손히 인사하고 갔다. 정춘은 하루 종일 아무 말이 없었다. 기동이가 뻘쭘하게 눈치를 보다 잠이 들고 엄마는 술을 마셨다. 나는 급하게 여인숙 방으로 돌아왔다.

그는 창문턱 아래서 웅크리고 잠들어 있었다. 그의 얼굴 위로 푸르고 빨갛고 노란 자동차 불빛들이 끊임없이 지나가고 있었다. 끼익끽, 부릉부릉, 부아아앙 소리도 지나갔다. 탱크가 지나가고 배가, 기차가, 비행기가, 우마차가 지나가고 말이 지나가고 낙타가 지나가고 그리고 내 그림자가 지나갔다. 또 내 그림자 위로 그 모든 것들이 지나갔다. 나는 품에서 젖을 꺼내 그의 입에 물렸다.

우리는 내가 엄마네 가게에서 일하고 받은 돈으로 여인숙을 나와 방을 얻었다. 집은 다리를 건너고 하천을 옆에 끼고 한참을 걸어올라와 막다른 골목 끝에 있었다. 마당이 세 칸으로 나뉘어 있었고 길쭉한 기와집에 방과 부엌이 각 한 칸씩 죽 잇대어져 있었다. 그렇게 많은 가구가 사는데 변소는 대문간에 단 두 칸뿐이었다. 수도는 각 마당에 하나씩 세개가 있었다. 거미줄 같은 빨랫줄엔 온갖 종류의 빨래와 말린 생선이 함께 걸렸다. 사람들은

그 집을 오포집이라 불렀다. 옛날에 오포를 불던 사람이 주인이
라고 해서 그런다고 했다. 우리는 방을 얻고 캐시밀론 이불과 붉
은 인조견 요와 베개도 샀다. 양은냄비도 사고 포마이카 밥상도
샀다. 그것들을 지고 오면서 그가 껑충껑충 뛰었다. 쌀을 사고
연탄을 때고 연탄불을 피웠다. 이불 깔아놓은 방은 이내 따뜻해
져왔다. 그가 말처럼 히잉히잉, 하고 웃었다. 이불 위에서 재주
도 넘었다. 나는 연탄불에 밥과 국을 끓이고 간고등어도 구웠다.
그가 부엌으로 난 샛문을 열고 고개를 빠끔히 내밀고 웃었다. 그
가 깨진 이빨을 혀로 핥으며 나를 보고 엄마아, 하고 불렀다.
　　—엄마아, 우리 밥 먹고 놀자. 히이이잉.
　　—뭐 하고 놀까?
　　—엄마하고 나하고 옷 벗고 놀자. 히이이잉.
　　—엄마하고 옷 벗고 놀면 남들이 흉봐.
　　그가 밖으로 난 문을 잠갔다. 문을 잠그고 나를 돌아보는 그
표정이 아이 같았고 노인 같았다. 천진하고도 비열했다. 웃는 것
같기도 하고 우는 것 같기도 했다. 꽃 같기도 하고 짐승 같기도
했다. 우리는 밥을 먹고 옷을 벗고 놀았다. 그가 내 품속에서 아
기처럼 옹아옹아, 하는 울음소리를 냈다. 아기가 된 그가 내 속
으로 들어왔다.

　　엄마는 한밤중에 나를 찾아왔다. 엄마 몸에서 술 냄새와 담배

냄새, 돼지기름 냄새와 분 냄새가 섞인 냄새가 났다. 그리고 급박하게 달려온 사람에게서 나는 냄새, 이곳을 떠나 먼 곳으로 가려는 사람에게서 나는 냄새가 났다. 그것은 맡으려 들면 나지 않고 맡지 않으려 하면 나는 그런 냄새였다. 엄마는 이미 가방까지 챙겨들고 왔다. 가방은 제법 통통했다.

─몸은 괜찮냐?

내 얼굴은 임신기로 해쓱해지고 몸도 시들시들해졌다. 박용재는 이불을 뒤집어쓰자마자 코 고는 소리를 냈다. 그는 낮에 사방을 돌아다녔다. 낮에도 꺼지지 않은 골목길 외등을 일일이 끄고 다니느라 혼자 바빴다. 그러느라고 집에 오면 빨리 잤다. 나는 엄마의 물음에 대답 대신 도도록한 것이 자리잡기 시작한 내 아랫배를 가만히 안았다.

─당분간 엄마를 찾지 마라. 기동이는 선자한테 맡겼다.

엄마가 메마른 목소리로 말했다. 복래식당에 정춘의 큰딸이 찾아오고 난 뒤 얼마 지나지 않아 정춘의 둘째딸과 장모가 찾아왔다. 고속버스 안내양인 큰딸과는 다르게 고등학생인 둘째딸은 앙칼졌다. 복래식당에 들어서자마자 아줌마 뭐야아, 악을 쓰면서 엄마 가슴을 밀쳤다. 엄마는 맥없이 뒷걸음질을 하다가 벽에 머리를 찧었다. 정춘이 둘째딸 손목을 낚아채서 밖으로 끌고 가 뺨을 때렸는데 뺨을 맞은 둘째딸은 더욱더 사나워져서 엄마한테 달려들어 엄마 머리채를 잡고 엄마를 패대기쳤다. 정춘의

장모가 외손녀를 말렸다. 둘째딸은 울지도 않고 식당 바닥에 주
질러앉았다가 벌떡 일어나 그릇을 깨고 탁자를 뒤집어엎었다.
그리고 자신의 행패를 아무도 말리지 않자, 아직 엎어지지 않은
탁자에 걸터앉아 끼애애애애애액, 하는 괴상한 비명을 지르기
시작했다. 끼애애애애액, 끼애애애애액. 둘째딸이 그러고 있는 동
안에 정춘은 장모와 골방에서 이야기를 나누었다. 엄마는 또 죄
인처럼 뒤꼍 공터로 나가 담배를 피웠다. 나는 이번에는 엄마가
시키지 않아도 국밥과 돼지 내장과 돼지 간과 순대를 골고루
섞어서 정춘의 장모 앞에 가져다주었다. 혹시나 하고 끼애애애
액,거리고 있는 둘째딸 앞에도 국밥과 고기 한 접시를 놓아주었
다. 둘째딸은 국밥과 고기 접시를 뒤집어엎었다. 나는 말없이 그
것들을 치우고 나서 지난번 정춘의 큰딸이 왔을 때 그랬던 것처
럼 이번에도 수돗물을 세게 틀어놓고 그릇들을 소리 나게 부셨
다. 그래도 정춘과 장모가 나누는 말은 다 들렸다.
　　장모님께서도 잘 아시다시피 제 처지가 백척간두의 처지올
시다.
　　장모는 아무 말 없이 정춘의 말을 듣고 있다가 이따금 애애애
앵, 하는 소리만 냈다.
　　지금 쟈 어매가 아조 위중허다네. 그렇게 나랑 항꾸네 집으
로 가세. 자네 처지도 처지지마는 사람은 살리고 봐야 허겠는가
안?

그날 정춘은 장모와 둘째딸에 이끌려 자기 집으로 돌아갔다.

엄마는 공업사 골목에서 장사하는 사람들이 든 낙찰계의 계주였다. 엄마는 돈이 필요했다. 남편이 없는 엄마에게 돈은 남편 대신이었다. 엄마는 어디 시장에라도 가는 듯이 가게 문을 닫았다. 그리고 기동이를 선자한테 맡기고 한밤중에 나를 찾아온 것이다. 엄마의 계꾼들은 며칠이 지나서야 엄마가 곗돈을 가지고 잠적한 것을 알게 될 것이고 한바탕 소란이 일어날 것이다.

— 애기도 낳아야 허는디, 인자 뭘 해서 먹고살래?

— 걱정 마요, 엄마.

나는 영암집에서 일하겠다는 말은 하지 않았다. 대신 내 품에 엄마를 꼭 안아주었다. 엄마와 내가 안고 있는 동안 엄마가 갑자기 딸꾹질을 했다. 엄마의 딸꾹질 사이사이로 오포집 뒷산에서 밤새가 울었다. 꾸루루꾸루루. 밤비둘기 소리였다. 후이이이이 후이이이, 하고 저승새 우는 소리도 났다. 쪽쪽쪽 쪽쪽쪽, 엄마 딸꾹질 소리처럼 우는 것은 소쩍새 울음소리일 거였다. 나는 그 소리를 들으며 우리 밭에 서숙과 수수 씨를 넣어야 할 때가 온 것을 생각했다. 할머니와 함께 그 씨를 땅에 넣을 때가 생각났다. 엄마하고 나하고 아는 사람 아무도 없는 깊은 곳으로 가서 서숙이랑 수수랑 심어 먹고 살까? 했더니, 엄마가 코를 탱 풀고 그런 씨알머리 없는 소리는 하지도 마라,며 벌떡 일어났다. 그가 코를 골다 깊은 숨을 내쉬었다. 엄마는 돈을 싼 손수건을 내 손에 쥐

여주고 어디로 간다는 말도 없이 갔다. 엄마가 가는 곳은 씨를 넣어도 되는 땅이 있는 곳은 아닐 것이었다.

정애는 비만 오면 시장통을 소리치며 뛰어다닌다. 뛰어다니다가 집으로 가서 빗자루와 그릇을 들고 나오는 것을 숙자가 뛰쳐나가 영암집에 데려다놓았다. 숙자는 회갑 잔칫집에 노래 출장을 나가려고 화장을 하면서,

—미친년 비설거지헌다는 말이 맞기는 맞는갑서. 비 안 오면 얌전히 있다가 비 올 기미만 보이면 지랄용천을 헌, 당, 게.

헌당게,에 맞추어 분을 톡톡 두드렸다. 정애는 영암집 방에서 인형을 업고 서성였다. 자장 자장 자장 자장 우리 애기 잘도 잔다 앞집에 멍멍개야 짖지 마라 뒷집에 꼬꼬닭아 울지 마라 우리 애기 잘도 잔다 자장 자장 자장 자장.

내가 정애야, 부르니까 정애가 쉬잇, 하고서 손가락을 제 입에 갖다댔다. 그러다가 웃었다.

내가 인형놀이 하니까 내가 겁나게 애기 같지 애기를 많이 키워봐서 그런가 나는 무엇이든지 업고 있어야 마음의 안정이 오더라고 나는 무엇이든지 업어주고 싶고 마음의 안정을 얻은 뒤에는 하루속히 돈을 벌어야 쓴디 지금은 몸이 아파서 이러도 저러도 못하지 내가 약을 먹어 나는 총을 보면 무섭더라고 나 옛날에는 부모가 없어놔서 무지하게 마음이 외롭고 고독을 느끼고

여러가지 일을 겪으면서 열심히 살았어 남자들은 참 어째 그런 가 몰라 내가 이런 말 하면 어쩐지 몰라도 어쩌다가 생각나며는 상당히 불쾌하고 내가 참 간사했어 살려달라고 했지 나도 처녀 고 시집도 가야 하고 애인도 있어야 하는데 과거 이야기 하면 오 해받지 나는 오삼구일부대 마해진이라는 이름을 잊어버리지 않 아 마해진이가 나를 구해줬지.

나는 숙자가 일러준 대로 정애에게 약을 먹였다. 그러면서 문 득, 그에게도 약을 먹이거나 병원을 데리고 가봐야 하는 것이 아 닌가, 생각했다. 약을 먹고 정애는 하품을 했다. 피곤하다고, 쉬 어야겠다고 하면서도 또 말했다.

너는 대통령 영부인처럼 훌륭한 사람이야 그치 묘자야 작년 에 나는 교통사고가 나가지고 뼈에 금이 가서 너무 아파 병원에 갔더니 우리 의사 선생님이 나보고 걸레질 좀 가만가만 하라고 하더라고 지금 심장병도 있어가지고 약도 지어 먹고 있고 기도 도 열심히 하고 있어 그뿐만이 아니라 피가 부족하지 늘 하혈을 하니까 우리 주님께서도 나 때문에 우시고 그걸 생각하면 마음 이 아주 안 좋지 늘 고독하고 강 너머 미루나무 아래 같은 데서 한나절 잘 쉬면 어쩔란가 몰라도 그러기가 쉽지 않지 묘자 너는 영부인처럼 이쁘고 참 현숙한 부인 같어잉 글고 엄마 같기도 하 고잉.

—이제 곧 엄마가 될 거야.

정애는 잠이 들고 나는 콩나물국을 끓이고 간제미 회를 무치고 도라지 껍질을 벗겼다. 엄마가 그랬듯이 부엌일을 하는 틈틈이 공터에서 깨진 함지박과 사과 궤짝을 주워와서 흙을 채우고 영암집 출입문 앞에 나의 채전을 일구었다. 열무와 갓과 파와 수세미와 부추 씨를 넣었다. 그것들을 넣으면서 나는 나의 아기의 엄마가 되고 정애의 엄마가 되고 엄마의 엄마가 되고 그리고 나의 그에게도 내가 엄마가 된 것이 아닌가 생각했다. 그리고 나의 엄마는 열무와 갓과 파와 수세미와 부추인 게라고. 나는 아침에 영암집 앞에서 이제 막 싹을 틔운 수세미 싹에게 엄마아, 하고 불러봤다. 나의 엄마들은 한결같이 너무나 힘이 없고 너무나 여린 것들이다.

낮에 내가 일하고 돌아가면 숙자는 국악연구소 일이 끝나는 저녁부터 내가 낮에 준비해놓은 안주를 가지고 밤 장사를 했다. 숙자는 당금이한테 판소리를 가르치고 싶어했지만 당금이는 판소리보다 유행가를 더 좋아했다. 낮에 내가 밑에서 일하고 있으면 위에서는 당금이가 판소리를 한사코 유행가 조로 부르는 소리, 숙자가, 아이, 그 대목은 발림으로다가 보드랍게 넘어가야 허는디, 너는 뭘 모가지를 탁 꺾어분다이, 당금이를 야단치는 소리들이 정답게 들려왔다. 나는 그 소리들을 들으며 간제미 회를 무치고 남은 막걸리를 마시다가 숙자한테 들켜 애기 선 사람이

술을 마신다고 혼이 나기도 했다. 혼을 내고 혼이 나면서 우리는 킥킥거렸다. 우리가 킥킥거리는 너머로 당금이가 노래했다. 사랑도 했다 미워도 했다 그래도 한은 없었다 소낙비 쏟아지는 사랑에는 한없이 웃고 미움이 서릴 때면 몸부림을 치면서 말없이 살아온 그 오랜 세월을 아아아아아아 아아아아아 돌지 않는 풍차여.

그럴 때는 숙자가 남은 막걸리를 안 마실 수가 없게 되고 할머니가 담배 한대 피우면서 '아조 옛날 이야기'를 했던 것처럼 한잔 술에 취한 숙자의 옛날이야기를 듣게 되곤 했다.

나 이숙자는 영암 금정서 났어. 우리 하납씨가 을사년에 목숨 걸고 체결반대 상소도 올리고 했다는 아조 지조가 있는 집안이었다더라고. 그러면 뭣헐 것이여. 상소를 올려도 힘없응게 나라는 망허고 묵고살 것은 없고 헝게 유랑 걸식으로 돌아부렀제. 내가 바로 그 내림인 거라. 유랑 걸식 팔자에 어쩌다 요상허니 저것이 한나 생겨갖고 그냥 사람을 오도 가도 못허게 허기는 해도 또 저것 때문에 내가 요렇게 사람 행세를 허는 것이것제이?

손님 들어오는 소리가 나면 두 모녀는 후다닥 국악연구소로 올라가고 나는 주섬주섬 쟁반에 반찬을 놓고 술국을 끓였다. 내가 도시에 와서 처음 맛보는 푸근함이 그곳에 있었다. 옛날이야기 싫어하는 세상에서 옛날이야기 좋아하는 사람들이 사는 곳은 어디나 푸근하다. 새것을 말하는 사람들은 언제나 무섭다. 모든

새것들은 다 무서운 것이다. 돈도 없고 힘도 없는 사람들에게는.

영암집에서 일을 하다 손님이 뜸한 틈에 집에 가보았다. 내가 아침에 차려준 밥상이 그대로 있기도 하고 어느날은 말끔히 비워져 있기도 했다. 그대로 있을 때는 그가 밖에 나가 아직 집에 한번도 들어오지 않은 것이고 비워져 있으면 한번은 들어왔다 나간 것이다. 그에게는 또 하나의 일이 생겼다. 지산유원지에 가서 케이블카가 움직이는 것을 따라 뛰는 것이다. 그는 그것이 운동도 되고 좋다고 했다.

—사람은 역시 땀을 흘려야 하는 것 같더라고. 봐봐, 뛰었더니 나 밥도 잘 먹잖아. 우우우웅.

—우리 병원에 가볼까?

—왜? 지지지지징.

—나 말고 당신.

—나 안 아픈데. 쯔쯔쯔쯔잉.

—내 친구 정애는 다쳤어. 정애는 병원에서 약을 타다 먹어.

차마, 군인들한테 당했다는 말은 나오지 않았다.

—왜? 파바바바박.

—아파서.

—어디가 아파? 구구구궁.

—안 아픈 데가 없어. 교통사고가 나서 뼈에 금이 가고 심장

병도 있어서. 그리고…… 마음이 좀 아픈 것 같아.

─마음이 왜? 기기기깅.

나는 더이상 뭐라고 할 수가 없었다. 내가 말을 안하자 그가 나를 노려봤다. 노려보다가, 내게 침을 뱉었다.

─너도 나 정신병자로 보고 있는 것이 틀림없어 다들 그루우드라고 요새 술집에서 일한다는 거 다 알고 있어 나를 정신병자로 몰아놓고 술집에서 다른 남자랑 놀아나려고 하는 수작인 거 다 알고 있어 더러운 년아.

봄밤이었다. 라일락꽃이 한창인 봄밤이었다. 4월의 밤이었다. 그가 군인들에게 이유 없이 당했다는 5월이 다가오고 있었다. 작년 5월에, 뒤꼍 대밭 속 오동꽃이 막 피어나던 밤에, 할머니는 꾹꾹꾹 웃었다. 그것은 우는 소리 같기도 했으나 웃는 것이다. 웃는 소리 같기도 하지만 또 우는 것이다. 또한 그것은 웃는 것도 아니고 우는 것도 아니고, 그냥 할머니가 내는 소리다. 소쩍새가 그냥 그런 소리를 내듯이. 뜸부기가 그러듯이, 뻐꾸기가 그러듯이, 이 세상 모든 소리 내는 것들이 다 그냥 자기 소리를 내듯이.

오씨 집 미너리가 있었드란다 미너리한테 오씨 시아부니 뺨을 치라고 허는디 미너리가 못 친게 사아부니한테 미너리 뺨을 치라고 허고 미너리 옷을 벳기라 허네 산으로 간 아들 행방을 대며는 풀어줄 것이고 안 그러면 기언씨 미너리 옷을 벳기라 헌게

미너리가 품속에 대창으로 지 눈구녁을 찔러부렀드란다 그래서
미너리 눈이 골았드란다 꾹꾹꾹.

나는 한쪽 눈이 없는 할머니 눈을 손으로 가만가만 쓸어주었다.

미너리 주막집으로 강포수가 들어서는디 을러멘 망태기 속에
살찐 꿩이 들어 있구나 그 꿩을 누구 줄라고 잡았소 헌게 집이하
고 나하고 노나 묵읍시다 해서 꿩국을 끼래서 노나 묵고 남은 것
은 폴아서 비녀를 사고 꽃신을 사서 암도 몰래 신방을 채렀드란
다 꾹꾹꾹.

강포수가 오는고나 꽃구름 타고 오는고나 질은 휘황헌디 저
혼자 가는 것이 영 고적허다고 나를 델러 오는고나 꾹꾹꾹.

할머니는 할아버지가 몰고 온 꽃구름을 타고 갔다. 할머니는
꾹꾹꾹 웃으면서 갔다. 나는 할머니가 죽은 것이 서러운 게 아니
라 할머니 혼자만 꽃구름을 타고 간 것이 야속해서 울었다. 할머
니가 나를 버린 것만 같아서 울었다. 나는 작년 5월에, 오동꽃잎
이 벌어지던 그 밤에도 울었고 이제 작년까지만 해도 알지 못했
던 남자 때문에 운다. 라일락꽃이 흐드러진 밤에 운다. 그가 야,
보지야, 했을 때, 나는 그가 내 이름을 부르는 줄 알았다. 그래서
응,이라고 대답했다. 그리고 그가 다시 한번 야, 보지야, 했을 때
나는 그것이 내 이름을 부르는 것이 아니라는 것을 알았고 대답
하지 않았다. 그가 야, 보지야, 세번째 부르고 나서 나는 공수부
대보다 더 세단 말야 씨발, 했을 때, 나는 알았다. 그의 속에서 이

제 짐승들이 활개 치기 시작했음을. 박용재 속의 아이는 나보다 더 떨고 있을 것이다. 나보다 더 울고 있을 것이다. 그 아이가 가여워 젖을 물리려는 순간 그의 속에서 짐승이 튀어나와 내 목을 졸랐다. 내 속의 아이가 버둥거렸고 내 속의 엄마가 그의 속에서 튀어나온 짐승과 사투를 벌이는 동안, 날이 밝았다.

우리의 거처는 오포집 첫째 마당 세번째 방이다. 첫째 마당 쪽 수돗가에 사람이 밀려 있어 두번째 마당 수돗가에서 쌀을 씻고 있는데, 한 여자가 변소를 갔다 오다가 수돗가 옆으로 와서 나를 가만히 쳐다본다. 나도 그 여자를 쳐다봤더니 여자가 대뜸 묻는다. 너 묘자지? 구주막집 애기, 강묘자! 여자는 용순이다. 새정지 이장 딸 용순이. 예전에 그렇게 훤했던 용순이는 지금 얼굴에 기미가 가득하다. 그래도 용순이는 틀림없는 용순이다. 정애네 강아지를 팔아먹어버린 용순이. 정애가 어떻게 해버리고 싶어했던 용순이. 언젠가 정애와 함께 이장 집에 갔을 때 제 어머니 신발을 꿰어신고 애인에게로 달려가던 용순이. 애인이 모는 오토바이를 타고 이 세상 끝까지 갈 기세로 달려가던 용순이. 내 오리를 훔쳐간 용순이. 그러나 지금 그렇게 생기로웠던 용순은 없고, 세상을 다 산 것 같은 얼굴의 용순이 내 앞에 있다.

나는 갑자기 부끄러워진다. 아는 사람을 만나는 것은 반가운 일이 아니고 부끄러운 일이 되었다. 아기를 가지면서 내 얼굴

도 용순이처럼 기미가 앉기 시작했고 더구나 할퀸 자국과 멍 자
국이 있기 때문이다. 그러나 용순은 나를 만난 것이 부끄럽기보
다 반가운 모양이다. 수돗가에 피어 있는 창포잎을 따서 짓이기
며 용순이가 배실배실 웃는다. 내가 부끄러워하자 용순이가 맥
없이 아는 체했는갑다이, 나는 새정지 사람 만나서 반가워서 그
런 거야, 사는 것은 힘해도 고향 사람 만나면 반가운 것이다이,
눈 앞으로 쏟아진 내 머리카락을 이마 위로 올려준다. 너도 가만
보니, 남자 만나 살면서 고생바가지인 게로구나, 나도 그렇단다.
씨발놈이 지가 뭔 죄인이라고 달려오는 기차 바퀴에 지 팔을 밀
어 넣어 잘라먹고는 그런지도 모르고 천지 사방 웃음서 돌아댕
기다가 지금은 병원에 처박혀 있단다. 아침밥 하는갑다이. 나는
저 방 3호에 살아. 시간 되면 놀러 와라. 아 참, 밤에는 안되고 낮
에만 와. 밤에는 일 나가야 헌게. 지금도 좋아.

　　—나는 낮에 일해.

　　—그래? 낮에 일한다니, 좋은 직업을 택했구나. 지금은 어
째? 밥을 우리 화덕에서 해갖고 가지 그러냐?

　　딴은 그렇게 해도 될 것이었다. 나는 쌀을 안친 냄비를 용순의
연탄화덕에 올려놓고 방으로 들어갔다. 용순의 방 벽에 걸린 액
자 속에는 용순과 아기와 남편이 환하게 웃고 있었다. 아기를 바
라보면서 용순의 눈시울이 붉어졌다.

　　—불쌍한 울 애기는 부모 잘못 만나 지금 할머니 손에 크고

있지.

그 옆 못에 걸려 있는 훈장 같은 메달을 내가 물끄러미 바라보자 시무룩하던 용순의 표정이 의기양양하게 바뀌며,

—저것은 국난극복기장이라는 거야. 우리 남편이 군대 제대하면서 받아온 거야. 멋지지?

멋져 보이기는 했다. 그런데 저렇게 멋진 메달까지 타서 군대를 제대한 사람이 왜 자기 팔을 기차 바퀴에 밀어넣었을까. 묻지는 않았지만 내 궁금해하는 표정을 읽은 용순이 말했다.

—내가 너한테만 말해줄게. 그것은 바로, 그 일 때문이란다. 작년 5월에 우리 남편이 실은 공수부대 무전병이었단다. 그이와 나는 고등학교 때부터 연애를 한 사이라는 건 너도 알지? 우리 엄마는 우리 연애를 막으려고 내 신발까지 불에 꼬실라불고…… 큭큭. 우린 서로를 너무 사랑해서 아기까지 가졌지. 내가 아기를 낳고 백일쯤 지나서 여기에 나와 아기를 두고 그이는 군대를 가야 했단다. 그이는 우리나라에서 가장 세다는 공수부대 특전사에 들어갔지. 그리고 여기에 왔어. 여기에 도착하자마자 그이는 아이와 나를 보러 무전기를 들고 달려왔어. 무전기에서 오만수 빨리 나오라고 떽떽거리는 통에 할 수 없이 다시 갔는데…… 다시 갔다가 뭔 일이 있었을까…… 뭔 일이 있었길래 멀쩡하게 군에 간 사람이 저리됐을까…… 우리 그이는 다만 씩씩한 대한민국의 군인이었을 뿐인데…… 그랬을 뿐인데……

그는 군인들에게 맞았다는데, 혹시 용순의 남편이 그를 때린 것일까. 그를 군홧발로 짓밟고 총개머리로 두들기고 칼로 찌른 것일까. 그래놓고는 또 끌고 가서 감옥에 처넣고 삼청교육대에 집어넣었던 것일까. 뿐만 아니라, 정애한테 몹쓸 짓을 한 것도 용순의 남편일까. 그런데 왜 지금 맞은 사람이나 때리고 몹쓸 짓을 한 사람이나 똑같이 아픈 것일까. 밥 타는 냄새가 났다. 나는 탄 밥을 들고 내 방으로 왔다. 부엌에서 밥상을 차리고 있는데 방에서 그가 부르는 소리가 났다. 나는 가만히 귀를 기울였다. 그가 엄마아, 하고 부르고 있었다. 엄마아, 이 씨발년아아.

　용순이 찰밥과 고기와 산적을 들고 우리 방에 왔다. 제 남편 면회를 가는데, 가지고 갈 음식을 덜어온 것이다. 그는 아침부터 나가고 없었다. 5월 들어서 그는 하루도 집에 붙어 있지 않았다. 새벽이슬을 밟고 나갔다가 밤이슬을 묻히고 들어왔다. 밖에서 그가 무엇을 하고 돌아다니는지 나는 알지 못한다. 다만 그의 몸에서 나는 냄새를 통해 짐작할 뿐이다. 오늘은 산엘 갔구나, 오늘은 강엘 갔구나, 오늘은 시장 어물전에 있었구나, 닭전에 있었구나, 고깃간에 있었구나, 만화방에 있었구나, 길거리를 하루 종일 걸어다녔구나. 나는 아직 용순에게 그에 대해서 말하지 않았다. 숙자의 국악연구소가 쉬는 날이라 나도 용순을 따라가기로 했다. 가서 알아보고 싶었다. 얼마나 못된 사람이길래, 얼마나 나쁜 사람이길래 사람을 때리고, 사람한테 몹쓸 짓을 한 것일까. 그렇게 나쁘고 그렇게 못된 사람인데 또 나라에서는 무엇이 훌륭하다고 메달까지 준 것일까. 나는 그것이 알고 싶었다. 용순의 남편이 정말 나쁜 사람인지, 아니면 정말 훌륭한 사람인지가 알고 싶었다.

용순은 꽃무늬 찬합에 음식을 담아 들고 시외버스를 탔다. 우리는 시골의 국도변에서 내렸다. 우리가 내린 길 건너편에 하얀 병원 건물이 있었다. 용순의 남편, 오만수가 나를 보고 부끄러운지 용순의 뒤로 숨었다. 용순이 마치 누나나 엄마인 것처럼 괜찮다고, 우리 고향 동생이라고, 인사하라고 했지만, 그러면 그럴수록 오만수는 용순의 뒤로 숨고 옷으로 얼굴을 가렸다. 그러나 그도 잠시, 용순이 병원 뜰에 음식을 풀어놓자, 언제 부끄러워했느냐는 듯이 누가 손댈까봐 그러는지 찬합을 끌어안다시피 하고서 게걸스럽게 음식을 먹기 시작했다. 오만수가 음식을 먹는 동안 용순은 말없이 먼 곳을 응시했다.

──첨에는 잘 먹어주는 것만 해도 어디냐 싶었는데 이젠 저 꼴도 뵈기 싫다. 잘 먹으면 뭐하냐고. 멕여도 멕여도 한가진데. 살만 찌지.

말은 그렇게 하면서 용순은 한 팔이 없는 오만수에게 담뱃불을 붙여준다. 만수가 담배를 피우며 기분이 좋은지 노래하기 시작했다. 자세히 들어보면 그것은 노래가 아니라 그냥 약간의 가락을 넣어 글자를 외우는 것이었다. 내용 또한 가락을 넣을 만한 것이 전혀 아니었다.

전남북계엄분소에서어시민여러분께에알려드립니이다본의아니게에폭도들로부우터무기를획득하안시민으은무기를잘보관하였다가아군에서별도에지시가있을때반납하여주시기바랍니다아폭도들에합류한선량한시민이나학생은즉시귀가하십시요오불법무기를자진반납하거나자수한시민느은신분을절대로보장합니다아주변에불법으로무기를소지한자나난동을주동한자르을눈여겨보았다가사태가정상화되며는군부대에신고하여주시기바랍니다아오후여덟시이후밤거리를방황하는자느은 무조건폭도로간주하겠으니밤에는일체외출을하지마십시요오두두두두두두두두폭도들에게알린다폭도들은즉시자수하라자수한자는생명을보장한다.

나는 덜덜 떨고 있는데 용순은 웃고 있었다. 웃는 건지 우는 건지 알 수 없는 구겨진 얼굴로 웃고 있었다.

―풍신허고는. 아이고 내 팔자야.

용순의 남편 오만수가 나쁜 사람인지, 훌륭한 사람인지를 나는 알 수가 없었다. 다만 그가 아픈 사람이라는 것만을 알아볼 수 있을 뿐.

불러오는 내 배를 그가 쿡쿡 찔렀다.

146

──속에 뭐가 들었지?

──애기가 들었지.

──속에 뱀 들었지?

나는 대꾸하지 않았다. 속에 뱀, 개구리, 지네, 지렁이, 진드기, 노래기가 들어 있는 날은 그래도 그가 아직 순한 편이었다. 속에 중놈의 씨, 사탄의 씨가 든 날도 아직은 견딜 만했다. 날은 더웠다. 오포집 마당이 드글드글 끓었다. 두 칸뿐인 변소도 끓어오르기는 마찬가지였다. 변소에서 기어나온 구더기가 오포집 대문간 시멘트 위로 떼를 지어 기어다녔다. 사람들은 아무렇지 않게 구더기를 톡톡 터트리며 밟고 다녔다. 대문간에서 가장 가까이 사는 체머리 할매가 체머리를 흔들면서 가끔 구더기를 쓰레받기에 긁어모아 들어갔다. 시장에서 마른 지네를 파는 할매 옆방 남자가 클클 웃었다. 할매, 몸보신할라고 그런가? 뼈에 구멍난 사람한테는 고양이가 좋고 할매같이 머리 흔드는 사람한테는 지네가 좋다고 몇번을 말했는가. 구데기가 그렇게 맛이 좋던가? 할매는 대꾸하지 않았다. 둘째 마당 6호에 사는 순실은 아침에 그녀의 일터인 바 루브르에서 퇴근하여 들어오다가 구더기 행렬에 미끄러졌다. 그런 그녀를 마침 변소간에 들어앉아 있던 첫째 마당 8호에 사는 영길이 뛰쳐나와 안아들였다. 그 일로 엉길은 순실을 제 여자로 간주하게 되었다. 영길은 틈만 나면 순실에게 다가가 물었다. 당신과 나는 무슨 사이? 수돗가에서 세수를 하던 순실이 대답했다. 얼척 없는 사이. 영길이 농담하지 말라고 하면서 다시 물었다. 당신과 나는 무슨 사이? 당신과 나는 무슨 사이이이이? 순실은 끝내 대답하지 않았다. 셋째 마당 1호 사는 홀아비 육갑이는 제가 묻는 말에 대답하지 않는다고 날마다 애를 두들겨팼다. 병신 육갑이가 지랄 육갑을 떤다고 그 옆방 사는 홀어미 막녀가 소리 질렀다. 내 자식한테 내가 지랄을 하든지 육갑을 하든지 니가 뭔 상관이냐고 막녀와 드잡이를 하다가 육갑이는 그만 막녀와 정이 들고 말았다. 막녀가 너와 내가 살려면 니가 애를 그만 잡아야 한다고 하는 말에 육갑은 대답하지 않았다. 육갑은 제가 묻는 말에 애가 한번이라도 대답을 하는 것을 듣는 것이 소원이었다. 육갑의 아이가 육갑이 묻는 말에 대답을 하지 않는 한 육갑은 제 아이를 계속 잡을 것이고 그러면 육갑이와 막녀는 한 방에서 살 수 없을 것이다. 그리고 어느날 막녀의 배가 불러왔다. 육갑이 누구 애냐고 물었지만 막녀는 대답하지 않았다. 오포집 뒷산 상수리나무에 육갑이 목을 맨 것은 천둥 번개 치고 억수같이 비가 내리던 밤이었다. 날이 밝자 비가 갰고 온 세상이 반짝거렸다. 끌어내려진 육갑의 옷자락에 푸른 상수리 이파리가 붙어 있었다. 아직 여물지 않은 상수리 열매 껍질도 붙어 있고 쇠뜨기 이파리도 붙어 있었다. 죽은 무당벌레도 붙어 있고 모기도 붙어 있고 쉬파리도 붙어 있고 으깨진 지렁이도 붙어 있었다. 오포집 사람들은 마당 가마니 위에 누워 있는 육갑을 빙 둘러서서 구경했다. 그와 나도 사람들 사이로 육갑을 바라보고 있었다. 그가 내 옆에서 뭐라고 웅얼거리는 순간, 나는 그 자리를 물러나야 했다. 그러나 그래야 했다는 것을 내가 알아차렸을 때는 이미 늦은 때였다. 그가 사람들 안으로 튀어들어가 일장연설을 시작했다.

— 여러분, 민주 쟁취를 위하여 쓰러져간 영령 앞에 삼가 조의를 표합시다. 일동 묵념.

사람들이 얼떨결에 고개를 숙였다.

— 여러분, 지금 여기에 있는 이 시체 말고도 아직도 영안실을 찾아 헤매는 희생자 가족 여러분, 너무도 참담한 이 참상을 과연 무엇으로 표현하고 무엇으로 보상할 수 있을까요. 너무도 원통하고 분하여 죽어간 이들의 넋은 저 하늘을 헤매고 있을 것입니다.

누군가, 홀쩍홀쩍 울기 시작했다.

— 이번 일을 헤아리기 전에 우리는 그들의 처절한 투쟁을 눈으로 확인하였습니다. 용사가 따로 있는 것이 아니라 바로 이 민족 피 끓는 영혼들이 모두 용사가 되었습니다. 우리는 요구합니다. 첫째, 이번 만행의 괴수 전두환은 처단하여야 할 것입니다. 둘째, 계엄은 해제되어야 하고 민주정부는 세워야 합니다. 셋째, 다시는 이러한 희생이 없도록 민주헌법에 의한 정부를 수립하여 자유와 권리가 보장되어야 할 것입니다. 이 땅에 민주의 닻을

내리고 민주의 염원인 남북통일이 성취될 때 그들의 넋은 고이 잠들고 청사에 길이 빛날 것입니다. 희생자 가족 여러분, 영광의 그날까지 부디 안녕하십시오. 1980년 5월 25일 광주 시민 일동.

그가 말끝에 내는 이상한 소리도 내지 않고 너무도 똑똑하게 말하는 통에 나는 그가 박용재가 아니라 딴사람인 것만 같았다. 심지어 그가 그렇게 똑똑하게 말하는 것이 좋아서 박수까지 칠 뻔했다. 나 같은 사람이 또 있었는지 사람들 속에서 박수 소리가 났다. 내 옆 사람은 눈물까지 줄줄 흘렸다. 그러나 박수 소리는 금방 묻혔다. 누군가 어이, 그런디 시방은 작년이 아녀어, 시방은 시방이란 말여어, 했고 또 누군가는 저런 사람이 바로 오일팔 또라이라고 했다. 경찰과 구급대원들이 한꺼번에 들이닥쳤다. 그리고 죽은 육갑은 구급차에, 연설을 한 그는 경찰차에 실려갔다. 용순이 눈물 젖은 눈으로 고개를 가로저으며 나를 빤히 바라보았다.

매미는 밤도 아랑곳없이 줄기차게 울었다. 초저녁에 다정했던 옆방 사람들이 투닥거리는 소리가 났다. 투닥거리는 소리 사이로 그가 말했다. 그는 밤 11시 반경에 집에 취해서 돌아왔다.

가라 씹년아 턱턱턱.

—니 배 속에 누구 씨가 들어 있지?

어쩐지 오래 있다 싶었지.

──틀림없이 그놈 공수부대 새끼 씨일 거야. 한 놈도 아니고 여러 놈일 거야.

다 잡년들이야.

──니가 그 새끼들을 유혹한 게 틀림없어.

내가 잡년이면 너도 잡놈이야, 새꺄. 텅텅텅.

──나는 너한테 개씹에 보릿겨야, 씨발.

옆방은 여자가 수시로 바뀌었다. 택시 운전을 하는 남자는 여자를 손님 갈아태우듯이 바꾸었다. 어쩌면 그의 방에 오는 여자들이 그의 승객으로 탄 여자들인지도 몰랐다. 이번에 온 여자는 다른 여자들보다 좀 오래 남자의 방에 머무르는 듯했다. 초저녁에 낮반 일을 마친 남자가 부엌에서 등목을 하는 소리가 났다. 그리고 둘은 고기를 구워 먹었다. 고기 굽는 냄새가 진동했다. 그들은 술잔을 부딪쳤다. 술잔을 부딪치고 부딪치고 또 부딪쳤다. 그러더니 싸운다.

나는 박용재가 옆방 사람들과 대화를 나누는 것 같았다. 그들은 서로를 의식하지 않고 그러면서 서로를 의식하는 것 같았다. 이 방에서 말소리가 멈추면 저 방에서 말이 시작되는 것을 보면 그랬다.

그가 경찰서에서 나온 뒤부터 내 배 속에는 군인의 씨기 들어 있는 것이 되었다. 내가 군인들을 유혹해서 군인들이 나를 겁탈했으며 지금 그 군인의, 아니 군인들의 아이가 내 배 속에 자라고 있는 것이 틀림없다고 그가 말했을 때, 나는 죽고만 싶었다. 육갑처럼 목을 매서 죽으면 될 것이었다. 나는 죽기 위하여 상수리나무에 매달 끈을 부엌에 가져다놓았다. 그가 그 끈으로 나를 묶었다.

가기 전에 마지막으로 한번 안아나보자, 썹년아.

옆방 여자가 우는 건지 웃는 건지 알 수 없는 소리를 냈다. 그것은 강아지가 낑낑대는 소리 같기도 하고 고양이가 가르릉거리는 소리 같기도 했다.

그가 누구의 씨인지 알아보자고 칼로 내 배를 가르려 할 때 나는 그의 목을 졸랐다.

사랑해, 썹할놈아.

옆방 여자는 절정으로 치닫고 있었다.

가지 마, 사랑해, 사랑해, 썹할년아.

옆방 남자도 절정으로 치닫고 있었다.

매미는 밤새도록 울었다. 오포집 사람들은 싸우거나 사랑했다. 그들은 낮에는 일하느라 바빴고 혹은 노느라 바빴고 밤에는 싸우느라 바빴고 혹은 사랑하느라 바빴다. 나는 그가 죽었을 때, 사람이 죽었다고 악을 썼다. 그때야 사람들이 몰려왔고 다시 익숙한 싸이렌 소리를 울리며 익숙한 길을 달려 경찰차가 왔다. 경찰은 아따, 또 뭐여, 뭐여, 이놈의 오포집 지겹다 지겨워, 하면서 오포집 마당으로 들어왔다. 살인이여, 살인. 자살도 아니고 사리인?

나는 내가 그를 죽인 것이 아니라 우리 싸움을 말리지 않은 사람들이 그를 죽인 것만 같았다. 싸움은 말리지도 않고 자기들 사랑에나 빠져 있어서 그런 것 같았다. 그래서 사람들이 네가 죽였느냐고 물었을 때 아니라고 고개를 저었다. 내가 아니라 그렇게 묻는 당신이라고, 당신들이 우리 박용재를 죽였다고, 악을 쓰고 싶었다. 그러나 악은 나오지 않았고 나는 도리질만 했다. 누군가 지문감식을 해보면 안다고 했다. 그의 목에 내 손톱자국이 선명히 남아 있었다. 나는 그것이 내가 그에게 키스를 해서 생긴 자국인 것만 같았다. 그리고 실지로 나는 그에게 키스를 하고 싶었다. 나는 처음으로 내가 그를 사랑한다는 생각이 들었다. 나는 죽은 그에게 말했다. 사랑해,라고. 그가 빙긋 웃는 것 같았다. 그가 빙긋 웃으며 저 앞으로 걸어가면 나도 그를, 그 사람 박용재를 따라 하염없이 걸어가고 싶었다. 눈이 오든, 비가 오든, 바람이 불든, 햇빛이 내리쬐든. 밤이 되든 낮이 되든. 산이든, 강이든, 바다든. 내가 중얼거리자 구경꾼 남자가 내 머리채를 휘어잡았다. 근데 왜 죽였냐, 씨발년아.

나는 대답하지 않았고 배 속의 아기가 꿈틀하는 것으로 대답을 대신했다.

아이고 너무 더운 것이 탈이여. 한여름 밤의 더위는 새벽이 밝아올 때까지도 가시지 않았다.

*

　문간방에 살던 체머리 할매가 밤에 묘자네 방에 와서 아무도 몰래 벽에 걸린 옷가지를 가져갔다. 다음 날은 둘째 마당 4호에 사는 남자가 요대기를 가져갔다. 첫째 마당 1호에 사는 여자가 양은냄비를, 10호에 사는 아이들이 스텐 밥그릇을, 셋째 마당 2호 사람이 쓰고 남은 연탄을, 다시 체머리 할매가 캐시밀론 이불을 들어냈다. 그러고도 남은 것을 이제 오포집 사람들이 몰려와서 서로 가져가려고 하다가 쌈이 났다. 쌈이 나서 포마이카 밥상이 박살나고 스텐 요강이 요란한 소리를 내며 뒹굴었다. 마당 한쪽에서 술추렴을 하던 사람들이 쌈 구경을 하며 웃었다. 비명과 웃음소리가 진동하는 속에 용순이 묘자네 방 안의 핏자국을 닦았다. 용순은 새정지에서 살던 묘자를 생각했다. 주막집 아이 묘자. 언제나 얼굴에 버짐이 가득했던 묘자. 버짐이 가득한 채로 그 아이는 다른 아이들이 학교에 갈 때 저는 주막 앞 개울로 오리를 몰고 나갔다. 오만수와 연애를 하려면 언제나 돈이 필요했다. 책 사겠다고 하고서 유흥비로 쓴 돈이 얼마였던가. 집에 있는 잡곡, 고추도 들어내다가 용순은 마침내 정애의 강아지를 팔아먹고 묘자의 오리를 훔쳤다. 한마리, 두마리, 세마리를 자루에 담아 만수의 오토바이에 싣고 들판 길을 내달리던 철없던 시절.

멀리서 묘자가 지켜보고 있다는 것을 알았지만, 그때는 그 아이가 무섭지 않았다. 동네에서 만만한 아이들은 묘자와 정애였다. 그 애들은 가난했고 그 애들은 많이 배우지 못했고 그 애들은 자기보다 어렸고 그 애들은 힘이 없었다. 묘자의 오리를 마지막으로 훔쳤을 때, 그래도 묘자가 아무 말도 안했을 때 그때서야 용순은 묘자가 무서워지기 시작했다. 정애도 왜 강아지를 팔아먹었느냐고 묻지도 따지지도 않았고 묘자도 왜 자기의 오리를 훔쳤느냐고 묻지도 따지지도 않았다는 것을 문득, 어느날 아침에 깨닫고 용순은 그길로 도망을 갔다. 자기가 그 아이들을 만만하게 본 것이 어리석은 짓이었다는 것을 깨닫고는 그 아이들을 볼 자신이 없어졌다. 부끄러웠다. 부끄러워서 그 아이들을 마주칠 것이 겁났다.

그런데 그 아이들은 왜 그렇게 고요했던 것일까. 고요하자고 둘이 혹시 짠 것이 아니었을까. 그랬던 것이 아니냐고, 이런 사고가 나기 전에, 지난번 묘자가 제 방에 와서 밥을 해 가던 날 물어볼 생각을 왜 못했던가. 또한 묘자는 왜 제 남편을 죽였던 것일까, 내가 그대로 새정지에 살았으면 이년들이 나도 죽이려고 했던 것이 아닐까. 역시나 무서운 년이다, 그년들이 무서운 년들이여, 하면서 용순은 방구석에 튄 핏자국을 닦아내다가 방비닥 밑이 왠지 도도록한 것 같아 무심코 장판을 들어올려봤다. 손수건에 싸인 그것은 돈이었다. 문밖에서 누군가 어이, 자네가 청소

헌가? 자네는 참 착하시, 딴 인간들은 남의 물건 서로 가져가겠다고 쳐 쌈박질이나 허는디, 자네가 민주시민이여, 하면서 방 안을 들여다보고서 지나갔다. 돈을 제 호주머니 속에 넣은 것은 그 사람 때문이라고 용순은 생각했다. 그 사람만 아니었어도 돈은 다시 제자리로 들어갔을 것이라고. 용순은 돈이 들어 있는 호주머니를 단단히 여미고서 남은 핏자국을 마저 닦아냈다. 땀은 끊임없이 흘러내리고 매미는 지독스럽게 울어댔다.

바람의 말

여름이 다 가고 가을이 깊어지고 겨울이 오고 있는데도 묘자는 숙자 집에 오지 않았다. 정애 꿈속에 묘자가 보였다. 묘자는 새정지에 있었다. 새정지에서 저희 할머니하고 저하고 산돌이하고 콩죽을 끓여 먹고 있었다. 정애가 내 콩죽은 없냐고 했더니 묘자가 여기 있다고, 얼른 먹으라고 한 그릇 남은 콩죽을 내밀었다. 막 콩죽을 먹으려는 순간,

— 언니, 나 학교 가. 여기 밥 있고 약 있어, 꼭 먹어.

정애를 흔들었다. 성애는 콩죽 있어? 하면서 깨어났다.

— 콩죽 없어. 오빠가 어저께 팔아온 쌀로 밥했어.

— 묘자는 없어? 묘자가 콩죽 쑤어서 그것 먹고 얼른 가서 콩

나물 뗴야 하는데 삼양식당 가서 외상값도 받아와야 하고 구멍가게 아줌마한테 돈도 갚아야 하는데 나는 콩죽을 못 먹어서 힘이 없고……

　—힘없으니까 밥 먹어 언니.

　명애가 학교를 가고 나서야 정애는 완전히 눈을 떴다. 눈을 뜨고 천장을 가만히 올려다보고 있자니까 묘자가 숙자네 집에 오지 않는 것은 묘자가 지금 새정지에 있어서인지도 모른다는 생각이 퍼뜩 들었다. 정애도 새정지에 가고 싶었다. 가서 묘자가 끓인 콩죽을 먹고 싶었다. 그 죽 한 그릇 먹고 나면 다시는 아프지도 않고 다시는 슬프지도 않고 다시는 무섭지도 않을 것 같았다. 묘자가 끓인 콩죽 먹으러 새정지에 가야겠다고 숙자한테 말하면 숙자는 화를 낼 것이다. 언젠가처럼, 가시내야, 촌이 뭣이다고 촌을 가야, 촌은 금의환향헐 때나 가라고 있는 것이 촌이단다, 하면서 등짝을 후려칠 것이다. 숙자의 손은 너무 매섭다. 생각만 해도 등짝이 얼얼해진다.

　정애는 숙자 몰래 새정지로 가려고 한참을 기다리다가 숙자가 이층 국악연구소로 올라가는 것을 보자마자 쏜살같이 골목을 빠져나왔다. 골목 입구 구멍가게 여자가 꽁지가 빠져라 달리는 정애를 보고 발을 구르며 웃었다. 정애는 새정지 가는 차가 멈추는 차부로 달리고 또 달렸다. 사람들이 정애를 보고 웃었다. 정애도 웃었다. 자기가 달리니까 사람들이랑 차랑 나무들이 모두 획획 뒤로 도망가는 것 같은 것이 재미있어서 웃음이 났다. 웃음이 너무 나서 숨이 찼다. 하마터면 넘어질 뻔해서 정애는 웃음을 겨우 그쳤다. 날은 추웠지만 뛰어가니까 땀이 났다. 차표 끊는 사람에게 새정지까지 가는 표를 한장 달라고 했다. 차표 끊어주는 사람이 돈부터 내야지,라고 말하며 웃었다. 돈 챙겨오는 걸 깜빡했다는 것을 그때야 알았다. 돈은 나중에 줄게요, 나는 신용을 지키는 사람이어요, 시장에서 장사할 때도 남을 속인 적이 없었어요, 했는데, 차표 끊어주는 사람이 야, 미친년아, 뒷사람 막지 말고 비켜, 화를 내면서 웃었다. 그때 정애 뒤에서 자기 차례를 기다리던 스님이, 아저씨, 보아하니 이 사람은 장애자인 것 같은데, 장애자한테 그렇게 막말하는 게 보기 안 좋소, 내가 끊어드리리다, 하고서 정애의 차표를 끊어주었다. 차에 올랐는데 운전기사가 웃었다. 정애가 자리에 앉자 정애 옆자리에 앉아 있던 여학생이 웃으면서 슬그머니 일어나 다른 자리로 갔다. 정애 옆자리가 비어 있는데도 서서 가는 사람이 있었다. 정애가 여기 자리가 있으니 이리로 와서 앉으라고 권했지만 그 사람은 앉지 않았다. 그 사람은 그냥 웃기만 했다. 차창 밖을 바라보니, 아까 자기가 달릴 때처럼 창밖의 모든 것이 뒤로 뒤로 달려갔다. 그런데 이번에는 웃음이 나지 않았다. 사람들도 사기를 보고 자꾸 웃고 자기도 너무 웃어서 웃는 것이 이젠 재미없어졌다.

새정지에 도착했을 때는 깜깜한 밤이었다. 묘자네 콩죽은 날

환할 때 가서 먹기로 하고 우선 집을 찾아 들어갔다. 아무리 깜깜해도 정애는 집을 찾아낼 수 있었다. 이장이 담배 말리는 집으로 쓰겠다고 했는데 지금은 담배 철이 아니어서인지 비어 있었다. 정애는 빈집을 깨끗이 청소하고 나서 영기랑 명애를 데려다가 다시 옛날처럼 살고 싶었다. 이번에는 이장이나 동네 사람들이 아무리 나가라고 해도 나가지 않을 것이다. 정애가 방문을 열자 방 안 가득 들어 있던 박쥐들이 후르르르 날았다. 박쥐를 쫓아내고 보니 사방에 쥐구멍이 뚫려 있었다. 쥐구멍만이 아니라 벽에도 구멍이 숭숭 뚫려서 바람들이 희희낙락 들어왔다가 나가는 장난을 하고 있었다. 부엌에서는 버섯들이 자라고 있었다. 버섯 틈 사이에서 쥐며느리들이 기어나왔다. 정애는 문들을 활짝 활짝 열어젖혔다.

　—야, 내가 왔어.

　내가 누구야 쭈쭈쭈쭈쭈쭈.

　—이 집 주인이야.

　주인이면 다야 주인이면 다야 쭈쭈쭈쭈쭈.

　—주인이 왔으니까 너희들은 이제 나가줘.

　못 나가 못 나가 쭈쭈쭈쭈쭈 한국을 위해 짖어라 한국을 위해 짖어라 쭈쭈쭈쭈쭈.

　조선의 말도 안 듣는 것들이 한국을 위해 짖으라고 시끄러웠다.

　박쥐들과 한참을 실랑이하다보니 지쳐서 잠이 왔다. 어디서 잘까, 여기저기를 둘러보는데, 헛간 속에 짚 다발이 곱게 깔려 있었다. 정애는 짚 다발 속에 몸을 묻었다. 곧이어 혼곤하게 잠이 쏟아졌다. 옛집에 돌아와 자는 첫 잠이었다.

——누구여?

어둠 속에서 누군가 정애를 발로 툭툭 찼다. 남자였다. 정애는 공처럼 몸을 말아서 발길질을 피했다.

——대답이 없네이, 대답이 없어.

술 냄새가 났다.

——지금 말하기 싫다 이거냐? 그러면 날 밝으면 말하자.

남자가 정애 옆에 풀썩 드러눕자마자 코를 골았다. 정애는 어쩌는가 보려고 입을 달싹여 말해보았다. 나는 정애여요, 김정애. 남자가 누구라고? 음냐음냐, 했다.

——정애라고요 김정애라고 울 아부지 이름은 김종택이 울 엄마 이름은 양순자 나는 김정애 내 동생 이름은 김순애 김영기 김명애 그리고 쌍둥이들이 있지요 살았으면 하마 다섯살이나 될란가.

제 식구들 이름을 부르고 나니 눈물이 났다. 숨죽여 울고 있는데 잠을 깬 생쥐들이 정애 머리맡에서 우냐 우냐? 왜 우냐? 하면서 찍찍거렸다. 어떤 놈은 정애 머리를 툭툭 치기도 하고 어떤 놈은 정애 발가락을 꼭꼭 물기도 했다. 정애도 생쥐들처럼 찍찍거려봤다. 찌지직 찍찍.

　　─찍찍이라고? 음냐음냐.

　생쥐들이 싸웠다. 찌지직찌지직, 끼끽낀. 싸우는 건지 웃는 건지 알 수 없었다. 생쥐들이 순애하고 영기 같았다. 싸우다가 웃고 웃으면서 울었다. 울면서 쥐어뜯고 쥐어뜯다가 웃었다. 생쥐들도 배가 고픈 모양이었다. 그러고 보니 정애도 배가 고팠다. 입을 달싹여서 배고파,라고 말했다. 그러자 잘 자고 있던 남자가 벌떡 일어났다.

　　─배고프다고?

　정애는 몸을 더욱 작게 말았다.

　　─가만있어봐라, 내 주머니에 뭐가 좀 있는데에……

　남자가 주머니를 뒤져 뭔가를 꺼내서 툭 내던져놓고 다시 잠들었다. 정애는 남자가 내놓은 것을 살금살금 가져다가 입에 넣었다. 떡이었다. 콩고물이 고소한 인절미였다. 떡은 맛있는데 목이 말랐다. 정애는 어쩌는지 보려고 다시 한번 입을 달싹여 목말라,라고 말했다. 이번에는 아무런 기척이 없었다. 목이 마른 채로 가만히 있는데 날이 조금씩 밝아왔다. 코를 고는 남자의 얼굴이 보이기 시작했다. 정애는 남자를 알아보았다. 남자는 석균이였다. 아버지를 죽여서 경찰이 잡아간 반장, 석균이. 바보 석균이. 이번에는 정애가 석균이를 발로 찼다. 나쁜 놈, 일어나라. 너 왜 우리 아버지를 죽였냐, 나쁜 놈아 언능 일어나. 정애의 시

퍼런 서슬에 석균이가 부스스 눈을 떴다가 발딱 일어나며,

—누구냐?

—나는 이 집 사는 정애다. 울 아부지 딸이다. 이런 오살을 할 놈.

—니가 왜 여기 있냐?

—여기가 우리 집이다. 너는 왜 여기 있냐? 너는 울 아부질 죽여서 감옥에 가지 않았냐?

석균이 갑자기 피식 웃었다.

—감옥을 살다 나와 갈 데가 없어 여기 있지.

그가 주섬주섬 일어나 호주머니를 뒤졌다.

—내 떡 니가 먹었냐?

—니가 줘서 먹었다.

석균이 제 머리를 꽁 쩧으며 입맛을 다셨다.

—잔칫집에 갔더니 주더라. 그걸 니가 먹었고나, 헤엥.

석균이는 정애 아버지 김종택을 죽이지 않았다. 김종택이 왜 죽었는지 석균은 알 수 없었다. 석균은 그것만은 기억했다. 일단 경찰차를 타고 가면 자기가 구해주겠다고 한 박샌의 말을. 실지로 박샌은 석균이 경찰서에서 감옥으로 간 뒤라 좀 늦긴 했지만, 석균이 감옥에서 빨리 나올 수 있도록 애를 써주었다. 석균도 그것을 고맙게 생각하고는 있다. 그러나 석균은 억울했다. 석균이

자신은 김종택을 죽이지 않았다고 말했지만 아무도 석균의 말을 들어주지 않았기 때문이다. 석균은 징역을 살고 나와 다시 새정지로 왔다. 새정지로 다시 온 이유는 갈 데가 없어서이기도 했지만 사람들을 붙잡고 자기는 김종택을 죽이지 않았다고 말하고 싶어서였다. 석균은 보는 사람, 만나는 사람마다 붙잡고 그렇게 말했지만 아무도 석균의 말을 귀담아들어주지 않았다. 석균은 가슴이 터져버릴 것만 같았다. 석균의 가슴속은 억울함의 균이 감자처럼 주렁주렁 매달려 다 차버렸다. 감옥에 있을 때는 언젠가 감옥을 나가게 되면 사람들에게 사실을 말할 수 있으리라, 싶어서 한 가닥 희망은 있었다. 석균은 상심한 나머지 이제야말로 죽어버리고 싶었다. 그런데 정애가 왔다. 석균은 이제 다시 정애한테 그 말을 하고 싶었다.

—나는 너희 아버지를 죽이지 않았다이.

그래, 석균이가 죽이지 않았어.

정애 귓속에 그 말이 들려왔다. 정애는 그 말이 바로 제 속에서 나오는 소리임을 금방 알았다. 정애는 석균이하고 말할 때는 뭔가 달랐다. 마음이 편안해서 아프지 않았던 시절처럼 말이 또박또박 나왔다. 그것은 석균이도 마찬가지였다. 두 사람은 이 세상 사람들이 다 무서웠다. 그리고 두 사람은 서로가 하나도 무섭지 않았다. 정애와 석균이는 이 세상에서 하나도 무섭지 않은 유일한 남이 되었다.

─알았어. 석균이 너는 우리 아버지를 죽이지 않았어.

─너는 내 생명의 은인이로구나. 니가 날 믿어주니 나는 죽지 않겠다!

석균이 두 주먹을 불끈 쥐고 부르르 떨었다.

─그런데 왜 우리 아버지는 죽었지?

─이발소에서 나가보니까 너희 아버지가 죽어 있었어.

─니가 삭도로 우리 아버지를 찌르려고 했어?

─모르겠어.

─박샌이 찔렀어?

─나는 못 봤어.

─너는 왜 우리 아버지를 죽이지도 않았는데 감옥을 살았어?

─나도 몰라.

정애는 알았다. 석균이 아무것도 모르기 때문에 감옥을 살았다는 것을. 무섭지는 않지만 답답한 석균이 때문에 정애는 제 가슴을 콩콩 찧었다. 영암집 숙자가 죽은 사람은 있어도 죽인 사람은 없는 야속한 세상이라고 말한 적이 있었다. 산 사람들은 사는 것에 바빠서 그렇게 많은 사람이 죽었어도 그 사람들이 언제 죽었냐 하고서 잊어버리고 그렇게 많은 사람을 죽인 사람이 분명히 있을 텐데도 그 사람이 누구를 죽였든지 말든지 내 알 바가 아니라고 시치미 뚝 떼는 세상이라고. 이놈의 세상이 그렇게도 야속하고 무정하다고. 그래서 자기는 술을 마신다고. 야속하고 무정한 세상에 술이라도 마셔야 숨을 쉬겠다고.

—이놈의 세상이 야속하고 무정도 하지.

—야속도 하고 무정도 한 세에사앙에 너는 누구를 믿고서 찾어를 왔느냐아?

석균이 노래하듯이 물었다.

—나는 묘자를 찾아왔어. 묘자는 새정지에서 콩죽을 쑤어. 묘자가 콩을 삶아서 확독에 갈아서 노그름하게 참 맛나게도 쑤었더라.

—묘자가 누구여어?

—묘자가 묘자지 누구야.

정애가 웃었다. 정애가 웃으니까 석균은 더 신이 났다. 석균이 엉덩이를 들썩이며, 바가지에 담긴 밥을 저으며 노래했다.

—묘자가 누구까아, 묘자가 어디 있는 묘자여어, 묘자가아, 묘자가아, 묘자아, 묘오오오자아아아아…… 묘헌 일이로다, 묘헌 일이여어, 묘로 말할 것 같으며언, 이샌네 묘가 좋다고 하드라마느은, 김종택 씨 묘는 어디를 가야 찾는단 말이냐아아 느그 아부지 묘똥도 모르는디이 묘자를 알아서 무엇에 쓸 것이냐아아 둥두루둥둥 자아, 먹어라!

다 비빈 밥 바가지를 정애 앞에 쑥 디밀었다.

── 말하자면, 너희 둘이 살림을 차렸구나이?

박샌이 방 안을 휘휘 둘러보다가 실실 웃음을 흘리며 물었다. 새 대통령의 대머리처럼 박박 깎은 박샌의 머리가 넘어가는 석양빛 속에서 반짝거렸다.

── 그런데 니 남편 석균이는 어디 갔냐?

석균이가 남편인지 아닌지 정애는 잘 모른다. 박샌은 정애도 잘 모르겠는 것을 자기가 다 정해버린다. 석균이는 아침에 윗동네 회갑 잔칫집에 일해주러 간다고 나갔다. 석균이는 나가면서 정애한테 뭘 먹고 싶으냐고 물었다. 정애는 밥이 먹고 싶다고 했고 석균이는 자기가 꼭 밥을 얻어오겠다고 했다. 정애는 석균이가 밥을 가지고 오기를 기다리고 있는 참이었다.

── 석균이는 밥을 가지러 갔어요. 나는 석균이가 밥을 가지고 오면 그 밥을 먹고 힘을 내야지요. 사람은 밥을 먹고 살지요. 사람이 밥을 안 먹으면 기운이 없고 그러면 살기가 무척 힘들어요. 그렇지요? 그래서 우리는……

── 아따, 가시내가 말이 청산유수로구나. 방구석은 어떻게 다 치웠냐?

── 나는 먼저 박쥐를 몰아냈어요. 그날 아침에 헛간에서 일어나보니, 박쥐들이 후르르 날아서 대나무밭 너머 하늘을 날아서 어디로 어디로 갔어요. 강 넘고 산 넘고 바다도 넘고 하늘도 넘고 아조아조 먼 데로 갔어요. 좋게 살고 있는 박쥐들을 맬겁시

내가 쫓아부렀을까요? 박샌은 박쥐들이 어디로 갔는지 알란가 모르겠네요이? 박쥐가 날아간 곳이 어딘지……

—내가 그것을 어찌 알겠냐. 그나저나 너희 집 구경을 좀 해도 되겠냐? 나는 마을 이장으로서 주민들의 형편을 살펴야 할 의무가 있는 것인게로.

새마을을 만들었는데도, 새마을이 됐다는데도 어인 일인지 사람들은 자꾸자꾸 새마을을 떠나갔다. 농사를 지으면 지을수록 빚만 늘어가는 고향을 떠나갔다. 나라에서 통일벼를 심으라고 했다. 통일벼로 못자리를 하지 않으면 공무원들이 와서 짓밟았다. 정부시책을 따르지 않는 사람은 다 빨갱이라고 윽박질렀다. 통일벼를 심고 나서 온 들판에 농약 냄새가 진동했다. 통일벼는 해충이 잘 꼬여서 농약을 쳐주지 않으면 다 고스러졌다. 통일벼는 키가 작았다. 통일벼 짚은 힘이 없었다. 힘이 없는 통일벼 짚으로는 이엉을 이을 수가 없었다. 나라에서는 지붕에 슬레이트를 올리라고 했다. 슬레이트를 올리고 부로꾸담을 쌓으라고 해서 부로꾸담도 쌓았다. 통일벼는 농약을 많이 쳐서 여물로도 쓸 수가 없었다. 나라에서는 볏짚 여물 대신 사료를 사 먹이라 했다. 여름에는 풀만 먹고 겨울에는 볏짚을 먹었던 소들은 이제 사료를 먹었다. 사람들은 슬레이트 올린 깨끗한 집에 살면서 소 사료를 사느라 빚을 졌다. 소득증대사업을 하라고 해서 비닐하우스 농사를 지으려고 종자를 사느라 빚을 졌다. 비닐하우스

만드는 비닐과 철근 같은 자재를 사느라 빚을 졌다. 하여간 나라에서 시키는 대로 하면 할수록 빚은 늘어갔다. 대대로 갈무리해 쓰던 종자, 퇴비만 넣어줘도 잘 자라던 작물들, 비닐을 안 쳐도 잘되던 농사는 이제 먼 일이 되었다. 해마다 종자를 사야 하고 해마다 비료를, 농약을 사야 하고 해마다 비닐을 사야 하는 농사가 시작된 뒤로 그랬다. 그렇게 농사지어서 빚만 지고 사람들은 정든 고향을 떠났다. 떠난 사람들이 남긴 집과 논과 밭을 새마을이발소와 새마을구판장과 새마을도정공장 주인인 박샌이 샀다. 박샌은 군수에게서, 도지사에게서 새마을사업에 적극 협조한 노고를 치하한다는 상장도 받았다. 이제 박샌은 마을에서 가장 부자고 나라에서 주는 상장도 받은 훌륭한 사람이 되었다. 박샌이 덕망 있던 용순 아버지 다음으로 이장이 된 것은 너무나 당연한 순서라고 생각하지 않는 사람은 새정지에 아무도 없는 것 같았다. 덕망은 있지만 병을 앓는 이장에 대해서 누군가 걱정을 했고 그 걱정은 마을에 대한 걱정으로 바뀌었다. 그리고 누군가 그러면 다음 이장을 누구로 할 것인가 자연스럽게 물었고, 새 시대에는 덕망보다 능력이라는 데 아무도 이의를 제기하지 않았다. 맨 처음 누군가 박샌이 최고여, 했고 배나무집 정샌이, 가운데 집 홍샌이, 포리똥나무집 곰보영감이, 하면이라고, 당연한 말씀이라고, 마을을 위해서 좋은 일이라고, 박샌이 인물이라고, 하는 통에 이제 동네 개들도, 닭들도, 소들도 박샌을 향해서 머리를 조아리는 것만 같았다. 그런 것만 같다고 누군가 말했다가, 또 누군가한테 그런 생각은 속으로만 하라는 핀잔을 들었다.

이장이었던 용순이 아버지가 죽은 것은 간장병 때문이었다. 석균이가 바람벽에 흙을 바르면서 말했다.

— 술을 입에도 안 대던 양반이 술을 마시게 된 것은 소 때문이었단다. 척척. 소가 죽어부러서 그랬단다. 사삭사삭. 죽은 소를 누가 잡아묵어서 그렇단다. 스르륵스르륵. 술을 많이 마셔서 이장은 죽어부렀단다. 착착착. 그러나아, 사람이 죽고 사는 문제를 누가 알 것이여, 하늘이나 알고 땅이나 알제 나는 몰라아, 알 수 없어, 사삭사삭.

아직 마르지 않은 바람벽에서 나는 흙냄새는 기분을 좋게 했다. 정애가 깜빡 잠이 들자 석균이 정애를 누더기 위에 누이고 정애의 통통 부어오른 발과 손을 꽉꽉 힘주어 주물러주었다. 석균이 그렇게 해주면 정애 몸은 새털처럼 가벼워져서 구름 위로 둥둥 떠오를 것 같았다. 정애 몸은 언제나 물먹은 소금 가마니처럼 무거웠다.

— 방을 아조 신방으로 꾸며놨구나. 흐흐흐. 너희 둘이 여기서 자냐?

이장 박샌이 정애와 석균이 잠을 자면서 깔거나 덮는 누더기를 발로 헤집으며 물었다. 누더기는 석균의 헌 옷가지들이다.

— 우리는 여기서 자요. 나는 몸이 아파서 잠을 자야 해요. 내

가 잠을 자야 내 아픔도 잠을 자지요. 아픔이라는 것은 우리 모두가 가지고 있어요. 그것은 인생의 운명이고 운명 속에서 아픔을······

—너희 둘이 잠을 자면서 무엇을 하나?

누더기에 누워서 석균은 새집처럼 칭칭 얽힌 정애 머리카락을 제 손가락으로 빗겨주었다.

—머리를 빗겨주지요. 머리는 자주 빗겨줘야 해요. 우리 머리는 보통······

—이렇게?

박샌이 정애 머리카락을 움켜쥐었다. 정애는 그가 밀치는 대로 쓰러졌다.

—아이고오, 아파라. 그렇게 움켜쥐는 것이 아니고 빗겨준다고요. 손가락을 빗처럼 해가지고 이러어······

하는 순간 박샌이 정애 입을 막았다. 정애는 그런 순간 자신이 어떻게 해야 하는지 알고 있었다. 그럴 때는 노래를 해야 한다는 것을. 예전에 우물가 부로꾸 찍는 사람한테도 그랬고 도시의 골목에서 군인들한테도 그랬다. 노래를 부르면 몹쓸 짓을 하던 사람들이 웃다가 울었다. 울면서 그들은 도망을 갔다. 욕을 하면서 갔고 총을 쏘면서 갔다. 박샌이 제 몸을 파고들 때 정애는 노래 불렀다.

대밭에는 댓잎삭이 청청허네 솔밭에는 솔잎삭이 총총허네.

쉰살의 정애가 그렇게 노래하자 백살의 정애가 노래를 받았다.

기와집 몬당에 눈썹달 꾸정물 통에 호박씨 우리 집 마당에 보름달 까막깐치가 깍깍.

정애는 노래 부르면서 박샌의 등을 어루만졌다. 박샌이 덜덜 떨었다. 떨면서 뇌까렸다.

조용히 하랑게 쳐 노래를 하네 이. 노래를 해, 노래를…… 그러면서 박샌이 웃었다. 웃으면서 박샌은 울었다. 아아, 쎁할년, 쳐 노래를 해, 노래를.

박샌은 욕을 하면서 갔다. 박샌이 가고 나서도 한참 동안 정애는 노래했다.

석균이 오목가슴에 가슴애피는 누가 알아를 주까 박샌 바짓가랑이에 핏자국은 누가 시쳐를 주까……

영기가 왔다. 정애가 먹던 약과 옷가지들을 싸가지고 왔다. 눈이 펄펄 날리는데 석균이와 영기가 마당에서 이야기를 나누었다. 그들이 무슨 이야기를 나누는지 정애는 알 수 없었다. 석균이가 싸리나무가 불땀이 좋다고 말한다고 정애는 생각했다. 싸리나무는 불땀이 좋고 타는 소리도 좋지만 너무 헤프다. 정애는 영기가 가시나무 이야기를 한다고 생각했다. 가시나무도 싸리나무처럼 불땀이 좋기는 하지만, 불을 땔 때 가시에 찔리는 것이 성가시다. 정애는 그래서 두 사람이 장작 이야기를 하기를 바랐다. 튼실한 장작 두개만 넣으면 정애는 몸을 공처럼 웅크리지 않아도 될 것이고 방 안이 따뜻해서 두 다리를 쫙 펴고 누우면 편안할 것이다. 그렇지만 석균이는 장작을 하면 안된다. 장작을 하다 산감한테 들키면 바로 감옥에 갈지도 모른다. 석균이 갈비나무를 해서 지게에 지고 오는데 새마을도정공장장 오샌이 갈비를 풀어헤쳐보라고 했다. 석균이는 애써 만든 갈비채를 풀어헤치고 싶지 않았다. 오샌이 갈비 속에 뭔가 숨기는 것이 있어서 그러느냐고 물었다. 석균은 대답하지 않았다. 보일러쟁이이기도 한 오샌은 갈비채를 헤쳐 보이지 않으면 산감한테 신고하겠다고 했다. 산감한테 안하고 산주인한테만 말해도 바로 감옥에 갈 거라고 오샌이 말했을 때 석균은 갈비채를 풀었다. 갈비채 속에서 아무것도 나오지 않자 오샌은 미안하단 말 한마디도 하지 않은 채 이제 더이상 갈비도 하지 않아야 한다고 했다. 갈비를 다 긁어서 산에 거름이 없으면 나무가 자라지 못하고 여름에 홍수가 날 것이고 홍수가 나면 책임질 거냐고, 석균이 때문에 홍수가 난 것처럼 으르렁거렸다. 으르렁거리고 나서 오샌이 조용히 말했다. 책임 못 질 거지? 그러면 연탄보일러를 놓으라고.

그렇지만 석균이와 정애는 보일러를 놓을 돈이 없고 석균이는 이제 장작나무도 갈비도 할 수 없어 싸리나무나 가시나무만 한다. 싸리나무나 가시나무는 방을 덥히지 못한다. 정애는 그래서 춥다.

눈은 펄펄 날리는데 석균이와 영기는 마당에서 이야기를 나누고 있었다. 정애는 그들이 무슨 이야기를 나누는지 알 수 없었다. 석균이가 밥 중에서는 서숙밥이 그중 구수하다고 말한다고 정애는 생각했다. 서숙밥은 냄새가 구수하기는 하지만 많이 먹다보면 그 구수함 때문에 구역질이 난다. 서숙밥은 천하 오래 먹을 것은 못된다. 영기가 무밥을 말한다고 정애는 생각했다. 찔끄덩한 무밥에 무채를 넣고 비벼 먹는 이야기를 한다고 생각한다. 하지만 무밥은 금방 배가 고파진다. 그래서 정애는 두 사람이 쌀밥 이야기를 하기를 바랐다. 쌀밥 이야기를 못하면 보리밥 이야기라도 좋았다. 쌀밥이든 보리밥이든 밥을 먹으면 정애는 허리를 곧추세우고 앉아 뜨개질을 하거나 책을 볼 수도 있을 것이다. 책 중에서는 성경책이 좋다. 정애는 성경책 한 구절을 입속으로 가만히 뇌었다. 예수님이 내게도 오셨으면 좋겠다고 생각하면서.

예수님께서는 제자들에게 명령하시어 모두 푸른 풀밭에 한자리씩 어울려 자리잡게 하셨다 그래서 사람들은 백명씩 또는 쉰명씩 떼를 지어 자리를 잡았다 예수님께서는 빵 다섯개와 물고기 두마리를 손에 들고 하늘을 우러러 찬미를 드리신 다음 빵을 떼어 제자들에게 주시며 사람들에게 나누어주도록 하셨다 물고기 두마리도 모든 사람에게 나누어주셨다 사람들은 모두 배불리 먹었다 배불리 먹었다 배불리 먹었다.

성경 말씀은 배불리 먹었다에서 뱅뱅 돌았다. 아프지 않고 건강하고 아름다운 자신이 뜨개질을 하고 책을 읽고 밥을 할 것을 생각하며 정애는 몸을 웅크리고 허리를 기역 자로 꼬부리고 잠이 들었다. 배불리 먹을 것을 생각하며 잠이 들었다. 잠 속에서 자신이 한 밥을 배불리 먹는 사람들을 보았다. 어머니, 아버지, 순애, 영기, 명애, 쌍둥이들도 있었고 석균이도 있었고 또 자기가 낳은 아이도 있었다. 자기가 낳은 아이가, 엄마아, 엄마아, 하다가 엄마 씨발년, 했다. 아이는 부로꾸 찍는 남자였고 얼룩무늬 군복을 입은 군인이었고 박샌이었고 오샌이었다. 구렁이, 두꺼비, 독사, 지네이기도 했다. 일껏 뜨개질한 옷은 다 풀어져서 엉키고 일껏 한 밥은 모래땅에 엎어지고 성경책은 갈가리 찢겨 불구덩이 속으로 들어갔다. 부로꾸 찍는 아이를 씻기고 얼룩무늬 군복 입은 아이를 다독이고 이발사 박샌이라는 아이를 안아주고 연쇄점 김주사라는 아이를 어루만져주는 것은 구렁이를 씻기고 두꺼비를 다독이고 독사를 안아주고 지네를 어루만지는 것과 같은 일이었지만, 살려면 어쩔 수 없는 일이었다. 죽지 않고 살기 위해서는 다시 뜨개질을 하고 다시 밥을 하고 다시 성경책을 마련해야 했다. 그것이 고됐다. 그런 꿈을 꾸는 잠이 정애는 고됐다. 그러나 아무리 고되더라노 정애는 살고 싶었다. 정말 살고 싶었다. 살아서, 꼭 뜨개질을 하고 밥을 하고 성경책을 읽고 싶었다. 나무처럼 건강하고 꽃처럼 아름답고 싶었다. 정말로 꼭.

눈은 펄펄 날리는데 석균이와 영기는 마당에서 눈을 맞으며 이야기를 나누었다. 그들이 무슨 이야기를 나누는지 고된 잠을 자는 정애는 알 수 없었다. 석균이와 영기가 정애의 고된 잠을 알 수 없듯이.

도정공장장 오샌이 꽁꽁 언 동태 한마리를 새끼줄에 꿰어 들고 들어섰다. 석균은 나무하러 가고 없었다.

──너희들이 무슨 나무를 때고 있나 보려고 왔다.

오샌이 묻지도 않았는데 자기가 온 용건을 말했다. 신발을 신은 채로 마루에 올라서서 추녀 밑에 동태를 매달았다.

──석균이 오면 이 동태 떼어내서 맛있게 끓여 먹어라. 동태국을 어떻게 끓이는지는 알고 있냐?

정애는 동태국 끓이는 법을 알지 못해서 나는 그것을 모른다고, 나는 동태국은 잘 못 끓여도 대사리탕은 잘 끓인다고 애써서 대답했다.

──그러면 내가 잠깐 방으로 들어가서 동태국 끓이는 법을 가르쳐주마.

오샌은 신발을 신은 채 방 안으로 들어왔다. 오샌이 무엇을 하려는지 정애는 알았다. 밖에서 튀밥장수가 튀바압, 튀바압, 하면서 지나갔다.

─강냉이튀밥에 장작 한개 보리튀밥에 장작 두개 쌀튀밥에 장작 세개 가래떡튀밥에 장작 네개 사카린을 넣을까나 말까나 장작 없다 퉤퉤 돈이 없다 퉤퉤.

─떽끼, 쳐 침을 뱉냐, 뱉기를.

오샌이 정애 뺨을 후려쳤다. 또 어른한테 못된 짓 하면 혼을 내주겠다고 눈을 부라렸다.

─니가 조실부모허고 동생들하고 도시 나가 고생을 허고 살았다는 말을 듣기는 했다마는, 아무리 그래도 그렇지, 어른한테가 아니드래도 누구한테든 침을 뱉으면 그것이 아주 교양 없는 지서리라는 것 정도는 알아야 하는 법이다. 자 이리 오너라, 내가 인자부터 동태국 끓이는 법을 가르쳐주마.

정애가 가지 않자, 오샌이 다시 한번 어른이 오라고 하면 와야제, 어른 말을 똥 친 막대기 취급하느냐고 손을 들었다 놓으면서 중얼거렸다. 묘한 가시낼세, 묘한 가시내여.

낮닭이 길게 울었다.

─저녁닭이 울면 박샌이 발광하고 낮닭이 울면 오샌이 지랄하네 밤닭은 정샌이 몰아가고 새벽닭은 쌀가지가 잡아먹네 아바웅가승가아바사.

─하아, 이 썩을 년이 사람을 가지고 장난을 치네, 쳐 장나을 쳐. 아이, 근데 좀 재미가 아주 없는 것도 아닌 것 같다이. 뭐? 아부지가 뭣을 어쩐다고? 니 아부지가 너한테 뭣을 하자고 한 게로

구나이, 뭣을 하자고 한개비여이? 계속해서 불러봐라, 씨버러갈.

정애는 노래를 멈추고 아바용가슴가아바사만 외우면서 가만히 있었다. 창호지문 밖에서 사람의 그림자가 나타났기 때문이다. 더 불러보라니까, 더 불러어. 정애는 부르지 않고 가만히 있었다.

—이년이 어른 말을 우습게 아네, 아주우.

오샌이 정애 뺨을 다시 후려치려는 순간 방문이 덜커덕 열렸다. 이장 박샌과 마을 사람들이 햇빛 가득한 마당에 장승들처럼 서 있었다.

영기는 한번 왔다 가서는 오지 않았다. 어느 한 날 돈을 벌러 간다고 하며 급하게 나간 석균이도 오지 않았다. 대신 절에서 스님과 함께 산돌이가 왔다. 스님과 함께 온 아이가 산돌이라는 것을 정애는 금방 알아보았다. 산돌이가 정애를 보살님,이라고 불렀다.

—보살님, 여기 쌀이 있습니다. 이것으로 밥을 해서 드십시오.

스님과 함께 온 산돌이가 정애 머리맡에 쌀을 놓고 갔다. 스님은 자신들이 쌀을 놓고 갔다는 말을 아무에게도 하지 말라고 했다. 용순이 엄마가 반찬을 놓고 갔다. 용순이 엄마도 자기가 반찬을 놓고 갔다는 말을 아무에게도 하지 말라고 하고 갔다. 그들이 왔다 간 것은 바람도 모르고 햇빛도 모르고 구름도 모르고 밤도 모르고 낮도 모를 것이었다. 아니, 그것들만이 알 것이었다. 정애는 산돌이가 놓고 간 쌀로 밥을 지어서 용순이 엄마가 놓아준 반찬으로 밥을 먹었다. 나무는 예전에 정애네 닭을 몰아가서 잡아먹은 정샌이 해다주었다. 정샌은 나무 한 짐을 부엌 나무청에 부려놓고는 마당에 서서 나무를 해다주었는데도 내다보지도 않는다고 발을 구르며 화를 냈다. 정샌이 화를 내니까 무서워서 더 내다볼 수가 없었다. 물은 정샌댁이 길어다주었다. 정샌댁은 자기 남편처럼 화를 내지는 않았지만 뭔가 간곡히 말하고 싶은 것이 있는 것 같았다. 물동이를 소리 나게 부뚜막 위에 부려놓고는 아이, 아이, 징애야이, 징애야이, 하고 불렀다. 끝내 대답을 안 하자 부엌에서 방으로 난 샛문을 빼꼼히 열고는 문지방에 걸터앉았다.

　—아이, 징애야, 니가 우리 집 압씨헌테 서운헌 것이 없는 것은 아니라는 것을 내가 잘 알고 있다. 우리라고 그적에 그 닭들을 핀헌 맘으로 묵었던 것이 아니란 것만은 징애 너도 알아다오. 어쩌겄냐, 묵을 것은 없고 새끼들은 배고파 죽겄다고 울어쌓는 도막에 어디서 닭이 홈빡허니 우리 집 까시나무 새로 쏟아져들오는디 들오는 짐승을 내쫓을 수도 없고 글타고 키울 수도 없고 해서 우리가 그냥 잡아묵어부렀제. 이이, 듣고 있냐?

　정샌댁이 하는 말이 거짓말이라는 것을 정애는 알고 있었다. 닭들이 저절로 정샌네 탱자나무 울타리 속으로 기어들어간 것이 아니라 분명히 정샌이 몰아가는 것을 봤다고 묘자가 말해줬었다. 묘자는 한번도 거짓말을 한 적이 없다. 그러나 정샌이 그랬다고 해서 정애가 아직도 정샌과 정샌의 가족들을 미워하는 것은 아니었다. 다만, 정샌이 나무를 해다주고는 화를 내는 것이 무섭고 정샌댁이 예전 일을 꺼내서 거짓말을 하는 것이 귀찮을 뿐이었다. 영기가 왔을 때 가져다준 약을 먹으면 늘 잠이 왔다. 그러나 그 약들을 먹어야 한다는 것을 정애는 알고 있었다. 약을 먹지 않으면 미친년처럼 비가 오는 길을 내달리고 눈이 오는 길을 맨발로 뛰어다닐지도 모른다고 약을 준 의사가 말했었다. 그러면 언제 어디서 죽을지 알 수 없다. 그러지 않기 위해서는 약을 먹고 잠을 자는 것이 좋다는 것을 정애도 알고 있다. 잠도 오고 배도 고픈데 정샌댁이 가지 않고 뭐라고 뭐라고 하는 통에 머리가 아파서 정애는 이불을 뒤집어썼다. 정샌댁이 아이고, 이것이 뭐다냐, 내 발구락을 꼭꼭꼭 무는 것이 갱아지 새낀가 허고 봤더니, 샹지네 샹지여, 아이구메애, 하면서 드디어 가고 나자 정애는 밥부터 먹고 잠을 잘까, 잠부터 자고 밥을 먹을까, 생각하다가 이불 밖으로 나와 밥부터 먹었다. 정애가 밥을 먹는 옆으로 정샌댁을 놀랬던 생쥐들이 오물오물 모여들었다. 정애는 생쥐들에게도 밥을 주었다. 해가 나면 제 그림자가 비쳤다. 정애는 제 그림자한테도 밥을 주었다.

　　──정애야, 우리 딸 순덕이가 곧 시집을 간단다. 우리 딸 시집

갈 때 가져갈 솜이불 만들서 남은 솜으로 내가 너희들이 덮고 잘 이불도 지어왔단다.

언젠가 아주 오래전 가뭄 때 정애가 물동이에 물을 부어주었던 홍샌댁이 이불을 지어왔다. 솜이불은 따뜻했다. 홍샌댁은 이불만 건네주고 후딱 갔다. 이장 박샌이 돈을 가지고 왔다.

— 나는 마을 이장으로서 너를 돌봐야 할 의무가 있는 사람이란다. 이것으로 필요한 것을 사거라.

박샌은 산돌이나 용순이 엄마나 홍샌댁처럼 그냥 가지 않았다. 그렇다고 정샌처럼 화를 내지도 않았다. 정샌댁처럼 거짓말을 하는 것 같지도 않았다. 있는 그대로의 박샌의 말은 그러나 정애한테 깜깜했다.

— 정애야, 나는 너한테 돈을 주는데 너는 나한테 무엇을 줄래? 이것을 줄래?

박샌이 정애 가슴을 움켜쥐었다. 박샌이 한 손으로 입을 틀어막는 통에 이번에는 노래를 부를 수가 없었다. 그러나 노래는 입으로 부를 수 없다 해서 부를 수 없는 것은 아니다. 사람의 입을 틀어막아서 노래를 부르지 못할 것이라고 생각하는 것은 틀어막는 사람의 생각일 뿐이다. 정애는 노래했다.

— 하느님은 너그러울까 아닐끼 부처님은 자비로울까 아닐까 독사는 독이 있어 살지 벌은 침이 있어 살지 독은 품어내면 그만 침은 찔러버리면 그만 하느님은 너그러울까 아닐까 부처

님은 자비로울까 아닐까 그것은 두고 볼 일 그것은 알 수 없는 일 독사는 독이 있어 살지 벌은 침이 있어 살지 독은 품어내면 그만 침은 찔러버리면 그만……

뭐라고 쳐 궁시렁거리지 좀 마라 씹헐, 엄마아아. 박샌이 엄마를 부르며 울었다. 울면서 낄낄거렸다.

햇빛이 났다. 햇빛은 지난겨울 초입에 석균이가 발라놓은 창호지문 밖에서 아롱거렸다. 창호지문을 뚫고 들어온 햇빛은 방바닥에 깔린 이불을 스치고 흙 바람벽을 지나서 뒤꼍으로 난 봉창 옆으로 사라졌다.

징애야, 오늘 순덕이가 시집간단다, 방구석에만 들앉아 있지 말고 맛난 것도 묵고 사람들 얼굴도 보게 나오니라, 하는 정샌댁인지, 용순이 엄만지 알 수 없는 목소리도 창호지문을 뚫고 들어와 방바닥에 깔린 이불을 스치고 흙 바람벽을 지나서 뒤꼍으로 난 봉창 옆으로 사라졌다. 햇빛은 봉창 옆으로 한번 사라지고 나서 다시 돌아오지 않았는데 정샌댁인지 용순이 엄만지 알 수 없는 사람의 말은 봉창을 열고 흙 바람벽을 지나서 방바닥에 깔린 이불 위로 살포시 내려앉았다.

푸르디푸른 겨울 하늘에 솔개가 낮게 날고 비행기는 흰 포물선을 그리며 가없이 높게 날았다. 마당을 가득 채운 햇빛은 사립문 밖을 나가 돌담에서 부서졌다. 부서지는 햇빛과 먼지 속에서 여자아이들은 가만히 서 있고 남자아이들은 뛰어다녔다. 아이들 손에 떡과 과자가 쥐어져 있었다. 아이들이 정애 뒤를 졸졸 따라왔다. 정애가 돌아보면 아이들도 멈추었다. 정애가 좇아가면 도망가면서 돌을 던졌다. 돌이 정애 머리에 떨어졌다. 등덜미와 종아리로도 날아왔다. 아이들이 야이, 미친년아, 소리 지르며 길길이 뛰었다. 미친년이 오샌하고 삐꾸를 했다네, 저희들 자지를 내놓고 흔들면서 주먹감자를 먹였다.

─아바아바사융기샹가바!

정애가 소리 지르자 좇아오던 아이들이 우뚝 섰다.

며칠 뒤 흙바람이 몹시 불던 날, 동네 가상집 상투머리 노인이 죽었다. 꽃이 피려면 하세월인 세상이 적막강산이라고 슬피 울다 죽었다고 했다. 누가 불러서 정애는 상갓집에 갔다. 순덕이가 시집가던 날 제 자지를 내놓고 주먹감자를 먹이던 아이들이 상갓집 귀퉁이에 앉아 있는 정애더러 울어보라 하였다. 야이, 미친년아, 울어봐라, 울어봐. 아이들은 어른들 눈을 피해 정애한테 종주먹을 먹였다. 정애는 처음에 아이고오, 아이고오, 했다. 아이들이 잘 운다, 잘 운다, 하면서 웃었다. 웃으면서 도망을 갔다. 정애는 아이들이 잘 운다고 하는 것이 좋았다. 아이고오, 이이고오, 정애 울음소리가 높아지자, 어른들도 잘 운다고 좋아라 했다. 옛날 상갓집에서 돈 받고 대신 울어주던 곡비(哭婢)보다 더

낫다고 칭찬들을 했다.

─울음소리가 영판 노랫소리 같네에.

─노랫소리보다 더 좋네, 더 좋아.

사람들은 상투머리 노인이 죽은 것이 슬퍼서가 아니라 정애의 노랫소리 같은 울음소리가 좋아서 눈물을 흘렸다.

─썅, 개새끼들. 무식한 것들이 아주 야만적이기까지 하니 원.

씹헐, 엄마아, 하고 한번 울고 난 박샌이 느닷없이 욕을 퍼부었다. 정애는 움찔했다.

─그래서 니가 뭐라 그랬냐?

─나는 뭐라 한 것은 없어요 뭐라 한다는 것은 참 어렵고 힘들어요 우리는 모두……

─애새끼들이 따라올 때 뭐라 했냐고 묻잖아. 뭐? 아바융구 뭐라고 했다던데. 너, 그런 말을 어디서 배웠냐.

─어디서 배웠다기보다 그것은 내 마음속 깊은 데서 나오는 소리인데 그 소리들을 나는 아주 오래전부터 알고 있었지요 그 말은 사람이 말로는 더 어떻게 해볼 수 없을 때 터져나오는 소리인데 보통의 사람들은 그 말을 알아먹을 수 없는 것이 당연한 것이고 그 소리를 하는 사람의 마음속은 하늘에 닿을 만큼 높아서……

─연설 그만해라. 아이, 그런데 너는 니 서방 석균이가 어디

갔는지 궁금하지도 않냐?

―석균이는 돈을 벌어가지고 온다고 하고서 아침밥도 안 먹고 떠났는데 밥을 먹었는가 안 먹었는가 사람은⋯⋯

―그래 밥을 먹어야 살지. 그래야 힘이 나고. 석균이는 내가 취직을 시켜주었다. 석균이는 지금 좋은 직장에서 돈 잘 벌고 밥도 잘 먹고 있으니 염려 말아라. 석균이는 너희 아버지를 죽이고 한 십년 죗값을 치러야 할 몸이었지만, 내가 주선해서 동네 사람들한테 탄원서를 받아가지고 탄원을 한 결과 쉽게 나오게 되었다. 내가 석균이의 석방을 위해서 애썼다는 것을 너도 알아는 뒀으면 싶어서 하는 소리다.

―나는 늘 피가 부족해요 왜냐하면 내가 잘못해서 칼로 손을 베어버렸는데 피가 펑펑 솟아나더라고요 그런 것은 한방으로 고치면 좋다고 하는데 우리 주님께서도 나를 살릴라고 우시고 해서 지금은 상당히 좋아져가지고 자립을 해서 떳떳하게 살아가야 할 것인데 여건이 허락을 안해가지고⋯⋯

―알았다, 니 말은 알겠고, 내 말을 좀더 하자면, 이것은 아주 중요한 이야기니 새겨들어라. 나는 이 마을 이장으로서 마을에 대한 책임자임과 동시에 너에 대한 보호자이기도 하다이. 명심해라, 내가 니 보호자다이?

―아바아바사융기샹가바!

정애를 놀리며 쫓아오던 아이들이 우뚝 섰듯이, 박샌도 문득

놀라며 정애를 빤히 쳐다보았다. 박샌이 갑자기 무릎을 꿇고 정애 손을 붙잡고 부르르 떨며,

—좋다, 나는 너한테만은 모든 것을 말할 테다. 엄마아, 썹할!

비가 왔다. 비가 오면 그림자는 찾아오지 않는다. 정애의 가장 정다운 친구, 그림자. 그림자는 조용하고 그림자는 말이 없고 그림자는 말을 시키지도 않는다. 그림자는 거짓말을 하지 않고 그림자는 거짓 행동을 하지 않고 그림자는 정애가 저를 어루만지면 저도 어루만지고 정애가 저에게서 손을 떼면 저도 손을 뗀다. 비가 오면 정다운 친구는 찾아오지 않고 사나운 사람들이 찾아온다. 성가신 사람들이 찾아온다. 정애는 마루 끝에 나앉아 추녀 밑 집시랑물이 동동거리며 흘러가는 것을 바라보고 있었다. 그럴 때, 묘자 할머니가 생각났다. 묘자 할머니의 눈알주가 생각났다. 묘자 할머니의 눈알주를 마시면 나는 아프지 않을까, 생각했다. 묘자 할머니 목소리가 비를 타고 들려왔다. 아가, 아프면 부처님 전 진언을 외거라 시번씩을 외거라 수리수리마수리 수수리 사바하 수리수리마수리 수수리 사바하 수리수리마수리 수수리 사바하 나무 사만다 못다남 옴 도로도로 지미 사바하 나무 사만다 못다남 옴 도로도로 지미 사바하 나무 사만다 못다남 옴 도로도로 지미 사바하 옴 아라남 아라다 옴 아라남 아라다 옴 아라남 아라다 살바못자 모지 사다야 사바하 옴 살못자 모지 사다야

사바하 옴 살바못자 모지 사다야 사바하.

—뭐라고 혼자서 씨부렁거리느냐.

오샌이 왔다. 비를 철철 맞으며 왔다. 손에 술병을 들고 술이 취해서 왔다.

—내가 여기서 술 좀 마시기로서니 죄로 가진 않겠지? 너도 마셔볼래?

오샌이 술병을 건넸다.

—묘자 할머니 눈알주여요?

—눈알준지, 씹알준지 한번 마셔봐라. 기분도 훨씬 좋아지고 아프던 것도 싹 가실 것이다.

정애는 오샌이 건네준 술을 들이마셨다. 처음에는 부르르 진 저리가 났다. 쓰고 오싹하고 그리고 뒤이어 뭔가 뜨거운 기운이 속에서부터 훅 끼쳐왔다.

—어쩌냐, 맛이?

—아바아바사융기샹가바.

—맘대로 씨부려라. 나는 오늘 너한테 할 말이 있어서 왔다. 너는 박샌을 믿지 마라. 아니, 그것보담도, 내가 이것은 확실히 해두어야겠다. 내가 그날, 동태 들고 온 날 말이다. 그날 내가 너한테 손끝 하나 댄 적이 있느냐?

—아바아바사융기샹가바.

—그래그래, 손을 대기는 댔지. 니가 나한테 침을 뱉고 하도

버릇없이 굴어서 뺨을 치긴 쳤다마는 그것은 손을 댔다는 것과
는 차원이 다른 이야기다이. 아무리 니가 정신이 총총치 못하다
해도 그런 것을 구별 못하지는 않겠지. 이 동네 사람들 모두가
너를 미친년 취급해도 나만은 그럴 생각이 없다. 그래서 오늘 이
렇게 찾아온 것이다. 너하고 나하고 정확하게 일대일로 마주하
고자 온 것이다. 자아, 그날 내가 너한테 손끝 하나 댄 적이 있느
냐?

　—수리수리마수리 수수리 사바하.

　—좋다. 부처님 전에 맹세컨대 내가 그날 너한테 손끝 하나
댄 적이 없다는 것을 너만은 알 것이다. 나는 너한테 순전히 동
태국 끓이는 법을 가르쳐줄라는 순수한 마음으로 니 방에 들어
갔던 것이었다. 그런 내가 왜 가엾은 가시내를 넘보았다는 죄명
을 뒤집어쓰고 도정공장 공장장 자리에서 쫓겨나는 세상천지
이런 억울한 일을 당해야 하느냐. 니가 그날 내게 한 노래 비스
무레한 것을 다시 한번 불러봐라. 그날 니가 박샌이 어찌고저찌
고 한 노래 말이다.

　—나무 사만다 못다남 옴 도로도로 지미 사바하.

　—지미썹이라 이거냐? 하여간 좋다. 나는 지금 그날의 일
로 도정공장 공장장 일에서 쫓겨났을 뿐만 아니라 인격적으로
도 치명적 손상을 입어서 동네 사람들한테 괄시를 당하는 신세
가 되었다. 나는 너 하나 때문에 나의 생계는 물론 인간으로서의

존엄성까지도 다 뭉개졌다. 이제, 니가 나서줘야 한다. 나 오영팔이가 니 몸에 절대로 손끝 하나 대지 않았다는 것을 세상천지에 대고 증언을 해줘야 한다 이거다. 너한테 손을 댄 것은 내가 아니라 박샌이지 않냐? 그런데 정작 그 나쁜 놈의 새끼는 활개를 치고 다니는데 나만 이렇게 몹쓸 인간이 되어 몹쓸 인간이 되어…… 흑흑흑. 뭐라고 말 좀 해봐라, 가시내야.

—옴 아라남 아라다.

—옳지, 니가 다 알고 있다는 것이구나. 니가 진실을 알고 있다는 것이여이? 진실을 알고 있는 사람이 있다는 것이여. 나 오영팔이의 진실을 알고 있는 사람이 있는 것이여어어어!

오샌이 마루에서 뜰방으로 허리가 꺾여지더니 집시랑물에 코를 처박고 쓰러졌다.

설 명절이라고 동무들이 왔다. 마산으로 돈 벌러 갔던 화숙이와 경심이는 경상도 말을 썼다.

—야, 가시내야, 니 어째 이러코 변했노.

머리를 지지고 입술을 빨갛게 칠하고 뾰족구두를 신은 화숙이가 정애를 와락 품어안았다가 떠다밀며 우는 표정으로 물었다.

—나는 이 세상의 아주 많은 것을 보고 사랑하고……

—우리가 밎년 만이가.

아기를 업고 온 경심이가 정애 손을 잡고 흔들다가 심각한 표정으로 물었다.

　──수양버들이 휘늘어진 강 저쪽 너머에서 반짝이는 나무 아래는……

　서울 갔던 옥택이도 왔다. 옥택이는 양복에 넥타이를 맸다. 옥택이는 서울말을 썼다.

　──우리가 몇년 만이니, 정애야?

　옥택이의 계집애 같은 말투에 화숙이와 경심이가 삐죽삐죽 웃었다. 정애는 동무들을 몇년 만에 보는지 헤아릴 수 없었다. 그것은 아주 먼 옛일 같기도 하고 바로 어제 일인 듯도 싶었다. 정애는 말없이 동무들의 얘기를 들었다. 화숙이와 경심이는 처음에는 경상도 말을 썼지만 차츰 원래의 저희들 말투로 돌아왔다. 그러다가 다시 경상도 말이 툭 튀어나왔다.

　──이 좁은 땅덩어리 안에서도 어째 그리 말들이 다른지, 기가 멕히더라.

　──옥택이 너는 그게 어찌 서울말이냐, 기생오래비 말이지.

　옥택이 쑥스러운 듯 손을 내저었다.

　──그것이 그러니깐, 서울서 전라도 말을 쓰거나 전라도 사람이란 것이 밝혀지면 사람들이 다른 눈으로 쳐다보는 거야. 나는 살기 위해 내 고향 말을 버렸던 거라구.

　──와아, 그래도 이건 너무 심하다 아이가. 근데 옥택이 넌 서울 가서 뭔 일을 했는데?

―알 거 없어.

―야아, 쫌 말해봐라아.

옥택이 얼굴을 붉혔다.

―뭐 이것저것.

―양복에 넥타이까지 매고 온 것 보니 그래도 뭐 번듯한 직장에 다니는갑제?

―우리같이 못 배우고 빽 없는 사람이 무슨. 첨에 구로공단에 갔다가 내 적성에 안 맞는 것 같아 그만두고 바로 요식업계로 빠졌지.

정애의 동무들은 정애를 잊어버렸다. 요식업계가 뭔데? 유흥업소야. 술집? 뭐, 그렇지. 술집에서 뭐 했는데? 웨이터. 술 나르는 사람? 그렇다고 봐야지. 돈은 많이 벌어? 돈은 무슨, 몸이나 안 상하면 다행이지. 사는 게 그렇지? 그럼. 안 죽고 사는 것만으로도 다행이야. 경심이 넌 누구랑 결혼했냐? 결혼은 아직 못했어, 돈 벌어 천천히 해야지. 야, 근데 묘자 소식은 들었냐? 못 들었다, 정애한테 물어보자, 정애야, 정애야, 넌 동무들이 왔는데도 반갑지도 않냐? 눈 좀 떠봐라. 듣자 하니 묘자는 살인을 하고 감옥에 갔다던데? 누가 그래? 용순이가 봤대, 아주 못된 지 남편을 죽였다고 하더라고. 정애 쟈는 왜 저러는데? 군인들한테 디지게 맞아서 그렇다고 하더라. 군인들한테 왜? 군인들이 사람을 죽였대. 죽지 않은 것만도 다행이야. 맞아. 그래. 그렇다고. 우리가 설 쇠면 몇살이야? 난 스물두살. 옥택이 너는? 스물세살.

정애는 제 나이가 몇살일까를 생각했다. 제 나이는 열다섯인 것 같기도 하고 서른살인 것 같기도 하고 쉰살인 것 같기도 하고 백살인 것 같기도 했다. 정애는 제 나이가 동무들처럼 스물두살이나 스물세살인 것 같지는 않았다.

──정애 야는 왜 맨날 잠만 자노.

──잠을 자야 더러운 세상을 안 볼 수 있으니까 그렇겠지.

──가자, 가.

동무들은 내린 지 오래되어서 딱딱해진 눈을 밟고 저희들 집으로 돌아갔다. 동무들이 들고 온 음식은 차게 식어 있었다. 정애는 죽지 않고 살기 위해서 동무들이 남기고 간 찬 음식을 입에 넣었다. 묘자는 죽지 않고 살기 위해 살인을 한 것일까, 그 생각도 하다 말다 하면서.

바람이 불었다. 먼 데 산에 꽃들이 바람에 눈발처럼 흩날렸다. 산밭에서 보리밭을 매는 여자들의 노랫소리가 바람을 타고 들려왔다. 밤나무 접붙이기를 하는 처녀들이 웃으며 지나갔다. 그 처녀들은 박샌네 산에 밤나무를 심으러 갔다. 박샌댁이 그 처녀들을 어미 닭이 병아리들을 몰고 가듯이 엉덩이를 씰룩이며 데리고 갔다. 박샌이 '출입'하는 사람이 되고 나서 박샌댁은 이발소와 구판장과 도정공장과 딸기하우스와 밤나무 접붙이기와 밤

나무 심기 작업을 혼자 도맡아 하느라 죽을 지경이었다. 박샌댁
은 일꾼들의 밥을 해서 여다주고 지나가는 길에 들른 듯이, 아이
고 참, 이집 가시내는 밥을 먹었는가, 안 먹었는가 모르겠네에,
하면서 사방을 둘러보고 나서 슬쩍 한 발을 정애네 집 마당에 들
여놓았다.

　—아이, 아이, 아이, 있냐아?

　정애는 뒤꼍 양지쪽 바람벽에 등을 기대고 먼 데와 가까운 데
를 바라보고 있었다. 먼 데도 꽃이 있었고 가까운 데도 꽃이 있
었다. 꽃들은 아무리 많아도 배가 부르지는 않다. 그래도 세상에
꽃들이 없으면 세상은 세상이 아닐 것이다. 꽃이 없는 세상은 열
매도 없고 그러면 끝내 사람들은 배를 곯고 죽을 테니까. 수리수
리마수리 수수리 사바하.

　무너진 담 너머로 동네 할머니가 나무관세음보살 하고서 합
장을 하며 지나갔다.

　—수리수리 소리가 어디서 난가, 했더니 뭣한다고 여가 요렇
게 앉아 있다냐, 흙바람 이는고만.

　왠지 쑥스럽고 왠지 안 와야 될 데를 온 것처럼 쭈뼛거리면서
도 그것을 또 감추고자 박샌댁은 말을 안할 수가 없었지만 막상
고요히 햇빛바라기를 하고 앉아 있는 정애를 보는 순간 자기도
정애처럼 그러고 흙 바람벽에 등을 기대고 앉아 있고 싶었다. 한
하고 앉아 있고 싶었다. 이왕이면 흙 바람벽에 등을 기대고 앉

은 그대로 잠이라도 들어버리고 싶었다. 먼 데서는 보리밭 매는 여자들의 노랫소리가 바람을 타고 끊어졌다 이어졌다 너울너울 넘어왔다. 종다리는 배쫑거리고 울고 대나무 가지들은 푸르게 소소거리고 정애 발부리에서 가까운 곳에서는 제비꽃 민들레 꽃다지들이 무리 지어 피어나고 있었다.

사실 박샌댁은 오늘 정애한테 뭔가를 물어보고 싶었다. 따져물어볼 만하면 따져물어보고 싶었다. 어느 때는 잠자다가 벌떡 일어나 정애 년의 머리채를 휘어잡고 끌어내서 사람들 보는 앞에서 패대기라도 치고 싶었다. 그러나 그래서 무슨 소용이 있단 말인가. 정애 머리채를 휘어잡아야 할 일이 있었더라도 그 일이 정애한테 죄를 물을 일이 아니라는 걸 박샌댁은 알고 있었다. 그렇다고 남편 박샌의 멱살을 휘어잡을 힘도 용기도 결기도 박샌댁은 없었다.

동네 사람들은 남편 박샌의 말은 믿는지 안 믿는지 알 수 없지만, 믿어주었다. 믿어주는 것 같았다. 믿어주는 척하는지도 몰랐다. 그것이 박샌댁은 무서웠다. 무서워도 무서워한다는 것을 들키고 싶지는 않았다. 자기는 아무것도 모르는 사람인 것처럼 살고 싶었다. 그래도 무서운 것은 무서운 것이다. 박샌댁은 사실 정애한테 오기 전에는 정애가 가장 무서웠다. 이 세상에서 남편의 진실을 아는 사람은 오직 정애뿐인 것 같아서 그랬다. 그래서 정애가 오일팔인지 뭔지로 정신이 총총하지 못하다는 것이 안심이 되었다. 결국 박샌댁은 정애의 정신이 총총하지 못한 것에 안심하는 자신이 무서워졌다. 그런 무서움을 안고 정애에게로 온 박샌댁은 그러나 막상 정애 옆에 쪼그리고 앉자 해종일 그러고 있고 싶어졌다. 이발소고 뭐고 구판장이고 뭐고 딸기하우스고 뭐고 밤나무고 뭐고 다 잊고 그렇게 한하고 앉아 있고 싶어졌다. 둘은 한참 동안 흙 바람벽에 등을 기대고 앉아 아무 말도 않고 가만히 있었다.

달이 떴다. 귀퉁이가 조금 빈 상현달이었다. 그래도 사방은 환했다. 대나무 숲 가지 사이도 환하고 헛간에서 들락날락하는 생쥐들도 환히 다 보였다.

정애는 방 안에 스며든 달빛 아래 고요히 앉아 있었다. 방 안에 스며든 달빛에 비치는 대나무 그림자를, 그림자들이 살랑거리는 것을 가만히 바라보고 있었다. 정애는 살랑거리는 대나무 숲에서 오래전 가라앉아 있던 소리들이 일어나는 것을 들었다. 그것은 어머니 아버지가 사랑하는 소리였다. 그것은 처음에 가느다란 피리 소리처럼 들려왔다. 그러다가 점점 또렷해졌다.

우지 마소 우지 마소 오목오목 이쁜 사람아 우지 마소 꽈리때깔을 불어줄게 우지 마소 참지름으로 밥 비벼줄게 우지 마소.

그것은 분명 아버지의 노랫소리 같은 한숨 소리였다. 한숨 소리 같은 노랫소리였다.

흐어어어어엉 흐어어어어엉.

그것은 분명 어머니의 울음소리 같은 웃음소리였다. 웃음소리 같은 울음소리였다.

웅애애애애 웅애애애애, 아기 울음소리도 났다. 그것이 쌍둥이들이 내는 소리라는 걸 정애는 알았다. 이승에 오자마자 저승으로 가버린 그 여린 생명들이 내는 소리는 가녀리고도 애절했다. 서어엉, 서어엉, 나만 놔두고 어디 간가아, 가지 마소오 가지 마소오, 순애가 울었다. 순애야 우지 마라, 순애야 우지 마라 꽈리때깔을 불어줄게 우지 마라 침지름으로 밥 비벼줄게 우지 마라…… 한참 순애를 달래다보니 문득 영기와 명애가 생각났다. 영기와 명애는 어디 있을까, 영기야, 명애야, 너희들은 어디 있느냐, 어디 있느냐, 소리쳐 부르니 달빛이 출렁했다. 정애는 출렁하는 달빛이 그리는 무늬를 손가락으로 따라갔다.

달이 뜬 그 밤에 박샌댁이 한번 더 왔다. 지난번에 왔을 때는 아이, 아이,라고 부르더니 이번에는 어이, 어이, 하고 불렀다.

─어이, 어이, 있는가?

박샌댁이 쑥떡과 단술을 방바닥에 내려놓았다.

─오늘 지사를 지냈다네. 지사 음식은 이웃 간에 노나 묵는 것이잖어. 들소.

정애는 떡 한 귀퉁이를 떼어 먹고 나서 좀 전에 그리다 만 그림을 계속 그렸다.

—지금 기리는 것이 뭔 기림인가?

—달은 아무것도 안 먹고도 저 혼자 커져서는 구름 없는 밤에 혼자 출렁거리는데 우리 아버지와 어머니와 우리 순애와 우리 쌍둥이들이 출렁거리는 달빛을 타고 와서 나한테 뭐라고 하네요.

—내가 지난번에 자네한테 올 때는 솔직허니 말해서 상당히 복잡헌 맘으로 온 것이었네이. 자네도 내 복잡헌 맘은 알아주어야 혀. 허나 복잡헌 내 심사는 그냥 내 심사일 뿐이제 누구를 원망허겄는가이.

박샌댁이 코를 팽 풀었다.

—나는 일 구뎅이에 파묻혀 살면서도 실은 맘속으로 늘 딴생각을 하고 산다네.

박샌댁이 코를 훅 들이마셨다.

—내가 오늘 자네한테 오고 자펐던 것은 정말로 그냥 오고 자퍼서 왔어. 이렇게 달 밝은 밤에 자네가 보고 자퍼서 왔어. 너무나 오래돼서 새딱 빠진 소리한다고 할지는 몰라도 옛적에 내가 자네 집 사립문 부신 것도 자꾸 맘에 걸리고이. 그때는 내 진심이 아니었네이. 우리 집 그 인간하고 박자를 맞출라다보니, 본의와는 상관없이 그랬던 것이네이. 이것은 내 진심이여이? 나는 어쩐지 그려. 자네한테는 내 속에 있는 모든 말을 다 해도 안심이 될 것 같어. 그런 맘이 절로 들어가. 사람들은 자네를 미쳤

다고 할지 몰라도 나는 그렇게 생각 안 해. 미쳤다고 하기로 치면
자네를 미쳤다고 말하는 사람들도 미친 것은 다 한가지지. 세상
이 미친 거여. 미치지 않은 세상은 언제였을까. 나한테도 미치지
않은 세상이 있었을까. 딸한테 몹쓸 짓을 한 아버지는 미쳤지.
아버지가 미쳤다는 것을 모른 척한 엄마도 미쳤지. 식구들 다 미
쳤지. 동네 사람들 다 미쳤지. 나도 미쳤지. 내 속의 이 큰 슬픔
을 누구한테 말할까. 미친 세상에서 미치지 않는 사람들은 다 미
친 거여. 미친 세상에서 미친 사람만이 미치지 않은 거여. 그래
그런 거여. 정애 자네만이 미치지 않은 사람이여. 올바른 사람이
여. 아름다운 사람이여. 하느님한테 이쁨받는 사람이여. 슬픈 게
이쁜 거여. 슬픈 사람만이 하느님한테 이쁨을 받는 것이여. 어
이, 그런디 자네는 시방 뭔 기림을 기리니라고…… 옴마아, 참말
로, 종우 우에 기리면 뭔…… 아이갸 이것이 머시다냐.

　눈물이 어룽지는 박샌댁 얼굴 위에서도 달빛은 출렁거렸다.

　─어이, 자네가 부적 같은 것도 기린담서? 여기다 한장만 기
레주소.

　홍샌댁이 함지박에 담아온 쌀을 한옆에다 두고 종이와 연필
부터 내밀었다. 달빛 대신 방 안에 햇빛이 출렁거렸다. 정애는
햇빛이 만드는 무늬를 따라 손을 움직였다.

　─이것이 뭔 짐승이 지나간 자국이단가, 벌거지가 기어간 자

국이단가?

　—천지에 기댈 곳 하나 없는 마음이라야만이 우리는 인생에 대해서 생각을 하게 되는데 그럴 때 내 친구가 되어주는 햇빛은 이런 그림을 그리는 거예요.

　—웅이, 그려. 이것을 우리 순덕이 속곳에다가 붙여를 주면 그놈의 사우 자석이 뺄짓을 안허겠지? 그놈의 자석이 갤혼헌 지가 얼매나 됐다고 자꼬 밖으로 나돈다는 것이여 금메에. 우리 순덕이가 눈물 바람을 험서 온 것을 내가 또 눈물 바람을 험서 즈 그 집으로 쫓아 보내놓기는 했지마는, 영 맘이 편치를 못허네, 아조 그냐앙. 징애, 참말로 고맙네이. 자네는 나한테 늘 고마운 사람이여. 고맙네, 고마워.

　정샌댁이 왔다. 용순이 엄마가 왔다. 앞집 할머니가 왔다. 그들은 햇빛이 그리고 달빛이 그리고 바람이 그리고 구름이 그린 그림을 받아갔다. 그들은 그림을 받아가면서 구슬붕이를 놓고 가고 나생이를 놓고 가고 싸랑부리를 놓고 갔다. 서숙과 보리쌀과 감자와 팥과 콩을 놓고 갔다. 그들은 박샌처럼 돈을 놓고 가지는 않았다. 정애는 구슬붕이를 된장에 풀어 국을 끓여서 서숙밥을 먹고 나생이국을 끓여서 보리밥과 먹고 싸랑부리 반찬에 감자를 먹었다. 정애는 이제 구슬붕이가 되고 나생이가 되고 싸랑부리가 되었다. 그래서 구슬붕이나 나생이나 싸랑부리가 땅바닥에 납작 엎드린 것처럼 작은 몸을 더 작게 말아서 방바닥에 납작 엎드렸다.

　명애는 왜 언니가 오지 않나 생각했다. 가정방문을 온 선생님
이 물었다.
　──김명애, 아버지 어머니는 안 계시니?
　──안 계셔요. 다 돌아가셨다고 하대요. 오빠는 들어왔다 안
들어왔다 해요. 오빠는 쌀을 갖다주고 돈을 갖다줘요. 언니는 집
나갔어요. 완전히 미친년이에요.
　그렇게 말하고 나자 명애는 정말 자기가 혼자인 것을 알았다.
　──너를 돌봐주는 사람이 정말 아무도 없어?
　──영암집 아줌마가 있어요. 완전히 잔소리쟁이죠. 나를 보기
만 하면, 눈 희번덕이지 마라, 머리카락 좀 이마 위로 올려라, 옷
좀 빨아 입어라, 단것 먹지 마라, 언니 욕하지 마라, 어른한테 말
대답하지 마라, 너는 거지가 아니다, 별 지랄을 다 해요. 그래도
그 아줌마나 되니까 나 같은 애를 돌봐주지, 누가 돌봐주겠어요.
　──내가 너를 돌봐주마.
　──선생님, 숙자 아줌마가 그러는데요, 저는 거지가 아니니까
다른 사람이 돌봐주는 것을 좋아하지 말라고 그랬어요. 그 아줌
마는 자기 말 안 들으면 혼낸댔어요.
　선생님이 가고 나서 명애는 연탄을 갈고 이불에 발을 묻고 나
서 눈을 자꾸 찌르는 머리카락을 쥐어뜯었다. 이 세상에서 나쁜

것은 제 눈을 자꾸 찌르는 머리카락인 것만 같다고 생각하면서. 오직 머리카락만이 나쁘다고 생각하면서. 자꾸 눈물 나게 하니까 머리카락이 나쁘다고 생각하면서. 연탄불이 살아나면 밥을 해 먹을까, 라면을 끓여 먹을까도 생각했다. 명애는 또 왜 이 세상에 자기는 혼자인가도 생각했다. 초등학교 4학년인 명애는 알 수 없었다. 생각하면 할수록 나쁜 머리카락만 자꾸 제 눈을 찌를 뿐. 생각을 해도 해도 알 수 없었다. 머리카락에 찔린 눈만 자꾸자꾸 희번덕여질 뿐. 자기는 애초부터 혼자였던 것도 같고 아닌 것도 같아 신경질만 났다. 신경질이 나서 명애는 가위로 눈이나 찌르는 나쁜 머리카락을 싹둑싹둑 잘랐다. 머리카락은 방바닥에 흩어지고 옷자락에 달라붙었다. 머리카락 때문에 목덜미와 등덜미가 따끔거려서 명애는 또 신경질이 났다. 뭐라도 먹으면 좀 나아지려나 해서 연탄불을 들여다봤지만 연탄불은 살아나지 않고 꺼져 있었다. 새 번개탄을 사와서 연탄불을 살려볼까 하다가 집주인네 연탄불을 훔치려고 집주인네 부엌으로 살금살금 들어갔다. 혼자 사는 집주인 할머니는 낮에는 장사를 하러 시장에 나가 있어서 집은 비어 있었다. 집주인네 연탄불은 활활 타고 있었다. 불이 붙어 있는 윗연탄을 떼어내보려고 했으나 불이 세게 붙은 연탄은 아랫연탄과 꽉 붙어서 잘 떼어지지가 않았다. 그것들을 어떡하든 떼어내보려다가 그만 윗연탄과 아랫연탄 모두를 깨트리고 말았다. 연탄가스가 명애의 콧속으로 왕창 스며들었고 불이 붙은 연탄 조각이 제 옷에 튀어서 옷에 구멍이 났다. 집주인 할머니의 아들은 총 들고 도청에서 싸우다 죽었다 했다. 할머니는 장사하고 와서 부엌 화덕 옆에 쭈그리고 앉아 울면서 밥을 먹었다. 명애는 할머니 우는 소리가 지겨웠다. 꼭 귀신이 우는 소리 같아 신경질이 났다. 그래도 할머니는 명애한테 가끔 밥도 갖다주고 반찬도 갖다주는 착한 할머니다.

─ 내가 집안에 인쥐를 키웠구나.

명애는 하마터면 벌겋게 달아오른 연탄집게로 제 발등을 찍을 뻔했다.

─ 내가 몸이 아파 쉬려고 오늘은 좀 일찍 들어온 것이 잘못이여, 내 잘못이여이. 내가 쥑일 년이여.

그날 할머니와 밥을 먹고 할머니 방에서 잠을 자면서 명애는 그날따라 숙자도 안 오고 오빠도 안 들어온 게 다행이라고 생각했다. 안 그랬으면 작살이 났을 것을 생각하니, 꿈속에서도 몸이 떨렸다. 몸을 떠느라 그랬는지 아침에 일어나보니 이불에 오줌을 지렸다. 할머니는 명애한테 키를 뒤집어씌워서 숙자 집으로 쫓아 보냈다. 숙자는 명애한테 물바가지를 퍼부었다. 언니가 집 나갔어도 울지 않았으니, 까짓거 물바가지쯤이야 하고서 명애는 울지 않았다. 영암집 골목에 아침햇살이 부챗살처럼 퍼졌다.

영기는 돈을 주지 않는 북경반점 주인을 때려눕혔다. 주인은 배달 일 년 후에 주방 견습으로 써주겠다고 하고서 막상 주방 견습을 하니까, 견습한테 어떻게 돈을 주느냐고 버텼다. 영기는 북경반점 진열장의 술을 마셨다. 술값을 내라는 주인한테 돈을 주면 술값을 내겠다고 했는데, 주인이 고발을 하겠다고 나와서 그렇게 되었다. 북경반점에서 잘리고 북경반점 주인의 고소로 경찰서를 다녀오다가 화가 나서 야자수다방 출입문을 걷어찼다. 유리문이 박살이 났다. 다시 경찰서에 갈 것이 두려워 뒷골목으로 도망을 치다가 야자수다방에서 튀어나온 것이 분명한 그놈하고 부딪쳤다. 그놈은 가끔 야자수다방으로 양장피나 탕수육을 주문하는 놈이었다. 그놈이 발을 걸었다는 것을 알아챘지만 그놈이 쓰러진 영기 등을 밟고서 죽을 건지 살 건지 그것만 말하라고 해서 영기는 살겠다고 했다. 살려면 자기를 따라오라고 했다. 살려고 그놈을 따라간 곳은 간판도 없는 지하 술집이었다. 당구대가 놓인 술집이었다. 그놈이 소파에 다리를 꼬고 앉아 있는 가죽잠바 앞으로 영기를 데려갔다.

 ─예쁘게 생겼네.

 당구를 치던 건달들이 영기를 흘깃거리며 실실 웃었다.

 ─너 몇살이냐.

 영기는 제 나이가 몇살인가를 생각했다. 영기는 알고 있었다. 생존의 기술에는 언제나 제 나이보다 몇살을 더 얹어야 하는 것도 포함되어 있음을.

―스무살요.

습관적으로 쌍, 소리가 나오려는 걸 억지로 참았다.

―어디 갔다 오던 길이냐?

―경찰서요.

―아니, 이렇게 예쁘게 생긴 애가 그 험한 데는 왜?

북경반점 주인의 불어터진 면발 같은 쌍통이 떠올라 저절로 흥분이 되었다.

그러니까 말입니다. 분명히 약속을 했단 말입니다. 배달부 노릇 일년 하고 나면 주방 견습을 시켜준다고. 물론 주방 견습을 시작했어요. 그런데 그것이 다아 이 인간이 나를 공짜로 부려먹으려는 속셈으로다가…… 하다가 영기는 그만 입을 다물었다.

―어디에 있는 놈이냐, 그 나쁜 놈이.

―북경반점이라고……

―내가 가서 혼내주끄나?

―아니, 뭐 그러실 것까지는 없고…… 근데 여기는 뭐 하는……

순간, 뒤에서 주먹이 날아왔다. 발길질도 날아왔다.

―여기? 여기는 이런 곳이다, 마, 형님이 혼내주겠다는데 뭐? 그러실 것까지는 없고? 여기가 어디라고 새끼가 말대답이야, 말대답이 새꺄.

―야야, 예쁜 애 망가지겠다. 살살 해라. 북경반점이라고? 오

늘 저녁은 청요리나 한번 먹어볼까? 예쁜 아가, 안내 좀 해봐라.

가죽잠바가 일어섰다. 당구를 치던 건달들이 따라나섰다. 불어터진 면발은 이제 곧 곤죽이 될 것이다. 그것을 생각하니 고소한 것 같기도 하고 불쌍한 것 같기도 해 복잡한 심정으로 영기는 어두워오는 길을 나섰다. 영기의 어두운 길은 그렇게 시작되었다.

소나기가 한바탕 지나가고 난 상쾌한 초여름의 초저녁에 박샌은 이장으로서 형편이 어려운 사람들을 살피러 동네 한바퀴를 돌았다. 각하께서 갑자기 서거하시고 국가적으로도 어렵고 사회적으로 혼란스럽던 와중에 자신이 마을 이장이라는 중책을 맡게 된 것을 박샌은 운명처럼 받아들였다. 그런 제 운명을 생각하니 그는 마음이 무거운 것도 같고 또한 보람 같은 것도 느껴지는 것이었다. 그는 어려운 시기에 있는 국가와 사회를 위해 자신이 무엇을 할 수 있는가를 생각하였고 생각한 결과로 성심성의껏 어려운 이웃들을 돌보자고 마음먹었다. 그것이 마을을 위하고 사회를 위하고 국가를 위하는 길임을 명심하자고 그는 생각하고 또 생각하였다. 특히나 불도 켜지 않고 혼자서 꽁보리밥에 토장국을 말아 끼니를 때우고 찾아오는 사람도 없이 깜깜한 곳에서 홀로 앉아 있는 째보할매라든가, 정부구호양곡을 타서 돈을 만들어 쓰느라 정작 먹을 것이 없어 풀떼죽으로 연명하는 곰보영감 같은 사람들은 더욱 신경 써서 돌봐줘야겠다는 굳은 결심도 하고 또 하였다. 들고 간 것이 단지 사탕 한 봉지뿐인데도 우리 이장님 오시냐고, 공무로 바쁘실 텐데도 우리 같은 늙은이까지 챙겨줘서 얼마나 고마운지 모르겠다고 몸 둘 바를 몰라하는 노인들 앞에서는 눈시울마저 뜨거워지려고 했다. 아, 타인 때문에 눈시울이 뜨거워지는 것이 얼마 만인가. 아마 처음인 듯도 싶었다. 어려운 처지에 있는 사람을 보고 눈시울을 붉히는 자신이 참 좋은 인간인 것 같아서 박샌은 기분이 몹시 좋아졌다. 그리고 그 모든 어려운 이웃들을 살피고 돌보던 끝 무렵에 박샌은 그곳, 동네에서 가장 무성한 대나무밭 아래 달팽이처럼 엎디어 있는 집, 정애네 집 앞까지 가게 되었다. 김종택의 딸 정애. 도시로 갔다가 어인 일인지 미처 돌아온 정애. 제 입으로 오일팔 뭐라고 중얼거려쌓아서 정애가 그리된 것이 어렴풋이 짐작은 가지만, 꼭 그 때문만은 아닌 것 같기도 하고 또 그 때문이었으면 차라리 속 편할 것 같기도 한 묘한 심정이 드는 것은…… 복잡한 심정 따위는 내던지고 싶었다, 그 집 앞에만 오면. 그렇다, 사람은 때로 단순해질 필요가 있다. 착한 워리도 때로 도사견이 되지 않던가. 하나, 머릿속 생각을 한사코 지우고 마음을 되도록 단순하게 먹고 그 집 마당으로 들어가려는 발걸음을 붙잡는 것은 무엇이더란 말인가.

낮에 박샌은 오샌과 술을 한잔 했다. 박샌은 본인이 밝히지는 않지만 모종의 피치 못할 사정으로 도시를 떠나 시골 새마을도 정공장 공장장으로 초빙되어온 오샌의 어려운 사정을 언제까지나 외면만 하고 살 수는 없다고 생각하였다. 그것은 오샌을 초빙해온 당사자로서의 도리가 아닐뿐더러, 당장 오샌 말고 도정공장을 운영할 만한 기술과 능력과 자질을 갖춘 자를 영입하기는 쉽지 않을 것 같았다. 더구나 그 도정공장은 박샌의 영원한 마음속 대통령인 각하의 특별하사금으로 지어진 공장이 아닌가. 그런 공장을 놀리는 것은 박샌으로서는 용납할 수 없는 일이었다. 그것은 아버지에게 불효를 저지르는 일만큼이나 불경스러운 일로 여겨졌다. 사람은 누구나 실수를 할 수 있다. 한번의 실수를 가지고 그의 생존권까지 박탈한다는 것은 너무나 가혹한 처사다,라고 박샌은 생각하고 또 뇌었다. 오샌은 도정공장 공장장 직위가 해제되어서 도정공장에서 발생하는 수입이 차단당한 상태에 있지만, 마땅한 거처가 없어서 아직 도정공장에 딸린 방에서 거처하고 있었다. 박샌은 오샌하고 술을 마시면서 어떤 식으로 이야기를 몰아갈 것인가를 면밀히 계산한 다음에 오샌의 거처로 찾아갔다. 제가 견지해야 할 자세는 처음부터 끝까지 아량과 인간으로서의 도리라는 것만은 잊지 않는 것이었다. 아량과 도리는 원래부터 자신의 것이었다고 박샌은 수없이 생각하고 또 생각하였다. 그렇게 해서 아량과 도리는 이제 박샌의 것이 얼추 된 듯싶었다. 자신의 이장 취임과 함께 열린 새 시대의 캐치프레

이즈 또한 '정의사회 구현'이 아닌가. 아량과 도리만이 정의로운 사회를 구현할 수 있는 첩경일 것이라고, 박샌은 생각하고 또 생각하였다. 이장단 회의에서도 그 부분을 특히 강조하였다. 시대정신에 부합하는 태도는 인간에 대한 아량과 도리를 지키는 일이라고.

한편, 오샌은 오샌 나름대로 박샌이 찾아올 것을 대비해 여러 씨나리오를 작성해둔 참이었다. 오샌은 우선 박샌의 태도를 봐서 정애가 불렀던 노래를 언급할 참이었다. 그러나 그것은 최악의 경우였다. 사실을 말하자면 오샌은 굳이 정애가 노래로 부르지 않았더라도 증거를 대라면 얼마든지 댈 수 있는 박샌의 죄악상을 논하고 싶은 마음은 그리 많지 않았다. 박샌이 정애하고 이러쿵저러쿵한 사이라 해도 그것이 자기한테 해를 끼치지만 않으면 그것은 그들의 사생활일 뿐이었다. 인간적 도리로다가 몹쓸 짓을 한 것은 오히려 자기 쪽이라면 자기 쪽이라고 오샌도 생각하였다. 솔직히 동태를 들고 간 것은 자기에게도 무슨 흑심이 있어서였지 않았을까. 그런데 하필이면 그 대상이 박샌의 여자라는 것을 자기가 미처 인지하지 못한 것이 불찰이라면 불찰이었다는 것을 오샌은 자기 혼자 마음속 깊이 인정하였다. 그래서 일단 미안한 심정조차도 가지고 오샌은 박샌이 손을 내밀기를 기다리고 있던 참이었다. 물론 여차하면 자기가 알고 있는 선에서 박샌의 죄악상을 만천하에 폭로할 마음의 준비도 단단히 해두면서.

그렇게 두 사람은 마침맞게 쏟아지는 소나기를 감상하며 구판장에서 술잔을 나누었고 일은 생각보다 부드럽게 해결되었다. 박샌은 오샌을 다시 공장장 자리에 복귀시킨 자신의 아량과 도리를 생각하며 흐뭇하였고 오샌은 오샌대로 들추어서 자기한테 하나 이득 될 것 없는 말을 들추지 않고서도 다시 공장장으로 복귀할 수 있어서 흡족한 마음으로 그동안의 서운한 감정은 이로써 모두 풀린 셈이라고 박샌에게 거듭 감사를 표하느라 술값을 자신이 부담하였다.

박샌은 오샌이 자기의 죄를 들추지 않은 속내를 짐작은 했지만, 그것이 무서운 일이라는 것 또한 인식하고 있었다. 그러나 자신이 정애네 집으로 다른 때처럼 훌쩍 들어서지 못하는 이유가 굳이 오샌 때문만은 아닌 또다른 이유가 있는 듯도 싶었다. 비가 온 뒤끝이라 그랬는가, 왠지 대나무산 아래 엎드린 정애네 집에서 묘한 빛이 새나오는 것 같기도 하고, 알 수 없는 소리가 나는 것도 같은 기분이 들었던 것이다. 묘한 것은 질색이었다. 박샌은 서둘러 불빛이 환한 제집으로 돌아와버렸다. 제집으로 오는 길이 허전한 것 같기도 하고 시원한 것 같기도 했으나 박샌은 고개를 저어서 되도록 어떤 생각도 하지 않기로 설심하고 또 결심하면서 제집 대문 안으로 뛰듯이 들어가 소리쳤다.

—밥 차려라!

대나무가 소소거렸다. 대나무 사이로 스며든 달빛이 일렁거렸다. 헛간의 생쥐들이 부산하게 움직였다. 정애는 제가 먹던 밥을 헛간의 생쥐들에게 먹이고 제 그림자에게도 먹였다. 그래서 정애는 점점 작아졌다. 정애가 방바닥인지 방바닥이 정애인지 알 수 없을 정도로 작아져서 먼지 한 올만큼 작아졌다. 작아지고 작아져서 아주 없어져버린 순간부터 정애는 커지기 시작했다. 아무것도 안 먹고도 커지는 달처럼 정애는 먹지 않고도 점점 커졌다. 누가 돌봐주지 않아도 튼튼해지는 구슬붕이나 싸랑부리처럼, 누가 힘을 보태주지 않아도 저희들 스스로 땅 위로 솟구치는 그것들처럼 방바닥에 납작 엎드렸던 정애는 서서히 등을 펴고 일어섰다. 일어서는 정애 옷이 비늘이 떨어지듯이 아래로 떨어져내렸다. 그렇게 정애는 다시 태어났다. 갓 태어난 정애가 세 살짜리 정애를 밀어올렸다. 세살짜리 정애가 열살짜리 정애를 이끌었다. 열살짜리 정애가 열다섯 정애한테 후우, 하고 더운 숨을 불어넣었다. 정애는 이제 공중으로 날아올랐다. 봉창 안으로 달빛이 쏟아져들어왔다. 바람이 정애의 살갗을 부드럽게 어루만졌다. 정애는 바람을 타고 너울거리는 달빛 속으로 사뿐히 들어갔다. 정애를 태운 달빛이 대나무밭 위로 빠르게 솟구쳤다. 대나무들이 일제히 소소거렸다. 소소거리는 대나무들은 마치 진언을 외듯이 너울거렸다.

수리수리마수리 수수리 사바하 옴 도로도로 지미 사바하 아
바아바사옹기샹가바.

소소거림과 너울거림을 타고 정애는 빛 속으로 들어갔다. 빛
속으로 들어간 정애는 이제 빛이 되었다. 빛 속에서 서른살 정애
가 달려왔다. 쉰살 정애가 노래했다. 노랫소리는 바람을 타고 이
렇게 울려퍼졌다. 아아아아아이이리리리리링이이이이오오오오
이이이이리리리리……

노랫소리에 맞추어 백살의 정애가 춤을 췄다. 나뭇잎처럼 팔
랑거리기도 하고 벌레처럼 꿈틀거리기도 하고 바람처럼 살랑거
리기도 했다. 모든 정애는 그렇게 노래 부르고 춤추며 달빛을 타
고 갔다. 강을 넘고 산을 넘어 갔다. 마을 지나서 가다가 어느 집
뒤 가죽나무에 앉아 쉬었다가도 갔다. 빨랫줄에 걸린 이불 홑청
에 매달려 그네를 타다가 갔다. 빈 개 밥그릇에 햇빛 한 줌, 바람
한 줄기 넣어주고도 갔다. 그렇게 저렇게 해찰도 하면서 가고 가
고 또 갔다. 오르고 오르고 또 올랐다. 올라서 내렸다가 또 갔다.
가다가 오고 와서 또 갔다.

박쥐들이 정애를 배웅하듯 대나무밭 위로 날아올랐다. 이번
에는 한국을 위해 짖으라고 시끄럽게 하지도 않고 조용히 날아
올랐다.

─분명히 내 눈으로 똑똑히 봤단 말이시.

─나도 보긴 본 것 같어. 그것이 그렇게, 붉은빛이었던가, 푸른빛이었던가, 하여튼지 간에 뭔 불이 저 대나무밭 너머로 휘딱 지나가더라고.

─불이 꼭 용 같기도 허고이. 용 한마리가 올라가는 것 같더라고.

─그것이 그렇게, 혼불 아니었으까?

─그런가 아닌가 한번 가서 보더라고.

동네 아낙들이 정애네 집으로 몰려가는 이른 아침에 주황색 능소화가 흐드러지게 피어 있었다. 붉고 하얀 접시꽃도 피어 있었다. 나팔꽃도 피어 있었다. 길가 담 밑에 봉숭아도 조롱조롱 피어 있었다. 아침 이슬을 함빡 받은 달개비꽃도 피어 있었다. 세상은 온통 꽃 천지였다. 뿐이랴. 감나무 이파리도 반짝이고 팽나무 이파리도 반짝이고 홰나무 이파리도 반짝이고 대나무 이파리도 반짝였다. 꽃은 휘황하고 잎은 반짝이는 초여름 아침이었다.

─어이, 어이, 있는가아? 죄용허네.

정샌댁이 물러났다.

─어이, 나 왔네, 나 순덕이 어매여. 자네가 우리 순덕이 영판 좋아허잖어. 소리가 안 나.

홍샌댁이 물러났다. 용순 엄마가 나섰다.

─징애야아, 징애야아, 나다, 문 열어라. 내가 여끄나아?

용순 엄마가 살그머니 문을 열었다. 방 안은 비어 있었다. 아니, 정애가 입던 옷만 꼭 정애가 그러고 있는 것처럼 엎디어 있었다.

— 옷만 있고 없네. 암도 없어.

용순 엄마가 심상하게 말했다. 그러나 심상한 것은 어떤 두려움을, 놀라움을, 슬픔을 가리기 위한 연기에 불과하다는 것을 그곳에 모여든 아낙들은 직감으로 알고 있었다. 정애가 영원히 사라졌다는 것을. 정애는 이제 다시는 돌아오지 않을 것임을. 정애는 어디로 갔을까. 허물을 벗듯이 옷조차 벗어놓고 어디로 간 것일까. 그들이 어젯밤 본 그 빛을 타고 갔을까. 그것이 정애가 가는 길을 비추어준 빛이었을까. 누가 기별을 했는지 칠봉사 스님이 절에서 키우는 동자승과 함께 왔다.

— 시님, 몸도 성치 않은 야가 어디로 갔을까요?

— 전들 압니까. 어디 먼 데로 갔겠지요. 아주 먼 데로.

— 죽었을까요?

— 알 수 없지요. 산을 넘어갔는지 강을 건너갔는지 알 수 없지요. 나무관세음보살.

아낙들이 일제히 울음을 터뜨렸다. 마치 꽃잎들이 터지듯이. 누군가는 정애로부터 받은 부적 때문에, 또 누군가는 부적을 받아두지 못해서 아낙들은 한나절이 다 되도록 울음을 그치지 못했다. 뭔가 미안하고 뭔가 허전해서 아낙들은 울었다. 그렇게 울

고 나서 아낙들은 정애네 집을 깨끗이 청소하고 각자의 집으로
갔다.

*

어느날, 장에 갔다 온 누군가 장터에서 정애를 봤다고 했다.
정애가 석균이 손을 잡고 장터 국밥집 사이로 다정하게 웃으며
걸어가더라고 했다. 산에 갔다 온 누군가는 또, 산에서 정애를
봤다고 했다. 정애가 옛날 담뱃집 딸 단이같이 짐승처럼 산발하
고 굴속에서 나와 해바라기를 하고 있는데, 처음에는 정말 짐승
인 줄 알고 놀라서 도망갔다가 멀리서 보니 정애가 틀림없더라
고 했다. 또 도시를 갔다 온 누군가는, 도시 번화가 한복판에서
정애를 봤다고 했다. 번화가 한복판에 주질러앉아 오는 사람 가
는 사람 발에 정애가 차이면서도 원래부터 그 자리가 제자리인
듯 꼼짝도 않고 부처님처럼 아주 꼿꼿하게 앉아서 오는 사람 가
는 사람을 구경하더라고 했다. 정애를 보고 왔다는 사람들의 말
을 좇아 또 누군가는 정애를 봤다는 곳을 가봤지만 그곳에 정애
는 없었다. 정애는 사방에 있었고 정애는 아무 데도 없었다. 햇
빛이 나고 바람이 불고 눈이 오고 비가 오고 눈이 멎고 비가 개
고 또 햇빛이 났다. 비가 오는 날 빗속에서 정애 소리를 들었다
는 사람도 있었다. 볶은 콩을 까먹으며 일없이 집시랑물 떨어지

214

는 소리를 듣고 있는데 어디선가 정애가, 나도 콩 좀 줘요오, 하
더라는 것이다. 햇빛 나는 날, 정애 그림자가 햇빛 속에서 어룽
거리는 것을 봤다는 사람도 있었다. 콩밭을 매고 있는데 햇빛 속
에서 정애가 나타나, 나도 같이 매요, 하면서 자기 옆에 앉더라
는 것이다. 그래서 한참을 정애하고 이 이야기 저 이야기 하다가
날이 저물고 보니 정애가 없어졌다는 것이다. 그리고 또 햇빛이
나고 바람이 불고 눈이 오고 비가 오고 눈이 멎고 비가 개고 햇
빛이 났다. 누군가가, 정애는 진작에 햇빛이 되었고 바람이 되었
고 비가 되었고 눈이 되었는지도 모른다는 말을 했고, 그래서 이
제 사람들은 햇빛이 나면 가끔 정애를 생각하기도 하다가 잊어
먹기도 하다가 바람이 불면 혹시 정애 소리가 나나 하고서 귀를
기울여보기도 하다가 말기도 하면서 잠이 들고 잠을 깨고 일을
하고 다시 잠이 들었다. 그러면서 정애는 잊혀졌다. 그렇게 또
한 세월이 지난 어느 봄날, 노망든 용순 엄마가 양지쪽 흙 바람
벽에 기대 자울자울 졸고 있을 때 햇빛 속에서 정애가 걸어나와
서, 그늘로 가서 저랑 이야기나 하자고 하는 것이었다. 용순 엄
마가 하면, 그러고말고, 그러지야, 하면서 일어서는 순간 정애가
안 보여서 아이, 징애야아, 너 어디 가 섰냐,고 불렀으나 대답이
없었다. 엥이, 시부러갈 년, 내가 노망들었다고 오만 것들이 다
괄세를 하네, 하면서 용순 엄마는 다시 자울자울 졸기 시작했다.
졸고 있는 용순 엄마 머리 위로 목련 꽃잎이 사뿐 떨어져내렸다.

강 너머 미루나무

나무는 창문 너머에 있었다. 쇠창살 너머 운동장 너머 담 너머 또 그 담 너머로 삐죽이 솟아올라 있었다. 나무는 너무 멀리 있었다. 멀리서 보기에 나무는 은행나무 같기도 하고 미루나무 같기도 했다. 그 나무의 우듬지에 노르스름한 기운이 감돌았다. 소지인 형순이 식구통 안으로 밥을 넣어주며 아, 씨발, 봄이다 봄, 많이들 처먹어라,라고 뇌까렸다. 묘자가 꿈을 꾸고 난 아침이었다.

꿈에 오포집 마당에 채송화가 가득 피어 있었다. 첫째 마당에만 피어 있는가, 했는데, 둘째 마당에도 피어 있었다. 셋째 마당에도 피어 있었다. 오포집 사람들은 채송화 오솔길을 걸어 자기

방으로 들어갔다. 박용재도 그 꽃길을 걸어 묘자가 기다리고 있는 방으로 쏙 들어왔다. 그가, 박용재가 왔다.

─여보, 밥 먹자.

묘자는 부엌에서 밥상을 들고 나와 툇마루에 놓는다. 그는 등목을 하고 나오면서 머리에 묻은 물기를 '동아카센터직원야유회기념'이라고 쓰인 수건으로 탁탁 털어낸다. 툇마루 앞에는 작은 화단이 있고 화단에는 붉은 맨드라미가 석양빛을 받아 더욱 붉다. 그 집은 오포집이긴 오포집인데 또 새로 이사한 집이기도 하다. 묘자는 붉은 맨드라미 이파리로 물들인 기정떡을 해서 방방마다 이사 턱을 돌린다. 묘자가 입은 옥양목 앞치마가 희다.

─여름에는 우리 맨날 여기서 밥 먹자. 맨드라미도 보면서.

툇마루에 차려놓은 밥상 앞에 앉은 그의 등허리가 방금 등목을 하고 났는데도 다시 땀으로 얼룩져 있다. 묘자는 햇볕에 잘 말린 까실까실한 수건으로 그의 등을 닦아내린다. 그의 등허리에 난 붉은 사마귀와 북두칠성 점이 또렷하다. 묘자는 탄탄한 그 등허리에 뺨을 댄다. 그의 냄새를 맡는다. 싱싱하고 들큰하고 편안한 냄새가 난다.

─야아, 방이 너무 넓다. 이번에 월급 타면 장롱이라도 들여야지 원.

묘자는 집주인네 방에 있는 자개장롱을 눈여겨보아둔다. 공작이 길게 꼬리를 늘어뜨린 아름다운 장롱이다. 묘자는 그의 순가락에 구운 갈치 살을 발라 얹어준다.

— 테레비도 사서 문화생활도 즐겨야지. 아따, 겉절이가 고기보다 맛나다야.

묘자는 그가 밥을 먹는 것을 바라보며 아기한테 젖을 물린다. 아기 목에 젖 넘어가는 소리가 꿀럭꿀럭, 탐스럽다. 어느새 또 방 안에는 티크장롱이 들어와 있다. 라디오에서 나오는 노랫소리에 맞추어 아기가 묘자 등허리에서 엉덩이를 들썩이며 춤을 춘다. 아기의 팔다리는 통통하고 뺨은 붉다. 묘자는 음식이 든 찬합 바구니를 들고 그는 아기를 안고 나들이를 간다. 방금 전까지 환하던 날이 갑자기 어두워진다. 어마어마하게 무겁고 두꺼운 구름장이 바로 이마 위에까지 내려와 있다. 그 어름 어디선가 그와 아기가 보이지 않는다. 사방을 둘러봐도 낮게 내리누르는 시커먼 구름장뿐이다. 묘자는 그와 아기를 찾다가 목 놓아 운다.

꿈에 울음을 울고 깨어난 아침이면 목이 부어서 밥이 잘 넘어가지 않았다. 밥도 안 넘어갈 뿐 아니라 헛헛하기가 이루 말할 수 없었다. 자기만 버려두고 그와 아기가 어디선가 지금 살고 있는 것만 같았다. 티크장롱이 있는 집에서 살면서 둘이서만 나들이도 가고 재미나게 살고 있는 것만 같았다. 이 세상에 없는 그와 아기야말로 어디선가 잘 살고 있는 것만 같았다. 그와 아기가 이 세상에다 자기를 버려둔 것만 같다는 터무니없는 야속한 생각 때문에 묘자의 시선은 허깨비처럼 허공에만 걸려 있었다. 그는 정말 죽은 것일까. 혹시 그냥 죽은 척만 했던 것이 아니었을까. 아기도 혹시 살았던 것이 아닐까. 유산입니다, 하고 말하던 의사의 표정이 왠지 느물거리는 것도 같았는데……

허공에만 눈을 맞추는 묘자한테 아무도 말을 걸지 않았다. 누가 말을 걸어와도 묘자는 대답하지 않았다. 묘자는 박용재와 아기가 살고 있는 저세상으로 가고 싶었다. 저세상이 아닌 이 세상은 묘자에게 아무 의미 없는 세상이었다. 그런 묘자를 보는 사람들에게는 또 묘자가 이미 이 세상 사람이 아닌 것 같았다. 묘자는 딴 세상을 사는 사람 같았다. 바람피운 남편을 죽이고 들어온 박옥자가 강묘자 저년 완전 또라이니 상대하지 말라고 해서 묘자는 감옥 안에서도 혼자가 되었다. 혼자가 된 묘자는 운동 시간마다 운동장과 감방 사동 사이 버려진 손바닥만한 땅을 일구었다. 땅을 갈아엎고서 거름을 한 다음에 거기에 무슨 씨앗이든 얻어서 심고 싶었다. 겨울을 난 흙은 아직 얼음기가 섞여 있었다. 거름발도 없었다. 묘자가 일구어놓은 흙 사이로 봄 햇살이 간지럽게 스며들면서 얼음기는 촉촉한 습기로 변했다. 이어 습기는 아지랑이가 되어 공중으로 날아갔다. 습기가 아지랑이 되어 날아가는 그 어름이었을까, 흙을 다 일구어놓고 햇빛이 어지러워 실눈을 뜨고 있는데 깜빡 졸음이 왔다. 졸음이 온 그 어느 순간에, 뭔가가 제 콧잔등을 살살 간질이는 느낌이 들었다. 이어서 바람 한 줄기가 불어왔는데, 그 바람 속에서 문득, 정애 소리가 들리는 것 같았다. 묘자야아, 묘자야아, 나야, 나. 깜짝 놀라 눈을 떴는데 뒷덜미가 간지러웠다. 손을 뒤로 가져갔더니, 웃음소리가 났다. 까르륵. 분명히 정애 웃음소리였다. 야이 가시내야, 장난치지 마, 하는데 도둑년 형순이, 내가 뭘 어쨌다고 그러냐 씨발년아, 들어가라, 들어가, 하면서 묘자 등을 후려쳤다.

면회를 온 숙자에게서 비 냄새가 났다. 비 오는 날은 운동을 할 수 없었다.

─아이, 뭣이 제일 먹고 싶으냐?

숙자가 물었다. 묘자는 먹고 싶은 것이 무엇인지를 생각했다. 꿈속에서 그가 먹던 것들이 생각났다. 숯불에 구운 갈치, 막 담근 겉절이 그리고 맨드라미 붉은 꽃잎으로 물들인 기정떡인 것 같았다. 묘자는 오직 그것들만이 먹고 싶었다. 꿈속에서 본 그것만. 그러나 꿈속에서 본 그것들을 어떻게 말로 설명할 수 있겠는가. 그냥 구운 갈치가 아니고 꿈속에서 본 구운 갈치여야 하는데. 그냥 겉절이가 아니고 꿈속에서 본 겉절이여야 하고 꿈속에서 본 기정떡이어야 하는데. 그래야 하는데. 그래서 묘자는 대답을 할 수가 없었다.

─빵에서는 무엇보담도 지름기 있는 것이 좋아. 몸에 지름기가 있어야 근력이 생기는 법이여. 빠다 한 통 차입시켜놨응게 끼

니때마다 밥에 비벼 먹어라이. 아이, 묘자야, 근디 너 어째 그러냐? 니가 묘자냐? 묘자가 아니냐? 묘자 니가 묘자 넌가, 아닌가보게 말 좀 해봐라.

묘자는 사실 그다지 할 말도 없고 하고 싶은 말도 없고 말을 하고 싶지도 않았지만, 자꾸 말을 하라고 하니 안할 수가 없었다.

——정애가 왔어요. 정애가 내 콧잔등을 간지릅히더만요.

——정애는 죽었단다. 아니여, 어디로 가부렀단다. 영기가 가서 본게, 금도 망도 없이 없어져부렀다고 허드라. 그런디, 정애가 여그를 와야? 그러먼 가가 뭔 죄를 저질르고 빵에 들어온 것이끄나? 가한테도 면회를 가야 헐란개비. 아이고, 내 팔자야. 이것이 뭔 일이다냐. 한 년도 아닌 두 년씩이나 가시내 년들 옥바라지가 뭔 일이여, 씨부갈. 아이, 근디 정애가 뭐라 그러디? 뭔 일로 들어왔다디?

숙자가 빵이라고 한 것이 먹는 빵인 줄 알았다가 묘자는 그제서야 그것이 감옥을 말하는 것임을 알았다.

——정애가 내 뒷덜미도 간질였어요.

——쳐 넘병들을 하네. 깜빵이 뭔 즈그늘 놀이터여, 뭐여. 여가 뭔 존 데라고 간지릅밥이나 멕이고 지랄들을 한다냐. 존 일 한다고 자중자애하라고 해라. 갸 있는 데가 어디다냐?

——몰라요. 햇빛 속인 것 같기도 하고 바람 속인 것 같기도 하고.

——떼끼, 가시내야. 빵깐 들어오더니 이제 아주 어른 놀리는

것까지 배웠는갑네이. 그건 그렇고, 아이, 묘자야, 내 말 좀 들어봐라. 어떤 사람이 나를 좋다고 했을 때 나 좋다는 그 맘을 무시하면 내가 나쁜 년이 되겠지이?

숙자의 말이 무슨 맥락에서 나오는 말인지를 알지만, 짐짓 모른 체하고 묘자는 숙자에게서 나는 비 냄새만 맡았다. 비 냄새는 개 냄새 같기도 하다. 비를 맞고 들어온 그에게서도 늘 개 냄새가 났다.

―당금이 년한테 이 말 했다가 구사리만 실컷 묵었단다. 딸년이라고 하나 있어도 에미 말이야 하면 지 발샅에 때만치도 못 알아주니 원. 얻다 물어볼 데가 없어서 내가 이렇게 너를 찾아왔다.

숙자가 자기 좋다는 사람 맘을 무시하면 자기가 나쁜 년이 될 거라는 말을 반복하는 사이 면회 시간이 끝났다. 숙자가 왔다 간 뒤에는 피로가 몰려왔다. 그럴 때면 눈을 감아버리면 된다. 막 잠이 들려는 순간, 옆구리께 어딘가가 간지러웠다. 부연 전등불 아래서 옆 사람들은 다 자고 있었다. 옆구리 쪽으로 손을 가져갔더니, 누군가 손을 잡았다.

묘자야, 나야, 나.

낮에 오더니 밤에도 오냐?

잠도 안 오는데 이야기나 하자.

여긴 감방이라 이야기를 못해.

그럼 내가 너를 여기서 꺼내줄게. 나만 따라와. 자, 눈을 감고

222

내 손을 잡아.

묘자는 눈을 감았다. 눈을 감자 비로소 정애가 또렷이 보였다. 정애는 예전 새정지 살 때의 정애였다. 단발머리에 얼굴은 까맣고 눈만 반짝이는 정애였다. 정애는 감나무 아래 흙바닥을 뽁뽁 기어다니는 아기였다가 장다리밭에서 날아온 흰나비 뒤를 뒤뚱 뒤뚱 따라가는 세살짜리인가 하면 또 산에서 썩은 장작을 주워 오다가 산감한테 들켜서 개골창에 처박혀 덜덜 떠는 열살짜리 이기도 했다. 그런가 하면 또 뿌연 시멘트 가루 속에서 흰 이만 드러내놓고 우는 건지 웃는 건지 알 수 없는 표정으로 모래를 여다 나르는 열다섯 무렵의 정애가 되기도 했다. 머리를 산발한 스무살 넘은 정애가 잠깐 비쳤다가 모습은 사라지고 분명히 정애 목소리인데 무척 나이 먹은 정애가 묘자야아, 묘자야아, 부르는 소리가 났다.

묘자야아, 나를 따라와라. 장다리밭에 흰나비 따라가듯 나를 따라와라.

정애가 제 손을 이끌고 어디론가로 갔다. 차츰 낯익은 풍경이 눈앞에 다가왔다. 하얀 신작로, 신작로 가의 미루나무, 강, 강변의 자갈밭, 밭, 청보리밭, 콩밭, 콩밭 옆의 꾸지뽕나무, 꾸지뽕나무 밑의 나리꽃, 점박이나리꽃, 나리꽃 속 꽃뱀, 주황색 애기 뱀, 논, 논 가운데 둠벙, 둠벙 가의 미나리꽝, 시냇물, 시냇물가의 버들개지, 버들개지 밑의 송사리. 산, 산속의 공비 굴, 단이가 살던 굴, 마을, 초가집은 없어지고 새마을로 울긋불긋해진 마을의 지붕들. 그곳은 새정지였다. 정애는 묘자를 새정지에 데려다놓았다. 그렇게 정애는 묘자를 새정지에 데려다놓고 숨어버렸다. 정애야, 정애야, 불렀는데, 바람 소리만 났다. 쏴아쏴아, 파도 소리 같은 대바람 소리만 났다.

엄마가 시집간 동네에 사는 영택이가 곡괭이로 소 무덤을 파헤친다. 그믐밤은 바로 옆 사람도 안 보이게 어둡다.

야, 살살 해. 그러다가 소까지 아작나겠다, 새꺄.

그럼 니가 해라, 새꺄.

영택이가 내팽개친 곡괭이를 순길이가 추켜든다. 곡괭이 날이 어둠 속에서 번쩍거린다. 영택이 누나 진순이가 벌려진 흙더미를 삽으로 쳐낸다. 묘자는 망을 본다. 그 애들은 묘자가 오리막에 가만히 앉아 있는데 살살 다가와서, 망을 좀 보아주라고 했다. 아이, 망 좀 봐주라. 그들은 묘자에게 콜라를 한 병 내밀었다. 묘자는 콜라를 마시면서 망을 본다. 망을 보는 것처럼 하면서 개울 쪽을 본다. 콜라는 독하다. 묘자는 소고 뭐고 개울가 오리막에서 오리들이 물놀이하는 것을 바라보고 싶다. 오리들을 누가 훔쳐가지나 않을까, 조바심이 난다. 누군가 잡아가고 용순이가 훔쳐가고 남은 마지막 다섯마리의 오리들이다.

지금 영택이와 순길이가 파헤치고 있는 소는 순길이가 키우던 소다. 순길이는 죽은 소와 정이 들었다. 순길이는 아침에 소를 강가로 몰고 가서 말뚝을 박아놓고 학교에 갔다. 순길이는 학교가 끝나고 하루 종일 강가에서 풀을 뜯어먹어서 배가 빵빵한 소의 잔등에 올라타고 집으로 왔다. 순길이는 소 잔등에 가마니 하나 걸치고 올라앉아서 버들피리를 불었다. 때로는 그 위에서 끄떡끄떡 졸기도 했다. 순길이 아버지는 새정지 이장에게서 그 소를 배냇소로 가져다 키워서 새끼를 한 배 내고 이장에게 돌려주었다. 소는 이장네에서 몇년 더 살다 늙어서 죽었다. 이장에게도 그 소는 식구 같았다. 논밭을 일구고 짐을 날라주고 집안의 일꾼 노릇을 다한 소는 죽었다. 마음이 어진 이장은 소 무덤을 만들었다. 저하고도 정이 들었던 소를 이제 순길이는 훔쳐내서 고기로 팔거나 제가 먹으려고 밤에 온 것이다.

순길이는 곡괭이로 무덤을 파헤치면서, 똘배야아, 하고 운다.

야, 조용히 해 새꺄.

영택이가 순길이에게서 곡괭이를 빼앗는다.

너 같으면 안 울겠냐, 새꺄.

사는 것이 다 그렇지, 새꺄.

순길이와 영택이가 새꺄, 새꺄 해가며 파헤친 흙더미 아래로 그날 낮에 파묻은 소가 길게 누워 있다. 진순이와 진순이 사촌 미순이가 부지런히 흙을 쳐낸다. 묘자는 물소리를 듣는다. 묘자는 죽은 소를 보고 싶지 않다.

물가 오리들이 걱정된다. 모내기 철이라 논으로 들어가는 물 때문에 물이 없다. 오리들은 물놀이를 못해 털이 푸석푸석하고 다리가 휘청거리고 눈이 개개 풀렸다. 묘자는 밤에 논으로 들어가는 물꼬를 막고 오리들 목욕을 시켜야 한다. 목욕을 시키는 동안 지켜보고 있지 않으면 또 오리가 없어질지 모른다. 지난번에도 없어진 오리를 찾느라고 묘자가 강가까지 갔다가 지쳐서 돌아오는데,

—아이, 너는 왜 그렇게 바퀴 빠진 구루마같이 터덜거리냐.

새마을도정공장 건설현장에서 흰 남방에 속이 훤히 보이는 지지미 바지를 입고 맥고모자로 부채를 부치며 술을 마시던 박샌이 말을 붙여왔다. 박샌 뒤에서 연쇄점 김주사와 부로꾸 찍는 남자와 새마을건설을 하기 위해 어디선가 온 인부들이 실실 웃고 있었다.

—우리 오리가 없어져부러서요.

—필시 뭣이 잡아먹은 모냥이구나.

—그것이 무엇일까요?

—글쎄다. 비암이나, 구렁이나…… 사람이거나 그렇겄지.

묘자는 그때 알았다. 오리를 잡아먹은 것은 다름 아닌 박샌임을. 박샌과 연쇄점 김주사와 김주사네 함바집에서 밥을 먹는 인부들임을.

묘자는 오리들이 있는 물가에 신경 쓰느라 누군가 소 무덤 쪽

으로 오고 있는 기적을 알아채지 못했다. 어둠 속에서 건장한 남자들이 나타난다. 아이들이 도망을 간다. 묘자만 홀로 우뚝 서 있다.

―이년은 왜 도망 안 가?

부로꾸 찍는 남자가 묘자를 획 떠민다. 김주사도 있다. 김주사가 눈을 부릅뜬다.

―으이, 으이!

기합을 넣듯이 눈으로 위협한다.

박샌이 어둠 속에서 그들을 기다리고 있다는 것을 묘자는 안다. 아무리 어둡다지만 박샌의 흰 맥고모자가 소 무덤 뒤, 소나무 뒤에 둥그렇게 드러나 있다. 부로꾸 찍는 남자와 김주사와 그리고 인부 몇몇이 죽은 소를 끌어낸다. 부로꾸 찍는 남자가 부르르 진저리를 치며, 묘자를 보고 흐흐흐, 웃는다. 웃으면서 묘자 가슴을 움켜쥔다.

―아다라시네, 아다라시여.

한쪽 눈이 짜부라진 인부가 자기도 한번 만져보자고 한다. 부로꾸 찍는 남자가, 내 것을 함부로 만지지 말라고 말하며 흐흐흐 웃는다. 인부가,

―이년을 주개부러야 뒤탈이 없을 텐데.

묘자를 향해 입바람을 분다.

김주사가 다시 한번 위협한다.

—주둥아리 함부로 놀리면 너도 소가 된다이. 아이, 그런디 그 콜라는 어디서 났냐?

묘자는 말하지 않는다.

—요새 콜라가 자꾸 빈다 했더니, 이년이 바로 그년일세. 너 나중에 꼭 한번 보자이.

그들이 끌고 온 트럭이 움직인다. 묘자는 오리막으로 간다. 어디선가 정애 노랫소리가 들린다. 그것은 대나무숲 속에 가라앉아 있다가 바람이 불면 일어나는 노랫소리다.

우리 집 다무락에 도야지 피는 끈적끈적 이발소 솥단지에 도야지 지름이 찐덕찐덕.

노래는 개울 너머, 우물 너머 대나무숲 쪽에서 들려온다. 묘자는 제 뻣뻣해진 다리를 물속에 담근다.

—아이, 아이, 구주막집 아가, 나 좀 보자.

물동이를 이고 가다 걸음을 멈추고 정샌댁이 묘자를 불러 세운다.

—아가, 요새 느그 집은 뭣을 묵고 사냐.

묘자는 할머니와 제가 무엇을 먹고 사는지를 생각한다. 묘자와 할머니는 밀개떡으로 살다가 얼마 전부터 썩은 감자를 우려서 밑에 가라앉은 것으로 감자떡을 해 먹고 산다. 그러나 묘자는 이것저것 먹고 산다고 말한다. 때로는 뱀도 잡아먹고 때로는 새도 잡아먹고 때로는 쥐도 잡아먹고 그마저도 없으면 쥐약이나 농약도 먹을 수 있다고 말하려다 그만둔다.

──이따가 밤에 우리 집으로 와봐라.

묘자는 밤을 기다려 정샘네로 간다. 정샘댁이 희미한 전등불 아래서 삼을 삼고 있다가 부리나케 묘자 손을 정짓간으로 이끈다. 정짓간은 캄캄하다. 오래 묵은 그을음 때문에 더 캄캄하다.

──훤헌 디서 너를 어치케 야단을 치겄냐. 내가 뭣도 줄 겸 죄용히 할 얘기가 있어서 너를 불렀다.

정샘댁이 미숫가루 한 양재기를 부뚜막에 놓고 묘자 앞에 다가앉아 손을 잡는다.

──내가 너한테 할 얘기는 아니다만, 어쩌겠냐. 니가 우리 논에 물을 막아불면 우리는 굶어 죽는다이. 존 일 헌다고 앞으로는 물꼬를 막지 마라이?

묘자는 정샘댁네 솥단지를 열어보고 싶다. 거기 아직도 정애네 닭들을 삶고 있는지 알아보고 싶다.

──니가 자꼬 물꼬를 막는 통에 내가 밤이면 밤마다 애까심을 헌다 아조. 물꼬를 막아불면 오리야 살겄지마는 사람이 죽을 판이다. 오리가 중허냐, 사람이 중허냐.

정샘댁이 오리가 중허냐, 사람이 중허냐,고 묻는 것은 그렇게 물으면 묘자가 아무 대답도 못하리라는 것을 알기 때문이라는 걸, 묘자는 안다. 그래서 어쩌는가 보려고, 오리가 중허지요, 했더니 정샌댁이 웃는다.

　—그려, 오리가 중허다, 오리가 중혀.

해놓고 정샌댁이 정색을 하고 다시 한번 말한다.

　—물꼬 막지 마라이.

　정샌댁 눈에 눈물이 글썽인다. 끝까지 싫다고 하려다가 정샌댁 눈물에 그만 마음이 약해져 고개를 끄덕인다. 미숫가루 양재기를 들고 어두운 길을 더듬어 온다. 뒤에서 누군가 어흥, 하고서 묘자 어깨를 잡는다. 묘자는 미숫가루 양재기를 땅바닥에 떨어뜨린다.

　—아이고메에, 이것을 어쩔끄나아.

　진순이가 미숫가루를 쓸어담는다. 어두워서 흙도 들어가고 돌도 들어갔을 것이나, 묘자는 진순이 쓸어담은 미숫가루 양재기를 받아든다.

　—이런 말을 너한테 묻기는 쫌 그렇지마는……

　진순이가 묘자를 따라온다. 나한테 할 이야기가 아니면 안하기를 바란다는 말을 하고 싶지만, 그러면 진순이 무안을 탈까봐 꾹 참는다.

　—너 그날 그 남자 거기서 봤지?

　묘자는 누구를 말하는지 알지 못하므로 그냥 집으로 가는 길을 간다.

　—너 자꾸 이런 식으로 피하면 죽을 줄 알아.

죽은 소를 끌어간 사람들이 죽이고 남은 자신을 진순이 마저 죽일 것을 생각한다.

—야, 씨발년아.

진순이가 갑자기 묘자 머리채를 휘어잡는다.

—내가 다 봤어이, 그놈이 니 젖가슴 움켜쥐는 거 다 봤다고오. 니가 도망을 안 간 이유가 뭐였는지 내가 다 알아. 그놈 때문이지. 그놈 때문이여. 아아악, 그놈이, 그놈이…… 니 젖통을 주무르는 것을 내가 봤다고오…… 어찌 그럴 수 있어, 나만 좋다고 한 놈이 어찌 그럴 수 있느냐고……

진순이 땅바닥을 뒹굴며 울부짖는다. 내가 아직 젖통도 없다는 것을 말해야 하나, 그런다고 진순이 화가 풀어질까, 묘자는 울면서 진순이한테 울지 말라고 노래한다.

—호요호요 피리는 누가 부는 피리냐 산 너머 내 님이 나를 부르는 소리지 당글당글 장구는 누가 치는 소리냐 강 너머 기생이 한량 부르는 소리지 회관에 노랫소리 누가 트는 소리냐 새마을 나오라고 발광하는 소리지 우지 마라 진순아 울어서 이쁜 것은 니가 아니고 꾀꼬리란다.

—오메, 요년이 사람 염장을 질러도 유분수지, 인자 사람을 갖고 노네이, 노라아아아아악……

진순이는 덜덜 떨면서 웃는 건지 우는 건지 알 수 없는 흐드득, 흐드득, 하는 소리를 내며 저희 마을로 간다.

저녁 어스름에 이장이 초와 성냥을 싼 신문 뭉치를 마당에 깔아놓은 멍석 한쪽에 놓고 다리를 세워 앉는다. 할머니는 술을 내온다. 이장은 몹시 망설이다가 묘자가 안 본 순간 술잔을 꿀떡 비워버린다. 할머니 눈알주가 이장 배 속으로 쑥 들어가서 이장 눈이 유리가 된다. 유리는 구슬이 되고 구슬은 만화경이 될 것이다. 반딧불이가 호박꽃 사이를 분주히 날아다닌다. 반딧불이를 가만히 바라보던 이장이 무릎 위에 올려놓은 깍지 낀 손을 꾹꾹 누른 뒤 고개를 앞뒤로 흔들흔들한다. 뭔가 할 얘기가 있는데 그 말을 차마 하지 못해 그런다는 것을 묘자는 안다.

─반딧불이가 아름답기는 허지마는, 그것이 우리 실생활에 발전을 가져다주지는 않는다는 것을 우리는 명심해야 허요이.

할머니는 이장이 하는 말이 무슨 말인지 알아들은 듯이 고개를 주억거린다.

─하루속히 전기를 가설해야 문명의 혜택을 누릴 수 있을 것인데, 문명의 원천인 전기가 없으니 모든 발전이 멈춰버릴 수배끼는 없는 것이요. 옴짝달싹헐 수가 없는 구조라 이 말이라. 본부락에서 그런 집이 이 집과 김종택 씨 집 딱 두 가호요, 두 가호, 허허.

할머니도 이장을 따라 꾹꾹꾹 웃는다.

─아짐, 이것은 웃을 일이 아니라 부끄러운 일이지요. 문명

의 대명천지에 어찌 이런 일이 있을 수 있는가, 이 말이요이. 웃을 일이 절대로 아니라 이 말이여. 허허.

이장은 웃을 일이 아니라고 해놓고 웃는다. 이장은 웃을 일이 아니니까 웃는다. 할머니는 웃을 일이 아닌가, 긴가 몰라서 웃는다. 꾹꾹꾹 웃는다.

— 애국의 길이라는 것이 그리 어려운 일이 아니여. 국가의 기본 시책에 충실히 따르는 것이 애국의 길이라 이 말이여. 잘 들어라, 아가. 아무리 생활이 곤궁하다 하여도, 항시 국가와 민족을 생각하고 살면 그것이 애국하는 지름길이란다.

집에 전기를 가설하지 않은 것이 묘자는 미안해진다. 이장한테 미안해지고 나라한테 미안해진다. 전기를 가설해야 이장도 떳떳해지고 나라도 발전할 텐데 그러지 못해서 이장한테 미안해지고 나라에게 미안해진다. 대통령한테도 미안해지고 대통령의 가족들에게도 미안해진다. 이장님의 좋은 말씀이 하나도 틀린 것 없다고 할머니는 웃는다. 흡족해서 웃는다. 웃는 것 빼고는 이장을 어찌 대해야 할지 몰라서도 웃는다.

이장이 뭔가 할 얘기가 있어서 왔다는 것을 묘자는 안다. 그 말을 못해서 다른 말만 잔뜩 늘어놓고 있다는 것을 안다. 소 무덤에서 소를 꺼내간 사람들이 누군지를 이장은 묻고 싶은 것이다. 그날 밤 묘자가 물가로 오리를 몰고 갔다가 콜라 병을 들고 소 무덤 쪽으로 가는 것을 본 사람이 있었는지도 모른다. 그 사

람이 묘자한테 알아보면 알 수 있을 거라고 이장한테 말해줬는
지도 모른다. 그러나 그 말을 하지 못하고 이장은 자꾸만 딴말을
한다. 딴말만 하면서 술을 마신다. 이장은 결국 술에 취해 비틀
거리며 대밭 모퉁이를 돌아간다. 쓸쓸하게 돌아간다. 어이구 취
한다, 취해. 세상이 요지경이여, 요지경, 하면서 간다.

　노르스름한 기운이 맴돌던 은행나무인지, 미루나무인지 알
수 없는 창 너머, 창살 너머, 담 너머, 또 그다음의 담 너머에 있
는 나무가 멀리서 보아도 초록이 물들어가고 있었다. 묘자가 일
군 땅은 이제 제법 채마밭 꼴을 갖추어갔다. 그러나 그것은 그저
잡풀일 뿐이었다. 어디선가 날아온 비름, 명아주, 바랭이들이 제
법 열을 지어 자랐다. 씨앗을 구할 수 없어 묘자가 그것들을 작
물인 양 예쁘게 가꾸는 것이다.
　─묘자야, 내가 너한테 용서를 빌러 왔단다.
　용순이 면회를 와서 쇠창살 너머에서 정말로 손을 싹싹 빌었
다. 용순에게서는 햇빛 냄새가 났다.
　─니가 그렇게 들어가고 나서 나는 하루도 편한 잠을 못 잤
단다. 왜 그랬는지는 니가 알 것이여. 니가 알 것을 알고도 내가
남은 날을 어찌 살겠느냐이. 우선 이렇게 용서를 빌마. 그때 그
오리들을 생각하면 내가, 내가……
　용순은 묘자가 살던 방에서 돈을 제 호주머니에 넣어버린 것

에 대해서는 말하지 않았다. 묘자는 오리를 잊었다. 새삼스럽게 용순을 용서하고 말고 할 일이 없는데 느닷없이 감옥으로 면회를 와서 옛날 오리 훔친 일을 용서해달라고 비는 용순이 귀찮을 뿐이었다. 그래서 묘자는 용순에게서 나는 햇빛 냄새만 맡았다. 햇빛 냄새는 잘 마른 빨래 냄새다. 햇볕 아래서 오래 헤매다 돌아온 박용재에게서도 가끔 그렇게 마른 빨래 냄새가 났다.

—묘자야, 뭐 필요한 것 없냐? 내가 뭘 몰라서 찰밥을 해가지고 저쪽 어디다 맡겨는 놨다만.

용순은 제 남편 병원을 가도, 감옥에 있는 사람 면회를 와도 찰밥을 해가지고 다닌다. 용순은 어디를 가기만 하면 찰밥을 해가지고 갈 것이다. 용순은 묘자가 원하지도 않았는데 괜히 찰밥을 해가지고 와서는 또 그 찰밥 때문에 울었다.

—우리 아부지는 내가 해드리는 찰밥 한번을 못 잡숫고 돌아가셔버렸단다. 찰밥 한번을 못 얻어잡숫고 돌아가셔버렸어. 맥없이 소가 죽고 식구 같은 소라 장사까지 치러준 소를 갖다가 어느 씨러주길 것들이 파가버렸드란다. 울 아부지가 간장병을 얻은 것은 그 일 때문이야. 그 일로 상심을 하셔가지고 평소 못 자시던 술을 드셔가지고 간장병을 앓으신 거라…… 어떤 놈들인지 아주 그냥 철천지웬수가 바로 그놈들이야.

죽은 소가 없어진 뒤로 용순 아버지는 술을 많이 마셨다. 술을 너무 많이 마셔서 간장병을 얻은 용순 아버지는 이장 일을 더 볼 수가 없었다. 그러니 용순의 말이 사실일지도 모른다.

용순은 철창을 잡고 부르르 떨었다. 용순이 차입시켜준 찰밥을 묘자는 먹지 못했다. 교도소 내 처우 개선을 위한다고 학생들이 단식투쟁을 하는데 '나쁜 년'들도 이럴 때나 한번 '좋은 년'이 되어보자고 박옥자가 제안해서 단식을 하게 되었기 때문이다.

정애는 이제 낮에도 거리낌 없이 찾아왔다. 비름꽃이 노랗게 피어난 위에 정애가 뽈딱 앉아 있었다. 정애는 바람에 흔들리는 비름꽃에 맞추어 저도 그네를 타듯이 흔들리고 있었다. 그 여린 비름이 어떻게 정애를 받치고 있는지는 알 수 없었다.

나는 몸 없는 혼이기 때문이지.

묘자 마음을 간파한 정애가 말했다. 단식을 하고 난 뒤여서인지 몸이 나른했다. 정애가 묘자 눈꺼풀 위에 내려앉았다.

눈을 감고 내 손을 잡아.

묘자는 정애 손을 잡았다.

묘자야, 나를 보고 싶으면 이렇게 해. 아바아바사융기샹가바.

묘자도 정애를 따라 했다.

아바아바사융기샹가바.

운동을 끝내고 들어가던 형순이, 미친년이 이젠 헛소리까지 하네, 들어가라, 들어가, 묘자 등을 후려쳤다.

묘자가 자리에 누워서 아바아바사융기샹가바라고 뇌자, 다시 정애가 나타났다. 정애가 묘자를 새정지로 데려갔다.

　소나기가 한바탕 지나가고 난 저물녘에 엄마한테 산돌이 젖
을 먹이려고 간다. 엄마를 부르려고 엄마네 집 담 안을 기웃기웃
한다. 엄마가 대문간에 있는 돼지막에 구정물을 부어주려고 대
문께로 온다. 선자 아버지가 대문간에 딸린 외양간 옆 쇠죽솥 아
궁이에 불을 때고 있다. 선자 아버지는 쇠죽에 콩을 넣었나보다.
쇠죽 냄새가 구수하다. 선자 아버지 땜에 묘자는 엄마를 부르기
가 쉽지 않다. 어, 엄, 엄,까지만 해놓고 마, 소리까지는 나오지
않는다. 등 뒤에서 산돌이가 깨갱거린다. 산돌이는 배가 고파도
크게 울지 못한다. 늘 젖이 부족해서 힘이 없다. 묘자는 산돌이
한테 선자 아버지가 쑤는 쇠죽이라도 먹이고 싶다. 콩이 들어간
구수한 쇠죽은 묘자도 먹고 싶다. 날은 저물어오는데, 엄마는 묘
자를 돌아보지 않는다. 어, 엄, 엄, 하다가 묘자는 돌아선다. 집집
마다 저녁밥 짓는 연기가 올라와서 고샅에 자우룩히 깔린다.
　진순이가 물을 길어오다가 묘자 앞에 선다. 물동이를 잡은 진
순이의 손이 벌벌 떨린다. 너, 너, 하다가 진순이가 인 물동이가
박살이 난다.
　── 애까지 낳았구나, 그놈 애까지 낳았어이? 그놈이 나한테
만 그런 것이 아니고 너한테까지 그런 것이여이? 이놈이 바로
그놈이 한 짓이여이…… 흐드득, 흐드득.

진순이가 운다. 울면서 간다. 혼이 빠진 사람이 가듯이 간다.

하룻밤, 하룻낮을 굶은 산돌이를 업고 다시 엄마한테 간다. 엄마가 물동이를 들고 우물가로 간다. 묘자는 엄마를 쫓아간다.

—너 온 줄 알고 나온 거여.

엄마는 어두워오는 대밭 모퉁이에서 산돌이한테 젖을 먹인다. 뜨르르르, 뜨르르르, 지렁이가 우는 밤이다.

—엊저녁에도 니가 온 것은 알았다만 그때는 내가 나올 형편이 안되았어. 선자 엄마 지샛날이었단다.

엄마가 나오지 못한 사정은 알지만 묘자는 그 사정을 몰랐을 때보다 더 서운해진다. 서운해서 엄마가 산돌이한테 젖을 물리고 있는 동안 돌부리를 발로 톡톡 찬다. 엄마는 젖을 물리면서 말한다. 지렁이 울음소리 사이사이에서 말한다.

—어젯밤에 뜨르르르르 뜨르르르르 진순이가 죽었단다. 뜨르르르르 뜨르르르르 애비 없는 애를 배갖고 죽어부렀단다. 뜨르르르르 뜨르르르르 즈그 집 부삭에서 빙초산을 들이붓고 저도 애기도 항꾸네 가부렀단다. 뜨르르르르 뜨르르르르.

묘자는 자신이 진순이한테 이놈은 그놈이 한 짓이 아니란 말을 못해서 진순이 죽은 것만 같다. 묘자 배 속에서 꺽꺽, 하는 소리가 난다. 무슨 말인가 해야 하는데 못해서 나는 소리다.

—아이, 요놈 갖고 가서 이놈한테 암죽을 쒀 멕여라. 언제까지 동냥젖만 멕이겠냐. 첨에는 맨죽으로 쒀 멕이고 차츰 된장기

를 해서 멕여라. 된장은 있냐? 니가 애기를 주서온 것이 니가 애로와서 그랬겄지마는…… 헐 말이 없다.

묘자는 할 말이 있지만, 더 말할 수가 없다. 지렁이들만 뜨르르르 뜨르르르 운다. 지렁이만 할 말 많은 밤이다. 지렁이들만 할 말 다 하는 밤이다.

누가 왔다 간 것이 틀림없다. 그렇지 않았으면 할머니가 저리 넋이 나갈 일이 없다. 사람이 들고 난 냄새가 난다. 묘자 없는 새에 누가 할머니 넋을 빼갔다. 묘자는 부로꾸 찍는 남자가 왔다 간 것을 알아챈다. 그 남자가 벗어둔 목장갑이 마루에 있다. 묘자는 그 남자의 목장갑을 이곳저곳에서 봤다. 정애네 집 무너진 담벼락에서도 보고 우물가에서도 보고 대숲에서도 보고 강가에서도 보고 그리고 이제 집 마루에서 그 목장갑을 본다. 부로꾸 찍는 남자는 진순이한테도 목장갑을 놓아뒀을 것이다. 묘자는 목장갑을 가지고 이장한테 간다.

—이 목장갑은 부로꾸 찍는 사람의 것인데 그 사람이 왔다 간 뒤부터 할머니 넋이 나갔어요.

—새마을사업은 좋은 것이다이. 새마을을 해야 우리나라가 발전한단다.

—그 사람을 혼내주세요.

—새마을사업의 역군들의 노고는 치하해줘야 마땅한 일인

데 상은 못 줄지언정 처벌을 내려서는 안되는 것이다이. 그것은 국가시책에도 어긋나는 행위여. 그런 짓은 공산당 빨갱이들이 나 할 짓이란다.

이장의 배가 애기 밴 사람처럼 둥그렇다. 이장은 가끔 피를 토하고 그런 뒤에는 정신이 몽롱해져서 헛소리를 한다고 우물가 여자들이 말한다. 그들은 이장을 갈아버려야 한다고 한다.

여자들은 조만간 이장을 맷돌에 넣어 갈아버릴 것이다. 이장은 가루가 되고 여자들은 이장 가루를 밀가루 반죽에 섞어 부쳐 먹어버릴지도 모른다.

온 동네 사람들이 이장을 갈아서 부친 부침개를 먹으며 낄낄거리거나 우하하하, 웃는다.

그런 꿈을 꾸고 난 새벽에 초승달이 샐쭉하게 봉창 안을 들여다본다. 선득거리는 기운에 돌아보니 할머니가 이불 위에 오줌을 지려놓았다.

—부로꾸 찍는 사람을 한사코 조심해야 쓴다이. 그 사람이 너를 주길라고 헌단다. 니가 없을 때 와서는 지 여자를 니가 주개났다고 발광을 허고 가더라.

숙자는 '빠다' 한 통이 다 떨어져갈 때쯤 면회를 왔다. 숙자에게서 바람 냄새가 났다. 바람 냄새는 들판을 쏘다니다 돌아온 그에게서도 났었다. 바람 냄새는 냄새보다 소리 같았다. 바람 냄새는 바람 속에서 난 소리들의 냄새였다. 산에서 나무를 해서 내려오는 사람들의 바짓가랑이에서 나는 소리, 보리밭 위를 날아가는 새들의 날갯소리, 이쪽 산에서 저쪽 산으로 몰려가는 빗소리, 쨍쨍한 햇볕 아래서 콩꼬투리 터지는 소리, 서숙밭 위 수수 모가지들이 흔들리는 소리, 삼아여인숙 창밖을 빠르게 달려가는 차소리.

—영기란 놈이 아조 숭악헌 놈이 되야부렀단다.

영기 소식에서도 바람 냄새가 났다.

—어른이 없응게 야가 넘의 것을 뺏고 넘한테 못헐 짓을 허고 돌아댕긴단다. 아조 깡패가 되어부렀단다. 아랫날에도 시내서 패쌈을 해서 들어간 놈을 내가 경찰서에 가서 합의금을 물고 빼내왔단다. 내가 그러지 말라고 백번 말을 해도 누 집 개가 짖냐 헌단다. 세상천지 오갈 데 없는 명애가 날마다 눈물 바람을 허고 산다, 시방. 그건 그렇고, 나 좋다고 허는 사람 맘을 내가 몰라주면 내가 나쁜 년이 되겠지이? 그러겄냐, 안 그러겄냐, 묘자야.

그런가, 안 그런가 잘 모르겠어서 묘사는 그냥 웃었다.

—아이, 묘자야, 갸가 시방도 찾아오냐? 내가 집에 가서 곰곰 생각해본게, 대체나 그러겄다 싶더구나. 이놈의 야속한 세상 훨훨 떠나고 자퍼도 즈그 동생들 걸려서 어치케 가겄냐. 햇빛 속에서라도, 바람 속에서라도 정애는 살아 있을 것이다. 나같이 눈

흐린 년은 못 봐도 너같이 눈 밝은 사람은 볼 것이여이? 보고도 남을 것이여. 그나저나 내가 어찌해야 할 것이냐. 나 좋다는 놈을 버릴 것이냐, 말 것이냐. 아이 묘자야, 말 좀 해봐라. 니가 묘자냐, 묘자가 아니냐?

묘자는 숙자에게서 나는 바람 냄새를 맡으며 바람 냄새 속에서 나는 바람 소리를 들었다. 바람 소리 속에서 나는 정애 목소리를 들었다. 정애가 부르는 노랫소리를 들었다.

─묘자야, 말 좀 해봐라, 말 좀 해봐.

─노랫소리가 나요.

─깜빵에서 누가 노래허냐?

─정애가요.

─나는 안 들리는디?

─눈을 감고 들어봐요.

면회 시간이 끝났다.

─뭣을 좀 해볼라 하먼 처 종을 치네, 염병. 우리 인생이 그렇다, 묘자야, 히힝.

산돌이 젖을 먹이고 돌아오는 길에서 영택이와 마주친다. 영택이는 새마을이 되기 전 새정지와 저희 마을인 오릿골을 이어주는 소롯길 가운데에 구덩이를 파고 있다. 영택이는 구덩이를 파면서 심상하게 묻는다.

─야 가시내야, 니가 우리 누나 애인을 채갔담서야?

묘자는 채간다는 말이 무슨 말인지를 생각한다. 쌀가지가 닭 채가는 것이 떠오르고 독수리가 병아리를 채가는 것이 떠오른다. 그것이 맞을 거라 생각한다.

─니가 우리 누나 애인을 채가서 우리 누나가 죽었다. 이 구뎅이를 파서 너를 묻어불란다.

산돌이가 운다.

─애새끼도 묻어불란다.

산돌이한테 엄마가 준 사탕을 물린다. 산돌이가 울음을 그친다.

─부로꾸 찍는 그 자식도 묻어불란다. 다 파묻어불란다. 씨발.

영택이가 운다. 울면서 구덩이를 판다. 구덩이를 파고 또 판다.

─힘들어 죽겠네. 야, 너 노래 잘한다매. 우리 누나는 죽을 둥 살 둥 하는 판에 너는 노래했다매? 노래해봐라, 이년아, 노래해봐, 노래 안하면 이 구뎅이에 묻어불랑게 노래해봐. 노래해보라고오.

영택이는 울면서 구덩이를 파고 묘자는 노래한다.

둠벙에 개구리가 수염 나고

부뚜막에 소금이 쉰내 나고

영택이 붕알에서 땀내 나네

─싸가지 없는 년이, 얻다 대고. 야, 다시 해. 나는 구뎅이를 파고 너는 노래허는 것이여이.

묘자는 다시 노래한다.

꿀보다 더 단 건 연쇄점 콜라

빙초산보다 더 신 건 박샌네 막걸리

영택이 자지 개 자지

그리고 묘자는 도망을 쳤다.

이른 아침에 새 이장 박샌이 왔다. 묘자는 화덕에 감자를 삶고 있었다. 한 주먹 남은 뽕대로는 감자를 절반밖에 삶지 못했다.

——솥에 뭣을 삶느냐?

묘자는 아침부터 감자를 삶는다는 말을 차마 하지 못한다.

——도야지를 삶느냐?

박샌은 정애네 돼지를 벌써 잡아먹었다.

——소를 삶느냐?

박샌은 구이장네 소를 진작에 팔아먹어버렸다.

——니 친구네 집 개를 삶느냐?

박샌이 언젠가는 정애네 집 개도 잡아먹어버릴 것이다.

——내가 땔감을 가져다주끄나?

사양하기도 전에 박샌이 이웃집에서 삼대를 가져다준다. 박샌은 꼭 자기 것을 가져다주듯이 준다. 사람들은 썩어나는 삼대를 묘자가 가져가면 발광을 해도 박샌이 달라면 하면 그러지야, 하고 이웃끼리 뭣이든지 노나 써야 한다고 두말 않고 준다.

―뭣을 삶는지는 모르겠으나 이 삼대로 마저 삶아라.

　　박샌은 언제나 정답다. 정다워서 환장할 것 같다.

　　―아따, 이 집 나팔꽃이 동네서 제일 이쁘다.

　　울바자에 피어난 나팔꽃이 봉올봉올하다. 감자는 박샌 덕분에 무사히 다 삶아졌다. 그러나 감자를 먹을 수는 없다. 감자 솥뚜껑을 차마 열 수가 없다.

　　―식사도 해야 할 것이니 내가 짧게 몇마디만 물어보마. 구이장네 죽은 소 절도 현장에서 니가 유일한 목격자라는 말이 있는데, 그것이 사실이냐?

　　목격자라는 말이 무슨 말인지는 몰라도 '목격자'라는 라디오 연속극이 있다는 것은 안다.

　　―묵비권을 행사하겠다는 것이로구나잉. 좋다, 그러면 거기 현장에 있었다는 것을 인정하는 것으로 받아들이겠다. 다음, 그러면 그 현장에 너 말고 또 누가 있었냐. 니가 본 대로 가감 없이 말해보거라. 내가 그 일에 대해서 너에게 묻는 것은 만약에 그일로 너한테 닥칠지도 모를 불행을 예방하자는 차원이이니, 그점 니가 이해해주기 바란다이. 자, 말해보거라, 그날 현장에 누가 있었냐?

　　봉올봉올한 나팔꽃이 팽이처럼 맴을 돈다. 산돌이가 운다. 할머니가 뒤꼍으로 돌아간다. 뒤꼍으로 가면 쇠스랑이 있다. 할머니는 닭을 잡으러 온 쌀가지를 내칠 때도 늘 뒤꼍으로 돌아가 쇠

스랑부터 집어들었다. 할머니 체머리가 달그닥거린다. 달그닥
달그닥 달그닥 하며 할머니가 쇠스랑을 들고 박샌 뒤로 다가오
고 있다. 묘자가 주저앉자 기미를 알아채고 박샌이 내뺀다. 나팔
꽃들이 와자그르르 웃는다.

용순이는 찰밥이 아니라 찰떡을 해왔다. 용순이에게서는 술
냄새가 났다. 용순이에게서 나는 술 냄새에는 곰팡이 냄새도 섞
여 있었다.
  ─지하에 가게를 하나 오픈했어. 이 인사가 무장무장 묵는
것만 늘고 그 뒤를 받쳐줄라니 할 수 없더라.
  곰팡이 냄새는 지하에 있는 술집이라서 나는 것일 것이다.
  ─내가 너한테 면회를 오는 것은, 너한테 속죄하고 싶어서란
다. 내 생각에 너나 정애는 아무 죄 없이 살았지만 가장 많이 벌
을 받는 것 같아서, 내가 사람들 대표로 미안한 마음을 전달하고
싶어서란다. 옛날에 강아지도 오리도 그렇고.
  용순이가 언제까지 강아지 오리 이야기를 할까, 생각했다. 강
아지 오리에서도 곰팡이 냄새가 날 것 같다.
  ─이번에 오픈 잔치 때 고향 사람들 몇을 초대했단다. 박샌
이 후임 이장이라고 희사금을 내고 김주사도 크게 쓰고 갔단다.
뭐니 뭐니 해도 고향 사람들이 좋더라. 혼자된 울 어머니를 박샌
이하 동네 사람들이 극진히 보살펴주셔서 감사의 뜻으로 내가

한턱 냈단다. 특히나 김주사는 울 어머니를 친어머니 모시듯 아침저녁으로 안부를 챙기고 얼마나 고마운지……

용순의 뺨이 붉어진다.

──세상은 야속하지만 그렇게 좋은 사람들이 또 있어서 세상은 살 만한 것이 아니겠니? 그러니 너도 힘내고 어떡하든 여기서 나가면 좋은 일도 하면서 열심히 살아라. 우리 김주사가 얼마 전에 나한테 책을 한권 갖다주더라. 제목이 '절망은 없다'야. 세상이 아무리 살기 힘들어도 절망을 하면 희망이 없다. 알겠지 묘자야. 우리 아부지도 그때 죽은 소 하나로 절망만 안하셨어도 그렇게 허망하게 가시진 않았을 텐데, 생각하면 아쉽지. 울 아부지는 죽은 소 한마리 때문에 절망을 한 것이 아니라, 죽은 소를 훔쳐 먹은 사람들이 자수를 안한 것에 절망을 하셨던 것 같다고 한 우리 김주사 말이 맞는 것 같아. 양심이 바르지 않은 사람들에 절망을 하신 거지. 사람은 사람 때문에도 살고 사람 때문에도 죽는 것인가보더라. 묘자 너는 어떻게 생각하냐? 우리 김주사 말을 들어보면 감옥도 수양을 쌓는 곳이나 마찬가지라던데. 너도 어느정도 수양이 되었다면 대답을 해줄 수 있지 않을까? 너나 정애는 옛날부터도 뭔가 고요한 데가 있어서 나 같은 사람이 너희들을 좀 어려워했다는 것을 알고 있는가 모르겠구나. 묘자야, 먼 데만 보지 말고 나를 보고 말 좀 해봐라.

용순은 제 말에 제가 신이 나서 묘자더러 말해보라 해놓고 또 제가 말했다.

— 인자 우리 새정지가 우리 김주사하고 새 이장 박샌 덕분에 아주 발전을 하게 된단다. 길도 새로 닦고 공장도 세우고 살기 좋은 새정지가 된단다. 우리 김주사하고 박샌 덕분에 땅값도 올라가고 새정지 사람들은 부자가 될 거야. 그런데 묘자 너는 예나 지금이나 어째 말이 없냐아.

면회 시간이 끝나는 벨소리가 지지직, 났다.

— 나, 아직 너한테서 한마디도 못 들었는데, 감옥 벨은 인정 사정이 없구나잉?

용순은 언제나처럼 아쉽게 돌아갔다. 뭔가 희망에 들떠서 갔다. 이제 묘자는 용순에게 아무 말도 하지 않아도 될 것이었다. 박샌도, 김주사도, 부로꾸 찍는 남자도 눈 짜부라진 인부도 이제 더 말할 필요가 없어진 것이 차라리 잘된 일인지도 모른다고 묘자는 생각했다. 용순에게서 묻어온 곰팡이는 장마철 감옥 안에 무성히 피어났다. 꽃처럼 피어났다.

창 너머, 쇠창살 너머, 담 너머 또 그 담 너머 은행나무인지, 미루나무인지 알 수 없는 나무에도 노란 물이 들기 시작했다. 비름은 진작에 녹아서 없어지고 명아주는 제법 그 줄기가 노인의 지팡이 형상으로 튼튼해서 이파리에 붉은 물을 들이고 있었다. 하염없이 제 식구를 늘려가던 바랭이들도 이제 힘을 잃고 짙푸르던 이파리에 허연 뜨물을 뒤집어쓰기 시작했다. 어디선가 날아온 코스모스가 하얗게 하늘거렸다. 여름 동안 너무 더워서인지, 다른 사연이 있어서인지 잘 오지 않던 정애가 빛이 좋은 초가을에 왔다. 하얀 코스모스 꽃술 한가운데서 코에 꽃술을 묻히고서 그네를 타고 있었다. 정애 표정이 왠지 새초롬하다.

묘자야, 왜 나를 한번도 안 불렀니. 아바아바사융기샹가바를 잊었던 모양이구나.

아바아바사융기샹가바.

묘자가 정애가 일러준 대로 외자, 그때야 정애 표정이 꽃처럼 환해졌다.

정애가 노래하듯이 말했다. 말하듯이 노래했다.

묘자야, 왜 아직도 감자를 못 먹고 있니. 박샌이 갔으니, 감자를 먹자.

포실포실한 하지감자를 먹자.

감자에 붉은 동부를 넣어서 도구대로 치대어서 감자범벅을 해서 먹자.

감자를 까개 넣고 굵은 간갈치를 깔고 좀피를 한 조금 넣고 지져 먹자.

새끼감자를 왜간장 넣고 졸여 먹자.

밀가루 반죽 뚝뚝 떼어 넣어 감자수제비를 끓여 먹자.

묘자야 묘자야 울지 말고, 감자밭에 씨감자를 묻어라.

묘자야 울지 말고, 씨감자를 나무청에 감춰라.

묘자야 울지 말고, 썩은 감자를 추려내라.

묘자야, 썩은 감자로 감자떡을 쪄 먹자.

아바아바사융기상가바.

──이 씨발년은 운동 나올 때마다 운동은 안하고 잠만 자네.

박옥자가 묘자 머리통을 철썩 갈겼다.

──나, 잠 안 잤어 씨발년아.

──이 씨발년이 지금 뭐라는거야?

──잠 안 잤다고 씨발년아.

──잠 안 잤다고 씨발년아?

──그래 씨발년아.

──근데 이 씨발년이 얻다 대고 씨발년이래? 씨발년이.

박옥자가 묘자 머리채를 잡고 뒤흔들었다. 애인과 짜고 남편을 죽이고 들어온 평님이 휘파람을 불었다. 잠을 안 잤다고 씨발년아? 잠을 자놓고 안 잤다고 거짓말을 하네 씨발년이. 아얏, 어떤 씨발년이야?

박옥자가 갑자기 뒷덜미를 감싸쥐고 뒹굴었다. 박옥자가 돌아보는 곳에는 아무도 없었다. 묘자는 사동 쪽으로 돌아섰다. 박옥자의 뒷덜미를 정애가 쳤다는 것을 묘자는 아무한테도 말하지 않고 살그머니 혼자 웃었다.

영택이 판 구덩이에 부로꾸 찍는 남자는 빠지지 않는다. 김주사도 빠지지 않는다. 박샌도, 눈 짜부라진 인부도 빠지지 않는다. 묘자 할머니도 묘자도 산돌이도, 아무도 빠지지 않는다. 영택이 판 구덩이에 오소리만 빠지고 멧돼지만 빠진다. 영택은 구덩이 속에 빠진 오소리, 멧돼지를 김주사한테 팔러 간다. 김주사하고 멧돼지값을 흥정하다가 김주사가 값을 후려치는 것에 부아가 나서 영택이는 연쇄점 물건을 때려부순다. 마침 연쇄점에서 술을 마시고 있던 부로꾸 찍는 남자가 어이 처남, 처남, 하면서 영택이를 말린다. 영택이는 부로꾸 찍는 남자가 처남이라고 부르는 통에 울음이 터진다. 울음이 터진 것이 또 화가 나서 부로꾸 찍는 남자 멱살을 잡는다.

─당신이 진정 우리 누나를 사랑했나요?

─사랑했어.

─얼마나 사랑했는데?

─가슴이 빠개지도록.

부로꾸 찍는 남자의 눈에 눈물이 어린다.

─그런데 왜, 왜, 왜애애애애에……

화가 난 건지, 감격스러운지 알 수 없다. 영택이는 알 수 없는 기분일 때가 가장 싫다. 그뿐이다. 이제 와서는 부로꾸 찍는 남자가 딱히 싫은 것도 아니다. 누가 싫은 건지는 알 수 없지만 하여간 무언가 싫고 모든 것이 싫고 그래서 영택은 손에 가장 가까운 사람부터 메다꽂는다. 이장 박샌이 김주사와 부로꾸 찍는 남자와 눈 짜부라진 인부를 야단친다. 박샌이 영택의 멧돼지를 영택이 부르는 값에 산다. 박샌은 자신이 산 멧돼지를 영택과 김주사와 부로꾸 찍는 남자와 눈 짜부라진 인부에게 골고루 나눠 준다.

그 일이 있고 난 얼마 동안 새정지는 고요하다. 박샌은 가는 곳마다 칭찬을 듣는다. 아무도 박샌을 나쁘다고 말하는 사람이 없다. 다만 어디선가 이런 노랫소리만 날 뿐.

우리 집 다무락에 도야지 피는 끈적끈적 이발소 솥단지에 도야지 지름이 찐덕찐덕.

고무줄놀이 하는 아이들은 그 노래가 어디서 생겨났는지 모른 채로 저물어오는 당산마당에서 노래부른다. 그 노래만 부르면 어른들이 쫓아와서 눈을 부릅뜨고 등짝을 후려친다. 그러면 그럴수록 아이들은 더욱더 기를 쓰고 노래한다.

우리 집 다무락에 도야지 피는 끈적끈적 이발소 솥단지에 도야지 지름이 찐덕찐덕.

해가 나고 해가 지고 바람이 불고 바람이 자고 비가 오고 비가 그치고 날이 가고 날이 오고 밤이 오고 밤이 간다. 당산마당에서 놀던 아이들은 날이 어두워져서 집으로 돌아가는 대밭 모퉁이에서 듣는다. 대밭 속에 이는 바람에서 저희들이 부르는 노랫소리가 나고 있는 것을. 그래서 아이들은 이따금 집으로 가는 길을 멈추고 가만히 귀를 모두어 바람 소리를 듣는다. 바람 소리를 한

참 듣고 있다가 아이들은 옹아틀로반도 수리수리마수리 아리차차파파, 알 수 없는 소리를 외치면서 송사리처럼 각자의 집으로 흩어진다.

박용재의 동생 박용기에게서는 송진 냄새가 났다. 소나무가 많은 산에 전봇대를 가설하다가 온 건지도 몰랐다. 박용기가 입은 청색 작업복은 빛이 바래서 회색으로 보였다. 박용기는 한참 동안 말없이 있다가 불쑥 뭔가 종이 한장을 내보였다.

─형 앞으로 나온 보상금을 신청하라는 연락이 와서요. 형수님이 도와주시면 어머니와 저희가 살아가는 데 큰 도움이 될 것 같습니다.

박용기의 입에서 나온 형수님이라는 말이 자기를 말한다는 것을 묘자는 얼른 알아채지 못했다. 박용기가 내보이는 보상금 신청서에는 이렇게 씌어 있었다.

신청인은 아래 광주사태 관련 피해에 대한 보상 등에 관한 법률 제9조의 규정에 의한 보상 결정에 이익 없음.
신청인은 그 보상 결정액을 지급받고자 함.
그 보상금 등을 받을 때에는 그 사건에 대하여 화해 계약하는 것이며 그 사건에 관하여 어떠한 방법으로라도 다시 청구하지 아니하겠음을 서약함.

─형 앞으로 나오는 보상금을 가장 우선으로 수령할 수 있는
자격이 형수님한테 있습니다. 서약서에 서명을 해주시면 어머
니와 저희들이 살아가는 데 큰 도움이 될 것 같습니다.
　　묘자는 박용기가 내미는 서류에 서명했다. 서류 위로 그의 많
은 '용' 자 돌림 동생들 이름이 주르런히 걸어가고 있었다. 어기
적어기적, 뒤뚱뒤뚱, 사부작사부작, 할래할래, 걸어가던 그 동생
들이 묘자가 서명을 하는 순간, 어깨를 곧게 펴고 팔을 힘차게
저으며 서류 밖으로 씩씩하게 걸어 나갔다. 박용기가 돌아가고
나서도 한참 동안 묘자는 송진 냄새를 떠올리려 애썼다. 그에게
서 송진 냄새가 났던 날이 언제였던가를 생각했다.

　　어디로 가야 할지 알 수 없었다. 마중을 나온다고 한 숙자는
보이지 않았다. 병원에 있는 제 남편과 이혼을 하고 김주사와 결
혼을 한 용순도 새 생활이 즐거워서인지 오지 않았다. 오전 나절
의 거리는 눈이 부셨다. 교도소 담장 안에서는 보이지 않던 장미
가 교도소 바깥벽을 빙 둘러 피어 있었다. 어디로든지 가야 할
것이었다. 정애가 따라 나왔는가 싶어 아바아바사용기상가바를
뇌어봤지만 정애한테서는 아무런 기척이 없었다. 묘자 앞에 버
스가 멈추었다.
　　─어디 가요?

운전수가 웃으며 되물었다.

—어디 가요?

어디로 가는지 알 수 없어서 묘자는 대답할 수 없었다. 아니, 어디로 가는지 알고 있어서 대답하지 않았다. 버스 종점이 강가라는 것을 묘자는 알고 있었다. 오래 꿈꿔왔던 일이었다. 담장 밖으로 나오는 첫날 강으로 가리라는 꿈 말이다. 이제 곧 그와 아기를 만날 수 있으리라. 그와 아기를 만나면, 왜 나만 떼어놓고 둘이서만 재미나게 살고 있었더냐고 화를 낼까 생각했다. 화를 내자고 생각하는데 화는 안 나고 행복했다. 그는 울까, 웃을까를 생각했다. 웃는 그를 보고 울 것도 같았다. 우는 그를 보고 웃을 것도 같았다. 울든 웃든, 그와 아기를 만나면 그것으로 된 것이었다. 날은 더웠다.

—종점요, 종점.

운전수가 외쳤다. 차가 멈춘 둑 너머로 푸른 강이 반짝이고 있었다. 묘자는 둑 위로 올라섰다. 더운 지열이 얼굴 위로 끼쳐왔다. 진한 풀 냄새도 올라왔다. 너무 더워서인가, 사람들은 보이지 않았다. 밀리 강 너머에 미루나무 한 그루가 서 있었다. 미루나무 아래서 나들이 나온 사람들이 더위를 피하고 있었다. 강 저쪽은 현실이 아닌 것 같았다. 현실은 강물 속에 있는 것만 같았다. 묘자는 둑 아래 강물 쪽으로 내려갔다.

—아이, 아이, 묘자야아아.

어디선가 자기를 부르는 소리가 났다. 정애인가, 정애가 나를 쫓아왔는가? 정애하고라면 강물 속 세상으로 가는 길이 고적하진 않을 것 같았다. 왈칵 반가워서 뒤돌아봤다.

숙자가 달려오고 있었다. 뚱뚱한 몸을 기우뚱거리며 열심히 햇빛을 가르며 오고 있었다.

―아이고오, 나 죽네에, 묘, 묘자야아, 이년아아아.

숙자가 묘자를 덥썩 끌어안았다.

―내가, 차가 멕혀 한발짝 늦었더니 니가 그새 버스를 타고 가더라. 택시를 잡아타고 니가 탄 버스를 뒤쫓아왔구나, 내가아. 그랬더니, 여기서 이러고 있구나 니가이?

숙자는 한참 동안 묘자를 끌어안고 놔주지 않았다.

개미가 달겨들었다. 개미한테 한참을 뜯기고 나서야 숙자는 묘자를 풀어주었다.

―우선 저쪽으로 가자. 저쪽 나무 그늘에 있는 저 사람들같이 그늘로 가자. 아녀, 그늘로 갈 것도 없이 집으로 가자. 우리 집으로 가자.

묘자는 흙냄새를 맡았다. 강물에서 올라오는 물 냄새를 맡았다. 가자, 가자 해놓고도 숙자는 쉽사리 일어서지 못했다. 두 사람은 햇볕이 내리꽂히는 강둑에 한참 동안 앉아 있었다. 숙자의 숨 고르는 소리만 나고 강은 고요했다. 마침 불어오는 바람에 강 너머 미루나무 이파리가 일제히 팔랑거렸다. 미루나무 이파리가 팔랑거리는 순간, 묘자는 그 소리를 들었다. 아바아바사융기 샹가바. 그것은 바람에 실려온 정애 목소리였다. 정애가 부르는 노랫소리였다. 우리 집 다무락에 도야지 피는 끈적끈적 이발소 솥단지에 도야지 지름이 찐덕찐덕. 노래부르며, 정애가, 수많은 정애가 미루나무 이파리에 올라앉아 팔랑거리고 있었다.

*

　가을비가 추적추적 내리는 깊은 밤, 흰머리가 듬성듬성하고 주름이 자글자글한 영암집 주모 묘자가 막 문을 닫으려는 순간, 한 여자 손님이 불쑥 들어섰다. 장사 끝났으니…… 하고 보는데, 여자가, 머리를 산발한 여자가, 때 묻고 해진 옷을 입은 여자가, 맨발에 생채기 가득한 여자가, 웃는 건지 우는 건지 알 수 없는 얼굴을 한 여자가 마치 제집이나 되는 듯이 아무렇지도 않게 자리에 털썩 앉아 텔레비전을 골똘히 바라보았다. 자정 뉴스가 나오고 있었다. 유산 문제로 싸우는 재벌 형제에 관한 소식이 나오고 철거를 반대하나 불에 타 죽은 사람들의 가족이 우는 장면이 나오고 있었다. 묘자는 한참 동안 여자와 함께 망연히 텔레비전을 바라보다가 다시 여자를 보았다. 그러다가 묘자는 깜짝 놀랐다. 여자는 정애였다. 허나, 또 여자는 정애가 아니었다. 정애가 아니면서 정애인 여자는, 정애이면서 정애가 아닌 여자는 아주

먼 데서 온 것 같았다. 여자의 몸에서 비린내 같기도 하고 짠내 같기도 한 냄새가 났다. 그런데 또 가만히 맡아보면 그것은 바람 냄새이기도 하고 비 냄새이기도 한 것 같았다. 그리고 또 가만히 있으려니, 여자의 몸에서는 풀 냄새도 나고 흙 바람벽 냄새도 났다. 먼지 냄새도 나고 마른 지푸라기 냄새도 나고 이끼 냄새도 나고 거름 냄새도 나고 햇빛 냄새도 나고 저녁 냄새 낮 냄새 새벽 냄새도 났다. 여자의 몸에서는 이 세상 모든 냄새가 나고 또 아무 냄새도 나지 않았다. 가슴에서 치받쳐올라오는 뜨거운 것이 무엇인지를 알고 있었지만 묘자는 제 속에서 올라오는 울음은 잠시 접어두고 우선 여자의 때 묻은 발을 수건으로 닦고 생채기에 약을 발라주어야겠다고 생각했다. 그리고 무엇보다 여자를 위해 밥을 차려야겠다고 생각했다. 시래깃국과 구운 갈치와 토란대 나물과 두부 부침과…… 상을 차리며 묘자는 여자에게 어디서 왔느냐고 물었다. 여자는 웃었다. 여자가 온 얼굴을 찡그리며 웃는 것을 보니 여자는 우는 것 같기도 했다.

　—나는 어디서 왔을까?

　여자의 목소리는 아이 같기도 하고 노인 같기도 했다. 밥을 다 먹은 여자가 흥얼흥얼 노래를 불렀다. 노랫소리는 무슨 진언을 외는 소리 같기도 하고 사람이 내는 소리가 아니라 바람을 타고 들려오는 피리 소리 같기도 했다. 또한 햇빛 속에서 일렁이는 그림자가 내는 소리 같기도 했다. 그 소리는 묘자 귀에 이렇게 들렸다. 아아아아아이이이리리리리링이이이이오오오이이이리리리…… 묘자는 여자에게 지금 부르는 노래가 무슨 노래냐고 물었다.

──내 노래는 어디서 왔을까?

아직 이 세상에 오지 않은 것 같기도 하고 이미 세상 저 너머로 간 사람 같기도 한 목소리로 여자는 말했다. 나는 어디서 왔을까, 내 노래는 어디서 왔을까, 나는 어디로 갈까, 내 노래는 어디로 갈까…… 하면서 머리를 산발하고 때 묻고 해진 옷을 입은 여자는, 맨발의 여자는, 웃는 건지 우는 건지 알 수 없는 얼굴을 한 여자는, 비가 내리는 골목 밖으로 울음인지, 웃음인지, 알 수 없는 노랫소리를 흥얼거리며 갔다. 여자는, 골목 끝으로, 어둠 속으로, 빗속으로 멀어지면서 어느 순간 가뭇없이 사라졌다. 아아아아아이이이잉리리리리리링이이이이오오오이이이리리리리리……

여자가 사라진 반대편 골목 끝에서 취객의 노랫소리가 다가왔다. 누가 울어어 이 한밤 잊었던 추억인가아아…… 여자가 사라지고 술 취한 남자도 멀어진 골목 은 다시 아무 일도 없었던 것처럼 적막해졌다. 묘자는 손님들이 남기고 간 술을 거두어 마시다가 문득, 여자의 맨발을 생각했다. 여자에게 돈이라도 쥐여 보내야 하지 않았을까, 신발이라도 신겨 보내야 하지 않았을까, 어디로 가느냐고 물어는 봐야 하지 않았을까, 아니, 여자를 보내지 말았어야 하지 않았을까…… 묘자는 그제야 여자가 사라진 골목 밖으로 황급히 달려나갔다. 골목 끝까지 달려가봤지만 여자는 보이지 않았다. 취한 사람만이 아직도 흔들리며 가고 있었다. 나는 어디서 왔을까, 하고 묻던 여자는 어디로 갔을까. 내 노래는 어디서 왔을까, 하고 묻던 여자의 노래는 어디로 갔을까. 여자가 남긴 노랫소리만이 빗물에 젖고 있었다. 노래에 빗물이 스며들고 있었다. 그리고 빗물은 노래와 한몸이 되어 어디론가로 흘러갔다. 빗물을 타고 노래가 어디로 흘러가는 것인지 알 수 없어 묘자는 한참 동안 빗속에 있었다. 어디로 가는지 알 수 없는 저 노래는 어디서 왔을까,를 생각하면서.

비는 내렸다. 하염없이 내렸다.

하고 싶은 말은 너무나 많으나 이야기할 사람이 없었던 나의 어머니는 콩밭을 매다가 누군가와 하염없이 이야기를 하곤 했다. 주변에는 아무도 없는데, 어머니는 마치 옆에 사람이 있는 것처럼 때로는 웃기까지 하면서 조단조단 이야기를 하다가 한숨도 쉬다가 그러는 것이었다. 나는 처음에는 어머니가 누구와 이야기를 나누는가가 궁금했다. 그러나 나중에 나는 어머니는 아무와도 이야기하지 않고 다만 어머니 자신에게 말하는 것이라는 것을 알았다. 그다음에는 어머니가 무슨 말을 하는가가 궁금해서 귀를 기울여 어머니의 말을 들어보려 했으나 나는 어머니의 말을 하나도 알아들을 수가 없었다. 어머니의 말을 알아들을 수가 없어서 나는 화가 나기도 하고 울음이 나기도 하다가 나중에는 그냥 무심히 흘려듣고 말았다. 어머니의 알아먹을 수 없는 말들이 어느 순간 편안해졌고 그리고 또 나중에는 어머니가 알아먹을 수 있는 말로 말을 하는 것이 낯설기까지 했다. 나는 어머니의 진짜 말은 내가 알아먹을 수 없는 말 속에 있는 것같이 여겨졌다. 어머니가 알아먹을 수 있는 말로 하는 말은 가짜인 것만 같았다. 세상 사람들의 알아먹을 수 있는 말들은 차라리 뜸부기나 소쩍새의 울음소리보다 더 못한 소리인 것만 같았다.

어머니는 또한 노래를 했다. 어머니는 밭에서 김을 매다가, 부삭에서 불을 때다가, 노래했다. 한숨 같은 육자배기 가락으로 노래했다. 노래는 어머니의 울음이었고 노래는 어머니의 말이었다.

나의 이 허술한 글을 하고 싶은 말은 많으나 들어주는 사람이 없어 혼자 노래하고 혼자 울었던 내 어머니에게 바친다.

그리고…… 하고 싶은 말은 많으나 들어주는 사람 없어 혼자 울어야 했던 광주에 바친다.

2013년 정월
공선옥

공선옥孔善玉

1963년 전남 곡성에서 태어났다. 1991년『창작과비평』겨울호에 중편「씨앗불」을 발표하며 작품 활동을 시작했다. 소설집으로『피어라 수선화』『내 생의 알리바이』『멋진 한세상』『명랑한 밤길』『나는 죽지 않겠다』, 장편소설로『오지리에 두고 온 서른살』『시절들』『수수밭으로 오세요』『붉은 포대기』『내가 가장 예뻤을 때』『영란』『꽃 같은 시절』등이 있으며, 동화『울지 마 샨타』등을 썼다. 산문집으로는『자운영 꽃밭에서 나는 울었네』『공선옥, 마흔에 길을 나서다』『행복한 만찬』등이 있다. 신동엽문학상, 오늘의 젊은 예술가상, 올해의 예술상, 백신애문학상, 만해문학상 등을 수상했다.

그 노래는 어디서 왔을까

초판 1쇄 발행 • 2013년 4월 10일
초판 5쇄 발행 • 2014년 5월 9일

지은이/공선옥
펴낸이/강일우
책임편집/윤자영
펴낸곳/(주)창비
등록/1986년 8월 5일 제85호
주소/413-120 경기도 파주시 회동길 184
전화/031-955-3333
팩시밀리/영업 031-955-3399 · 편집 031-955-3400
홈페이지/www.changbi.com
진자우 편/lit@changbi.com

© 공선옥 2013
ISBN 978-89-364-3401-4 03810